KB236319

선덕여왕

선덕여왕

2009년 6월 5일 초판 1쇄 인쇄
2009년 9월 9일 초판 4쇄 발행

지은이 | 박은몽
펴낸이 | 박경희
기획 | 한승수
펴낸곳 | 문예춘추사
등록 | 제300-1994-16호
전화 | 031-907-4934
팩스 | 031-907-4935
E-mail | hvline@naver.com

ISBN 978-89-7604-044-2   03810

선덕여왕

박은몽 장편소설

문예춘추

선덕, 그녀에게서
21세기에 사는 우리의 DNA를 본다

〈삼국유사〉에 선덕여왕에 대한 세 가지 일화가 전해진다. 당에서 보내온 모란 꽃 그림을 보고 향기가 없음을 예언했고, 연못에 개구리들이 울어대자 백제군이 침입했음을 알았고, 자신이 죽을 날을 미리 예지했단다. 그러나 선덕을 왕이 아니라 한 여성으로 바라보고 있다는 느낌을 지울 수 없는 기록이다.

〈삼국사기〉에서 김부식은 "남자는 높고 여자는 낮거늘 할멈이 규방에서 나와 정사를 보다니, 신라는 여자를 왕으로 추대하여 나라가 망하지 않은 게 다행이다."라고 기록했다. 이런 사관을 가진 이가 어찌 선덕의 치적을 사실 그대로 바라볼 수 있었으랴.

나는 유교적 시각으로 바라본 선덕이 아닌 있는 그대로의 선덕을 소설을 빌어 복원해 보고자 했다. 다른 시대에 비해 여성이 자유로웠다는 신라도 부계혈통과 장자(長子)를 중시하는 남성중심의 사회였다. 그런 한계 속에서 정적(政敵)들의 견제에도 불구하고 살아남아 왕위에 오르기까지 파란만장한 그녀의 삶과 아픔, 리더로서의 고뇌를 담아보고자 했다.

왕의 환심을 사서 권력을 잡았던 유수의 여걸들과 선덕을 같은 선에 놓고 바라보기를 나는 거부한다. 그녀는 권력자를 통해 권력을 휘두른 팜므 파탈이 아니라, 왕의 장녀도 아닌 차녀로서 왕의 맏사위가 보위를 이을 수도 있는 신라에서 지략과 열정으로 스스로 왕이 되었고, 실리적인 외교와 대범한 인재 발탁으로 신라의 난세를 이끈 탁월한 리더였다.

　살아남기 위해 칼을 들었고, 백성을 위해 사랑도 버려야 했으며, 신국(神國)을 위해 운명에 맞서 목숨을 걸었던 화려한 아픔을 지닌 여인! 그녀의 심장은, 여성 대통령이나 여성 총리가 더 이상 낯설지 않은 21세기의 우리 안에 여전히 살아 있다.

　무엇이 우리를 주저앉게 하는가. 열망이 있는 사람에게는 운명도 장애가 되지 않는다. 역경이 난무하는 세상에서 주어진 삶을 사랑하고 자신의 길을 발견하고 싶다면 생각해 봐라, 내 안에 선덕의 뜨거운 피가 천사백년을 넘어 흐르고 있지 않는가를!

　감히 작가적 상상력으로 역사의 한 터럭이라도 왜곡할까 봐 조심스럽다. 역사학자 이종욱님, 역사 저술가 김태식님의 저서들, 그리고 이기동, 이도흠, 리선근, 이종학, 정운용, 조범환, 하정룡, 김희만님의 저서들에 두루 도움 받은 바 크다.

　고교 시절부터 동경해 온 선덕여왕을 쓸 수 있도록 길을 열어준 하나님께 감사드린다. 또한 2년에 걸쳐 조언을 아끼지 않았던 (주)비즈니스클리닉 대표이사 황태홍님과 모니터링을 해준 지인들에게도 감사드리며, 우리가 선덕을 통해 역경을 이기는 희망을 바라볼 수 있다면 더욱 큰 보람이겠다.

2009년 봄에
박은몽

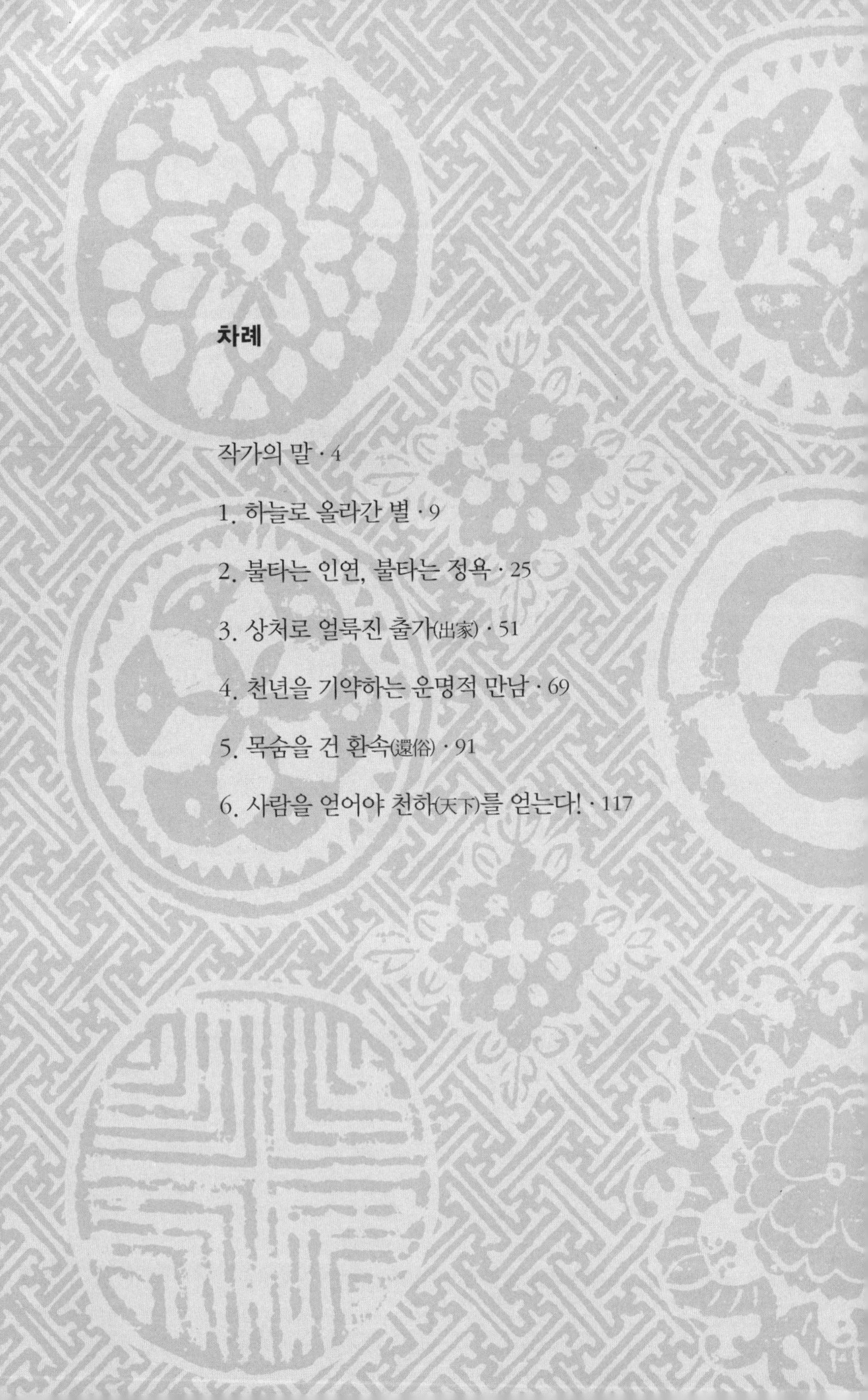

차례

1. 하늘로 올라간 별

"마야왕후께서 길몽 중의 길몽을 꾸심이요,
곧 태어날 태중의 생명은 난세의 신라를 구할 성군이오니
신은 그저 기쁘고 기쁠 따름이옵니다.
나라를 구하는 데 어찌 음이 따로 있고 양이 따로 있겠나이까.
부디 새로 태어난 왕녀를 귀하고 또 귀하게 여기시옵소서."

❋ ❋ ❋

"공주이겠나이다."

사도태상태후 앞에 불려온 남자는 잠시 혼자 생각에 잠기더니 이렇게 말했다.

"어찌 그러한가?"

게슴츠레하게 실눈을 뜬 채 한쪽 턱을 삐딱하게 괴고 앉아서 손자며느리인 마야왕후가 꾼 꿈의 해몽을 주문한 사도태상태후는 진땀을 흘리고 있는 도인에게 되물었다.

"미실궁주(왕의 처첩을 궁주라 함)의 어머니이신 묘도궁주가 잉태될 때에도 칠색조가 가슴에 들어오는 꿈을 꾸지 않았습니까. 법흥왕의 총애를 받던 옥진궁주가 그런 길몽을 꾸고 법흥왕과 당장 합궁하기를 원했으나 왕은 옥진의 전 남편인 영실과 합하게 하여 딸을 낳았으니 태어난 아이가 미실궁주의 어머니인 묘도궁주였습니다. 이번에 별이 가슴에 들어왔다는 마야왕후의 꿈도 그러한 태몽이옵니다. 따라서 왕자가 아니라 공주를 잉태한 것으로 보입니다."

사도태상태후는 한동안 말도 없이 지방에서 이곳 월성까지 사도의 명을 받아 달려온 사람을 노려보았다. 사도와 미실의 비위를 맞추고자 미실의 어머니까지 거론하며 아뢰었지만 사도와 미실은 그다지 흡족해 하지 않는 눈치였다. 남자는 진땀을 흘렸다. 사도태상태후는 현재 왕궁에서 가장 웃어른으로서 막강한 권세를 휘두르고 있는 여인인데, 왕자가 아니라 공주라는 점괘를 마음에 안

들어 하며 침묵으로 일관하니 불안했기 때문이다.

사도태상태후가 해몽을 위해 전국에서 불러들인 도인이니 점쟁이니 중이니 하는 사람들이 벌써 열 명을 넘어서고 있었다.

사도태상태후.

주름이 깊게 패인 그녀의 얼굴엔 아무나 범접하기 힘든 위엄이 서려 있다. 어린 나이에 진흥왕의 비가 된 이후 숱한 권력의 소용돌이를 견뎌냈을 뿐만 아니라 왕 대신 권력을 행사하는 여인이었다. 그녀는 진흥왕이 말년에 여색에 빠져 정사를 돌보지 않자 직접 왕권을 행사했을 뿐만 아니라 진흥왕이 죽자 미실과 야합하여 금륜태자(진지왕)를 왕위에 올렸다가 다시 폐위시키고 자신의 손자인 백정을 왕으로 세웠다.

"마마, 다음 도인을 들라 하시지요."

사도 곁에서 뱀이 똬리를 틀듯 앉아 돌아가는 양을 주시하고 있던 여인이 말했다. '미실'이었다. 해맑은 피부에 조그만 입술이 앙증맞고 웃을 때면 반달 모양처럼 동그란 눈 꼬리가 복스럽지만 함부로 그 속내를 알 수 없는 여인. 대대로 궁주를 배출한 집안에 태어나 선대의 진흥왕과 진지왕을 모시며 왕실의 출중한 색신(色臣)으로 살아왔기에 백정이 열세 살에 왕위를 계승할 때 그의 초야를 맡아 음양의 도를 가르쳤다. 음사에 능란한 그녀가 자신보다 20년이나 연하인 어린 소년 왕을 녹여 내는 일은 숨 쉬는 일만큼이나 손쉬웠기에 그녀는 현재 사도태상태후와 함께 권력의 한가운데서 활개를 치고 있었다.

열세 살의 어린 손자를 왕으로 세우고 전면에 나서서 정사를 주무르니 실로 사도는 '왕 위의 왕'이었고 미실은 사도의 오른팔이자 '또 하나의 왕'이었다.

미실의 말에 따라 들어온 다음 도인은 꿈 이야기를 듣고 이렇게 말했다.

"왕자가 틀림없습니다."

"그건 또 왜 그러한가."

사도태상태후는 이번에도 삐딱한 표정으로 되물었다.

"마야왕후께서 하늘에서 떨어진 별을 잡고 있는데 그 별이 다시 하늘로 올라갔으니 이는 양의 활달한 기운을 나타낸다 하겠습니다. 만약 태중의 아기씨가 공주님이라면 절대로 별이 하늘로 올라가지 않았을 것입니다."

"그으래?"

사도태상태후는 흥미롭다는 듯 다시 확인하였다.

"그러하옵니다."

"만약 네 점괘가 틀리다면 어찌하겠는가? 만약 내년 정월에 태어날 그 아이가 왕자가 아니라 공주라면 네 목이라도 내놓겠느냐?"

"태, 태후마마 그것은……."

"오호라, 네 목은 못 내놓겠다 이 말이렷다?

사도태상태후는 호통을 쳤다.

"다 물려라. 더 이상 들어보나 마나구나. 누구는 공주라 하고 누구는 왕자라 하는데 하나같이 목을 내놓지는 못한다고 하니 어찌 그것으로 태어날 운명을 점치겠느냐! 그런데, 낭지법사는 아직도 당도하지 않았느냐?”

“낭지법사는 산 속에 거한 채 명을 받지 않고 있다고 하옵니다.”

심드렁한 표정으로 듣고만 있던 만호태후가 말했다. 만호는 백정왕의 어머니이자 사도에게는 며느리가 되었다.

“명을 받지 않다니?”

만호는 아무 말도 하지 않았다.

“…….”

“태상태후마마, 다시 법사가 명을 따르지 않는다면 법사는 물론 법사를 데리러 간 사자에게도 크게 죄를 묻겠다고 하소서.”

미실이 이렇게 말하자 짜증이 극에 달한 사도는 미실이 말한 대로 법사를 데려오지 못하면 법사는 물론이고 그를 데리러 간 사자에게도 죄를 묻겠다고 엄명을 내렸다. 감히 사도의 명을 어기고서 살아남을 수 있는 자는 신라에 없었다.

❋ ❋ ❋

한 치 앞도 보이지 않는 칠흑 같은 어둠이 가득한 산길이었다. 아니 산길인지 평지인지도 구분이 되지 않았고 발끝에는 거친 돌부리가 걸리는가 하면 질퍽하게 빠져드는 진흙을 만나기도 했다.

조금 전만 해도 기름진 광토를 달려왔건만 갑작스런 질곡은 어쩐 일이란 말인가. 후덕하고 성정이 차분할 뿐만 아니라 평화롭게 자란 마야왕후로서는 이러한 공포와 진퇴양난은 처음이었다. 그때였다. 하늘에서 섬광 같은 별이 반짝이더니 갑작스럽게 커다란 발광체가 되어 휘돌다가 그녀에게로 눈 깜짝 할 사이에 달려드는 것이 아닌가. 가슴에 안겨 드는 줄 알았더니 별은 그녀 앞길을 비쳐 주는 듯 넘실댔다. 얼마를 그렇게 별을 따라 걸었을까. 질곡을 빠져나온 듯 안도감이 들면서 먼발치로 옥토가 보이기 시작했다. 그 땅은 질곡을 만나기 전의 땅보다 더 광활하고 활기에 넘쳐 있었다. 날이 새려는지 지평선 쪽이 불그스름하게 물들어 가는데 아뿔사, 방금 전까지 길을 안내하던 별이 땅으로 떨어질 때처럼 갑작스럽게 하늘로 치솟아 버리고 빛의 잔영만이 어른댈 뿐, 별은 흔적도 없이 사라져 버리고 마는 게 아닌가.

꿈이었다. 어둠 속에서 헤매던 기억이 생생하여 불길하기도 하고 빛을 만나 길을 찾았으니 길몽 같기도 했다. 기이하고 생생했지만 섬뜩도 하여 태몽이라고는 생각지 못했는데 얼마 지나지 않아서 몸에 태기가 있었다. 태몽임이 분명했다.

후덕한 마야왕후는 어린 나이에 백정왕의 비가 되어 천명공주를 낳았다. 천명을 낳고 여러 해 왕자를 기다리다가 꾼 꿈이 아무래도 범상치 않아 왕실의 어른인 사도태상태후에게 고했다. 영민한 사도가 이 꿈을 그냥 지나칠 리 없었다. 나라의 득도했다는 온갖 사람들을 다 불러 보아 해몽을 해대기 시작한 것이다.

드디어 낭지법사가 사도 앞에 불려와 고개를 조아렸다.

"그래, 법사는 마야왕후의 꿈이 무엇을 뜻한다고 생각하오?"

낭지법사는 한참을 말이 없이 눈을 감고 생각에 잠겼다. 그런 침묵은 성미 급한 사도를 짜증나게 만들었지만 일단 참았다. 한참을 그렇게 말없이 두 사람이 마주 앉아 있다가 마침내 낭지법사가 입을 열었다.

"기뻐하옵소서. 위기에 빠진 우리 신라를 이끌어 갈 성군이 태어날 것이옵니다."

"그래?"

사도태상태후는 일면 반색을 하다가 이내 의구심이 드는 표정으로 변하면서 되물었다.

"법사의 말이 참으로 반가운 소리이긴 하오만, 어찌 신라가 위기에 빠졌다는 게요? 선대의 법흥왕께서 금관국(본가야)을 병합한 데 이어 진흥왕께서 백제와 함께 고구려의 아리수 땅을 빼앗은 후 백제의 성왕까지 죽이고 그들이 차지했던 땅까지 신라 땅으로 만든 이래 우리는 삼국 중 가장 강한 나라가 되었소. 그런데 '신라의 위기'라니, 혹여 낭지법사는 나의 손자인 백정왕의 나이가 어리다 하여 왕의 사직을 시쁘게 보는 것이 아니오?"

태후의 말 속에는 불편한 기색이 역력했다.

당시 신라는 지금의 경상도 지역에 머물러 있던 소국에서 벗어나 진흥왕의 영토 확장으로 대부분의 한강 유역을 차지하고 충청북도과 강원도는 물론 더 북쪽으로 함경남도에 이르기까지 넓은 땅을 차지하고 있었다. 신라는 삼국 중에서 가장 강했다. 그런데 낭지는 국가의 위기를 말하고 있었다.

"왕의 나이 어리다 하나, 이제 곧 스물이오니 어찌 제왕의 나이로서 어리다 하겠습니까? 성군이자 정복군주였던 진흥왕께서는 열 살도 되지 않은 어린 나이에 제위에 올라 강한 군주로 성장하여 계림의 사직으로 천하를 호령하셨음은 후대의 자손들이 모두 높이 칭송하는 바입니다. 백정왕께는 사도마마와 같은 영민한 분이 버티고 있으시니 더욱 사직이 굳건 하리이다. 하오나 전대의 영광이 화려했을수록 앞으로 신라의 그늘이 짙어지니 어찌 위기라 하지 않을 수 있으오리까."

꿈 해몽을 하라 했더니 왕실과 나라의 흥망성쇠를 말하는 법사의 한마디 한마디가 사도태상태후로서는 귀에 거슬리다 못해 몹시 방자한 것으로 여겨졌다.

"전대의 영광이 화려했을수록 앞으로 신라에 그늘이 짙어진다……?"

사도태상태후는 법사의 마지막 말을 곱씹으며 못마땅한 눈빛으로 법사를 노려보았다. 진지왕을 폐위시키고 손자 백정을 즉위시킨 지 이제 겨우 5년. 창대한 미래를 이야기하기는커녕 위기라니!

"그래, 법사는 어떤 그늘이 드리워진다는 말이오?"

"무릇 귀한 것일수록 차지하는 것보다 지키는 것이 더 어려운 법이옵니다. 또한 자신의 수중에 있던 것을 빼앗긴 자는 반드시 되찾으려 할 터이니, 지키려는 자가 더욱 강건하지 않고서야 어떻게 긴 세월을 수성할 수 있겠습니까.”

그럼, 백정왕이 나라를 잘못 다스려 선대 왕들이 얻어 놓은 것도 지키지 못할 만큼 국력이 약해진다는 말인가. 사도는 순간 불안한 마음이 들기도 했다. 낭지는 그런 태후는 아랑곳하지 않고 두 눈을 내리깐 채 아뢰었다.

“마야왕후께서 처음에 걸었던 옥토는 전왕의 치세를 나타내고 있는 것입니다. 왕후께서 옥토를 걷다가 칠흑 같은 어둠과 험한 길을 만난 것은 바로 광활한 영토를 차지하게 된 이후 신라가 맞게 되는 위기를 뜻하오니 마야왕후께서는 꿈에서 친히 신라가 걸어왔고 걸어갈 길의 한 부분을 직접 체험하신 거라 하겠지요. 하늘에서 빛이 내려왔다 함은 그러한 어둠을 헤쳐 나가며 백성을 이끌어 줄 성군이 이 땅에 태어남을 의미하오니 그 빛을 따라 신라가 한걸음씩 앞으로 나아가며 위기의 험한 세월들을 견뎌낼 수 있음이 분명하옵니다. 또한 꿈속에서 왕후께서 어둠이 끝나자 먼동이 터 올 무렵 별이 다시 하늘로 올라갔다 함은 성군께서 다시 하늘로 올라가심을 뜻하오니 성군의 시대가 끝날 무렵 신라는 새로운 희망을 열 수 있게 될 것이옵니다. 별이 하늘로 올라간 뒤 다시 만난 대지가 어둠이 내리기 전의 땅보다 광활하고 기름졌음은 성군 이후에 신라의 사직이 전왕들보다 더욱 굳건하고 삼국 가운데 세를 떨치는 형국으로 되어 감을 예견한다 하겠습니다. 하오니 어찌 기뻐하지 않겠나이까. 이는 마야왕후께서 길몽 중의 길몽을 꾸심이요 태중의 생명이 위기에 빠진 신라를 이끌어갈 성군이오니 신은 그저 기쁘고 기쁠 따름이옵니다.”

“허면 태중의 아이가 왕자이겠구료.”

곁에 있던 미실이 끼어들며 물었다.

“…….”

낭지법사는 대답 대신 고개를 들어 미실을 마주보았다.

“공주란 말인가?”

사도가 다시 되묻자 낭지는 미실에게서 시선을 거두고 다시 고개를 조아리며 침묵했다.

“왜 답을 못하오?”

사도가 채근하듯 물었다.

“신은 다만 성군이 태어남을 아뢰었을 따름입니다.”

사도태상태후는 입술 끝을 삐죽이 치올리며 묘한 웃음을 지었다.

“그대가 세상의 이치를 공부하고 도를 터득했다 하여 화려한 말로 나를 능멸하려 하는가. 신라의 위기를 구한다는 성군이 어치 비단치마 주름을 두르고 올 것인가. 고구려, 백제와 대치하고 있는 이 땅에서 나라가 바로 서려면 강건한 장군의 옥체와 성정을 가진 성군이 태어나야 함은 미천한 백성들도 알거늘!”

사도의 목소리는 나직했지만 차갑고 문책하는 투가 역력했다. 문득 낭지법사는 살짝 숙이고 있던 고개를 들어 사도를 바라보며 같은 말을 되풀이할 따름이었다.

“마마…… 신은 다만 강한 군주가 태어나 신라를 위기에서 구할 것임을 아뢰었을 따름입니다.”

“물러가시오!”

사도는 노여움 섞인 목소리로 말했다.

미실은 고개를 한쪽으로 기울인 채 법사를 응시했다. 법사 역시 조아리던 고개를 들어 미실을 마주 보았다. 두 사람의 시선이 약속이나 한 듯이 마주쳤다. 미실은 도톰한 입술 끝을 치올리며 살짝 웃었고 낭지는 깊은 침묵에서 튀어나올 듯 눈을 부라리며 자리에서 일어섰다. 직감은 항상 운명보다 빨랐다.

❇ ❇ ❇

여러 달이 지나 드디어 마야왕후가 출산을 했다. 그러나 왕실은 기쁨보다 우려가 컸다.

“당장 낭지법사를 들라 하라!”

사도태상태후의 목소리는 노여움에 떨리고 있었다. 여러 달 동안 왕자를 기다렸는데 공주가 태어나자 사도는 기다렸다는 듯이 역정을 내며 왕실 전체를 불안하게 만들었다.

낭지법사에게 사람을 보낸 지가 벌써 여러 날. 법사는 아직 당도하지 않고 있으니 이 또한 불충과 오만함으로 보여 더욱 화가 치밀었다. 곁에서 지켜보는 백정왕의 얼굴에 불편한 기색이 역력했지만 함부로 사도 앞에서 그런 자신의 마음을 표현할 수 없었다.

"마마, 왕의 나이 아직 젊고 마야왕후의 나이 또한 젊은데 무엇을 그리 서두르시옵니까."

"모르는 소리!"

사도는 만호의 말에 역정을 냈다. 그때 낭지법사의 도착을 시녀가 고했다.

"네가 감히 태후를 업신여겨 되지도 않는 소리를 지껄였으니 그 죄를 받아야 마땅할 것이다! 네가 왕에 대한 불충한 마음이 없다면 왕실의 가장 중요한 자손을 보는 일에 있어 함부로 입을 놀리지는 못했을 터. 성군이니 뭐니 하는 말로 태후를 현혹시킬 정도이니 너를 가만히 두었다가는 만백성을 현혹시켜 혹세무민의 죄를 지을 위인임에 틀림없으렷다!"

사도는 분노를 터뜨리며 당장이라도 낭지법사의 목을 칠 사람처럼 크게 호통을 쳤다. 그리고는 시녀에게 명하여 갓 태어난 공주를 데려오라 하니 시녀는 감히 이 명을 받들기가 민망하여 어쩔 줄을 몰라 했다.

"할마마마, 갓 태어난 공주인데 어찌 예까지 찬바람을 쐬게 하겠나이까."

백정왕이 참다 못해 항변하였지만 하늘을 찌를 듯한 사도의 화를 누르기에는 역부족이었다. 시녀는 할 수없이 달려가 비단보에 싸인 공주를 온몸으로 안아 찬바람을 막으며 대령할 수밖에 없었다.

"자 보아라! 이 공주가 네가 말한 성군이고 강한 군주란 말이나?”

보에 싸인 채 꼼지락거리는 공주를 낭지법사가 한참 들여다보니 문득 공주의 시선이 법사에게 머물렀다.

“갓 태어난 아기는 눈을 맞추지 못하는 법인데 공주가 마치 법사를 알아보는 것만 같나이다.”

만호태후가 혼잣말처럼 중얼거렸다.

잠시 태후의 처소 안에는 법사와 공주를 지켜보느라 적막이 흘렀지만 이내 사도는 적막을 깨뜨리며 법사를 향해 다시 소리를 높였다. 그러자 법사는 나지막한 음성으로 아뢸 뿐이었다.

“태상태후마마, 나라를 위기에서 구하는 데 어찌하여 음이 따로 있고 양이 따로 있겠나이까. 부디 새로 태어난 왕녀를 귀하고 또 귀하게 여기시옵소서.”

“네가 끝까지 거짓을 고하여 왕실을 우롱한 죄를 인정치 않겠다 이 말인가!”

결국 사도는 낭지법사에 대한 화를 참지 못하여 법사로 하여금 죽을 때까지 영취산에서 한 발짝도 나오지 못할 것이며 그 누구라도 낭지법사를 만나러 가지 못한다고 지엄한 명을 내렸다. 그마저 백정왕과 만호태후가 만류하지 않았다면 낭지의 목을 쳤을지 모를 일이었다.

“왕실에 분란(紛亂)을 일으킨 죄 지엄하겠으나 여생을 허락하시니, 은혜로 알겠나이다. 은혜를 갚고자 신은 영취산에서 자연을 벗 삼아 죽을 때까지 충심을 다할 것이며, 먼 훗날 제가 왕실을 위하여 한 켜라도 더할 공이 있기만을 소원하겠나이다. 마마, 부디 공주님을 귀하게 여기시어 타고난 왕녀로서의 소임을 다하게 하시옵소서."

"……."

문득 백정왕은 마야왕후가 꾸었다는 꿈이 새삼 기이하게 여겨졌다. 비록 비단 보에 싸인 건 왕자가 아니라 공주였지만 세속오계를 주창한 원광법사조차도 그 신통함을 받든다는 낭지법사가 아닌가. 계림의 젊은 낭도들은 하나같이 낭지법사를 모셔 한 줄이라도 신통한 말씀을 듣는 것이 소원이라고 하는 그가, 사도태상태후에게 불려와 목숨이 오락가락 하는 상황에서도 한 치의 흔들림도 없이 마지막까지 아뢰는 이야기는 그저 태어난 왕녀를 귀하게 여기라는 말뿐이니.

낭지법사가 처소에서 물러나자 비단 보자기 속의 공주는 갑자기 울음을 터뜨리고 사도태상태후는 미실만 남기고 백정왕과 만호태후까지 모두 물려 버렸다.

해는 벌써 저녁으로 넘어가고 있었다. 자신 또한 지는 해처럼 연로해 가고 있었다. 미실이 자신을 받쳐 주고 있긴 하나 대원신통의 앞날을 더욱 탄탄하게 다져 놓아야 했다.

"마야왕후가 왕자를 낳지 못한다면 미실, 네가 왕의 아들을 낳아라."

"마마!"

"우리가 백정을 왕으로 세웠으나, 월성에는 죽은 진지왕의 아들인 용수와 용춘이 퍼렇게 살아있지 않느냐. 그들은 대원신통의 혈통이 아니니, 백정의 후사를 빨리 이어나가야 한다. 미실, 비록 네가 왕을 모시는 궁주로서 적지 않은 나이이나 아직은 수태가 가능하니……."

"마야왕후가 계속 공주만 낳는다면……."

미실은 사도의 말을 곱씹으며 눈을 빛냈다. 운명이 어디로 흘러가는지 누가 아는가. 먼저 차지하는 사람이 운명을 만들 뿐이다. 미실은 그렇게 생각했다.

한 차례 사도로 인해 소란이 있었지만 금세 평온을 되찾은 신라 왕실에서는 태어난 공주에게 부처의 공덕이 가득하다는 뜻으로 덕만(德滿)(훗날 선덕여왕)이란 이름을 붙여 주었다.

덕만이 태어난 585년, 장성한 백정왕은 더 이상 어린 소년이 아니었다. 전왕 때에 쓰던 '홍제(鴻濟)'란 연호를 '건복(建福)'으로 바꾸고 태후의 섭정에서 벗어나 친정을 꿈꾸었지만 쉽지 않았다. 미실의 풍만한 몸과 검은 머리카락이 그의 팔다리를 옭아매고 할머니인 사도의 기세 또한 사그라질 기미가 보이지 않았다.

(진흥)께가 죽고 금륜태자가 왕위에 올랐다(진지왕). (왕은) 다른 사람에 빠져 미실을 심히 총애하지 않았다. 미실은…… 마침내 사도태후와 함께 낭도를 일으켜 (진지왕을) 폐위하고 동륜태자의 아들인 백정공을 즉위시키니 이가 진평대께(백정왕의 시호)이다.

〈화랑세기 (6세 세종조)〉

2. 불타는 인연, 불타는 정욕

여인의 체취를 난생 처음 맡아 수줍던 그의 열 손가락은 여인을
즐겁게 하는 음사(陰事)의 능란함을 깨우치고 날로 왕녀와 함께 관
능의 세계를 알아 갔다. 한 쌍의 자웅으로 서로를 탐닉해 버린 그
들은 단 하루도 만나지 않으면 견디지 못했고 다른 이에게서는 어
떤 쾌락도 느낄 수 없는 서로만의 암수로 길들어졌다.

❋ ❋ ❋

600년(건복 17). 정월도 지나가는데 며칠째 진눈깨비 같은 흰 눈이 쉼 없이 쏟아졌다. 내리자마자 쌓이지도 못하고 녹아버리니 왕궁 전체가 질척대며 젖었다.

"하필 이렇게 궂은 날 행차하시나이까. 행여 병을 얻으실까 염려되옵니다. 또 궁 밖 출입이 잦은 것을 대궁에서 아시면 불호령이 떨어질 게 분명합니다."

시녀는 울상이 되어 이렇게 고개를 주억거리는데 공주는 휘날리는 눈발 속에서 문득 검은 그림자를 보았다.

"방금 그게 무엇이냐?"

"예?"

시녀가 알아듣지 못하는 사이 공주는 말고삐를 당겨 성큼 앞으로 나가 보았다. 그건 분명 사람이었다. 검은 그림자가 바람처럼 휘날리며 구지(溝池)로 뛰어든 것이었다. 구지는 월성에 적이 침입하지 못하도록 성 전체를 도랑과 함께 둘러 파놓은 못이었는데 정월이라 구지의 물이 살짝 얼고 있어 살을 에는 듯이 찼다.

"구지에 사람이 빠졌다. 어서 구하라!"

눈발이 공주의 속눈썹과 입술을 쉼 없이 적시고 있었다. 강한 눈바람이 불어대는 저녁에 왕실이 머무는 월성의 구지에 사람이 빠지다니.

호위병이 건져 온 사내는 이미 정신을 잠시 놓았는지 눈을 제대로 뜨지 못하며 사지를 뒤틀었다. 공주는 사내의 얼굴을 들여다보더니 말에서 내려와 겉옷을 벗어 덮어 주려 했다.

"마마, 저의 것으로 하겠나이다."

황송해 하며 자신의 옷을 벗으려는 시녀들을 공주가 제지하는데 남자가 신음소리를 내며 눈을 떴다. 남자는 진골 귀족의 복장을 하고 있었지만 몹시 초라해 보였다. 사경을 헤매다 다시 이승으로 돌아온 남자의 눈에 한 여자가 들어왔다.

"그대 이름이 무엇인가?"

"……."

남자는 혼미한 정신을 겨우 차리고 주위를 힘겹게 돌아본 후 공주를 올려다보며 말했다.

"김……선종(善宗)이라 하외다. 그런데 ……. 어찌하여 나를 살리었단 말이오?"

"무엄하다! 이 분은 백정왕의 덕만공주님이시다."

덕만공주라 하면, 백정왕의 둘째 딸이었다. 태어날 때부터 공주냐 왕자냐를 놓고 온 나라가 떠들썩했다고 들었다. 그 총명과 활달함이 사내의 기상을 능가한다고들 했다.

"공주면 남의 생과 사를 맘대로 해도 된다고 하더이까?"

물끄러미 바라보던 공주는 사내의 당돌한 말을 듣고 피식 웃더니 호위병에게 명을 내렸다.

"공을 의원에게 안전하게 모셔다 드린 다음 몸이 낫거든 나를 알현하러 궁에 들르도록 일러라!"

공주는 다시 말에 올랐다. 이미 공주는 흠뻑 젖어 있었다.

"구지처럼 차고도 깊은 울림이 있는 목소리구나."

공주는 혼잣말처럼 중얼거린 후 궁으로 말을 달렸다. 눈발은 더욱 휘몰아쳐서 한치 앞도 잘 보이지 않았다. 말 꼬리와 그녀의 긴 머리카락과 치맛자락이 휘날리며 선종에게 긴 여운을 남겼다.

선종은 며칠을 의원의 집에 머물며 안정을 되찾아 갔다.

"기력이 너무 쇠한 상태라 회복하는 데 시간이 더 걸렸소. 물에 몸을 던지기 전에도 이미 기가 약해진 상태였던 게요."

의원의 말에 자장은 씁쓸하게 웃었다. 마치 꿈을 꾼 듯 휙 지나간 기억이지만 눈보라 속에 만난 공주가 생각났다. 정신을 제대로 차리지 못한 가운데 어둠 속에서 보았기에 잘 기억 나지 않았지만 남자를 호령하는 듯 당당한 눈매는 뚜렷하게 생각이 났다. 자장은 공주의 명 대로 기력을 회복한 후 의복을 다시 갖추고 월성을 찾아갔다.

창가에 선 공주는 머리를 올린 채 희고 긴 목을 드러내고 있었다. 그녀는 사내들 못지 않게 키가 크고 이목구비가 뚜렷했다. 아직은 소녀에 가까운 나이였지만 이미 몸은 숙성하여 풍만하기 이를 데 없었다.

"미천한 자를 그냥 지나치지 않으시고 새로운 생명을 얻게 하셨으니 제가 큰 은혜를 입었습니다."

자장은 몸에서 광채가 나는 듯 화려하고 기품이 넘치는 공주를 감히 바로 보지 못하고 고개를 숙이며 인사를 올렸다. 공주는 그런 자장을 재미있어 하며 물었다.

"그대는 아직 젊디 젊은데 어찌하여 구지에 몸을 던지려 하였는
가?"

"…… 어려서 부모님을 모두 잃었고 얼마 전에는 누이마저 비명
에 갔나이다. 홀로 남아 세상을 돌다보니 나라도 백성도 허망하기
만 하고 삶과 죽음의 경계가 아련하여 차가운 겨울 구지물에 몸을
던졌나이다."

"죽음의 문턱까지 가 보았으니…… 그래 이제 삶과 죽음의 경계
를 알 만한가?"

"어찌 어설픈 객기로 삶과 죽음의 경계를 터득할 수 있겠습니
까. 다만 다시 눈을 떠 보니 어두운 삶 속에도 운명처럼 햇살이 비
칠 때가 올 수도 있음을 비로소 알겠나이다."

선종의 굵으면서도 맑은 음성이 덕만의 가슴에 은은하게 번져
왔다. 문득 덕만은 선종에게 존대하며 덧붙였다.

"선종은 앞으로 자주 월성에 들리어 세상 이야기를 전해주고 나
의 말벗이 되어 주오."

어느 날, 늪과 같은 허무와 어두운 절망의 끝에서 만난 왕녀가
자장에게는 봄날의 햇살처럼 눈부셨다. 또한 왕녀로 태어나 부귀
영화를 누리며 자란 덕만에게 삶의 무게를 버거워하는 청년은 처
음 경험해보는 새로운 세계였다.

                                        ❋ ❋ ❋

"뭐라고! 천명과 용수를 결혼시킨다 했는가?"

사도는 용수, 용춘 형제를 미워했다. 용수와 용춘은 사도가 폐위시킨 진지왕의 아들이었다. 백정왕은 사도의 아들인 동륜태자의 아들이었지만, 용수 용춘의 아버지인 진지왕(금륜태자)은 사도의 소생이 아니었다. 진지왕의 어머니인 숙명은 사도와 숙적이자 시어머니이기도 한 지소태후의 딸이었던 것이다. 그러니 용수와 용춘에 대한 사도의 미움과 경계는 뿌리가 깊었다.

"근자 들어 용수와 용춘 전군의 동태가 이상스러웠다. 폐위된 아버지에 대한 원한 때문에 주변을 맴돌더니 최근에는 왕에게 충성스러운 태도를 보이지 않더냐."

사도는 미실에게 말했다.

진지왕이 폐위됨과 동시에 그 아들인 용수와 용춘은 성골로서의 신분을 잃고 진골 귀족으로 강등되었다. 그래서 그들은 왕자라 불리지 못하고 처첩이 낳은 왕의 아들을 칭할 때 쓰는 '전군'이란 말로 낮춰 불려졌다. 왕가의 혈통이었음에도 왕실에서는 소외된 주변인물일 수밖에 없었다. 그런 상황에서 백정왕의 딸과 혼인을 통해 맺어진다는 것은 주변에서 중심인물로 나아가는 것이나 마찬가지였다. 오랜 동안 울분으로 주변을 맴돌던 용수가 왕에게 고개를 조아리기 시작하자, 백정왕이 정략의 손을 내밀은 셈이었다.

미실은 백정왕에게 색공하여 낳은 그녀의 아들 비담을 생각했다. 이제 겨우 열 살. 용수 용춘은 물론이고 천명과 덕만보다도 어렸다. 마야왕후가 아직도 아들을 낳지 못하고 있는 지금 백정이 천명공주와 용수를 결혼시키려 함은 무엇인가. 신라에서는 적자가 없을 경우 사위에게 물려주는 관습이 있었으니 미실의 마음이 급해졌다. 용수에게 뺏길 수는 없었다.

"비담 전군이 백정의 아들이라고 하나 왕후의 소생이 아니라 궁주의 소생이니……."

사도가 중얼거렸다.

신라에서는 어머니의 혈통에 따라 대원신통과 진골정통이라는 두 가지 파벌로 나뉘어 세를 겨루었는데 사도는 대원신통의 우두머리였고 미실 또한 대원신통이었다. 마야왕후만 제거하고 미실이 왕후가 될 수 있다면, 미실궁주가 낳은 백정의 아들인 비담이 왕위를 계승함으로써 대원신통이 왕위까지 이어나갈 수 있게 되는 것인데.

신라는 조선과 달라 왕의 아들이라고 해도 후궁이 낳은 자식은 왕위 계승권이 없고, 왕후의 아들만이 왕위를 계승할 수 있었던 것이다.

"남자는 용숙(龍叔)과 같은 사람이 없습니다."

천명은 오래 전부터 궁에서 보고 자란 용춘을 사모하였다. 그래서 용춘 전군을 마음에 두고 어머니인 마야왕후에게 말했으나 마야왕후와 백정은 동생 용춘이 아니라 용수를 주목했다. 용수가 장남이었기 때문이다.

　용수와 용춘은 왕의 사촌동생으로서 천명에게는 오촌 당숙이 되지만 신라에서는 친족 간의 결혼은 문제가 되지 않았다. 같은 성은 물론이고 형제의 자식이나 고모, 이모, 사촌, 자매까지도 아내로 맞이할 수 있었다.

　왕을 만나고 호명궁으로 돌아온 용수 전군은 동생 용춘과 마주 앉았다.

　"왕명이니 거역할 수 있겠는지요. 아버지가 폐위되실 때 저희도 궁에서 쫓겨났을 운명이 아닙니까. 죽고 사는 것을 왕이 좌우하는데 어찌 명을 따르지 않아 목숨을 위태롭게 하겠습니까."

　용춘의 말 속에는 가시가 돋아 있었다. 죽으라면 죽고 살라면 살아야 하니, 공주와 결혼을 하라면 해야 하는 것이었다. 용수에게는 이미 천화라는 처가 있었지만 천화를 다른 이에게 물려주고 천명과 다시 결혼을 해야 했다.

　"용수야, 용춘아!"

　어린 시절 밤마다 절규하는 아버지의 목소리를 들었다. 혼을 부르는 소리처럼 애절했다. 유궁에 갇힌 아버지. 금륜(진지왕)은 정사는 돌보지 않고 궁밖의 여자까지 끌어들일 정도로 색을 탐하다가 사도와 미실의 음모에 의해 폐위되어 유궁에 갇혀 지내면서 밤마다 소리를 질러대며 아들을 찾았다.

　"내 아들아! 내 아들아!"

　피가 서렸다. 목소리만 들어도 피를 토하는 아버지의 모습이 눈에 선했다.

“아바마마, 아바마마!”

용수와 용춘이 유궁에 달려가면 유궁을 지키던 병사들이 그들을 막아섰다. 아버지는 유궁의 문 안쪽에 매달려 문틈으로 울부짖는 아들들을 보며 문을 두드려댔다. 그러나 소용없는 절규였다.

사도가 소란을 전해 듣고 유궁에 나와 용수와 용춘에게 말했다.

“누가 너희 아바마마이더냐? 너희는 이제 왕자가 아니니 아바마마로 감히 부르지 말라. 목숨을 부지하는 것을 감사해야 할 것이다! 뭣들 하느냐. 이 아이들을 처소로 끌고 가라.”

사도는 유궁을 향해 소리쳤다.

“금륜아! 네가 아들을 살리고 싶다면 죄인으로서 삼가야 할 것이다!”

“으윽…….”

아버지는 혀를 깨물듯 울분을 되삼키었다.

금륜은 원래 진흥왕의 장자가 아니었다. 진흥왕의 장자는 사도의 아들인 동륜이었다. 그러나 동륜태자가 사고로 일찍 죽자 사도는 할 수 없이 자신의 아들이 아니라 숙명궁주의 아들인 금륜을 왕에 앉히면서 미실을 왕후로 삼아주겠다는 약속을 받아 내었다. 그러나 금륜은 미실을 왕후로 봉하지 않았다. 그 배신의 대가는 컸다. 배신을 당한 사도와 미실은 다시 야합하고 군사를 일으켜 죽은 동륜의 어린 아들인 백정을 왕으로 세우면서 금륜(진지왕)을 폐위시키고 유궁에 가둬 버린 것이다.

백정의 아버지가 동륜이고 동륜이 진흥왕의 장자이니 비록 금

룬을 폐위시키기는 했지만 장자를 중심으로 이어지는 왕통은 오히려 제자리를 찾은 셈이었다.

용수는 병사들의 손에 끌려가며 사도를 노려보았다. 불같이 뜨거워진 눈으로 똑똑히 보았다. 잊지 않을 것이다. 잊지 않을 것이다. 힘이 생기면…… 내가 힘이 생기면 동생을 지키고 나를 지킬 것이다. 그렇게 가슴에 새기고 영혼에 새겼다.

"너는 어려서 기억하지 못하겠지만 아버지가 유궁에 갇힌 채 3년을 살다가 돌아가기까지 단 한 번도 아버지 얼굴을 뵐 수가 없었고, 어머니인 지도왕후는 사도의 명으로 백정왕을 섬기게 되었다. 남편은 폐위되고, 어린 조카의 품에 안긴 것이니 마음이 어떠했겠느냐. 덕분에 우리가 왕궁 안에서 왕족으로서 살아올 수 있었다고 하지만…… 살아도 산목숨이 아니었다."

잠자코 듣고 있는 용춘의 어깨가 들썩였다. 아버지 얼굴도 기억나지 않는다. 그러나, 모든 것을 되돌릴 수만 있다면, 진골이 아니라 성골로 살아갈 수 있다면, 전군이 아니라 왕자로 살아갈 수 있다면…… 신라에서 성골(聖骨)은 성스러운 신분을 의미했다. 왕은 곧 신이었다. 터져 나오는 울분 때문에 용춘은 주먹을 불끈 쥐었다.

"천명과 결혼할 것이다. 왕의 사위가 되어 신임을 얻어낼 것이다. 그것이 우리가 원하는 바를 얻을 수 있는 유일한 길이다."

"형님, 그게 무슨 뜻인지요?"

"백정의 속을 내가 모를 줄 아느냐. 나와 천명을 두고 줄다리기를 해보겠다는 게야. 천명 아니면 나에게 왕위를 물려주려는 속셈인 것이다. 아직은 나를 믿지 못하겠지만 곧 나를 믿게 만들 것이다!"

"목소리를 낮추시지요, 형님."

용춘은 별안간 바짝 당겨 앉으며 조심스럽게 말했다.

"형님, 우리는 폐위된 전왕의 아들로서 이제는 성골이 아니라 진골로 강등되었는데 어찌 왕위를 넘본단 말입니까."

"성골인 왕자가 없지 않느냐? 백정왕도 그것을 잘 알고 있는 것이다. 그러니 천명공주와 나를 결혼시키려는 게 아니냐?"

"아직은 왕께서 강성하신데 혹여 왕자가 생긴다면 우리는 또다시 좌절하게 되지 않겠습니까?"

"마야왕후가 있지만 몸이 쇠약하고 나이가 들어가니 세월이 조금만 지난다면 자식을 잉태할 수 없는 몸이 될 것이다. 마양왕후가 수태를 하지 못하도록 힘을 써야 한다."

"미실궁주 소생인 비담이 있지 않습니까?"

"왕의 핏줄이라도 빈첩의 소생이면 왕위 계승권을 가질 수 없다. 비담이 백정의 핏줄이라고는 하나 미실이 왕후가 아니니 어찌 자리를 넘보랴. 왕위를 계승할 수 있는 왕자가 없다면 사위에게 양위하는 것이 신라의 법도이다."

"……!"

입 밖에 내어 서로 이야기한 적은 없었지만 두 사람은 언제나 가슴 속에 시절을 돌리고 싶은 울분과 회한을 숨기고 살았다. 천

명과 덕만 공주가 누리는 지위와 영화는 원래 자신들의 것이었다
고 믿으며, 엉뚱하게 흘러온 시절을 원망하며 칼을 갈았다.

> 금륜왕이 음란함에 빠졌기 때문에 폐위되어 유궁에 3년간 살다
> 가 세상을 떠났다.
> 용수공의 동생이던 용춘공은 아직 어려 그 얼굴조차 몰랐다. 폐
> 위된 왕의 비인 지도태후가 (사도)태상태후의 명으로 다시 신왕
> (백정=진평왕)을 섬기자 용춘공은 신왕을 아버지라 불렀다. 이
> 때문에 왕이 가엾게 여겨 총애하고 대우함이 매우 도타웠다.
> (그러나 용춘공이) 자라자 곧 개탄하며…… 힘써 낭도를 모았
> 다.
>
> 〈화랑세기(13세 용춘공)〉

❋ ❋ ❋

　겨울이 지나고 봄이었다. 봄은 온갖 탐욕과 시기 질투가 난무하
는 월성에도 오고 백제의 침략으로 황폐해진 변방의 땅에도 찾아
왔다. 사랑의 설렘을 갈망하는 여인에게도 봄은 오고, 모든 것이
허무하여 죽어 버리려던 영혼에게도 봄은 왔다. 적막한 삶에서 한
가닥 위안을 찾던 선종과 열정적인 왕녀와의 만남은 곧 뜨거운 사
랑으로 이어졌다.

거센 시작이었기에 슬픈 마지막을 미리 점쳐 볼 겨를도 없었다. 아니, 슬픈 마지막이 기다리고 있다고 해도 눈앞의 격정을 어찌할 수 없는 두 사람이었다. 사랑도 죄가 되고 사랑 그 자체가 자신을 할퀴어 대는 칼이 될 수 있음을 짐작도 하지 못했다. 몰라서 더욱 대범하게 뛰어들었다. 죽음이 기다리고 있다고 해도 지금 이 순간만은 서로가 전부였다.

덕만의 가슴 곳곳에 사랑의 꽃들이 피어났다. 때론 은은하게 때론 격정적으로. 난생 처음 경험하는 사랑의 격정 앞에서 덕만은 어쩔 줄을 몰라 하며 행복과 설렘 속에 갇혀 버렸다.

모든 것을 잃고 목숨마저 버리려 했던 선종의 영혼은, 모든 것을 다 가졌기에 당당하고 화려한 왕녀에게 빠져 들어갔다. 구지에서 다시 살아난 순간 봄 햇살 같은 덕만을 만나 선종은 새로운 희망을 보았다. 끊고자 했으나 끊을 수 없었고, 버리고자 했으나 버릴 수 없는 생의 본능처럼, 거침없는 왕녀의 사랑과 욕정 앞에 선종의 때 묻지 않은 영혼은 다시 살아나고 있었다. 그녀가 있기에 새로운 생명이 있었고 죽음을 꿈꾸던 늪과 같은 허무에서 벗어날 수 있었다. 언젠가 깨어날 꿈이라도 좋았다. 높은 곳에 있는 그녀가 자신을 향해 보내는 미소가 한낱 희롱이 아니라 가슴에서 우러나오는 진실이라면 어차피 버리고자 했던 세월쯤 두 번이고 세 번이고 버려 볼 참이었다.

신분의 벽을 넘어 삼단 같은 검은 머리를 풀어헤치며 품으로 파고드는 왕녀의 치맛자락 속에 묻어 나오는 처녀성의 혈흔에 놀라

당황하던 소년 같은 모습은 서서히 사라졌다. 수줍어하던 그의 열 손가락은 여인을 즐겁게 하는 음사(陰事)의 능란함을 깨우치고, 여인의 체취를 처음 맡아 떨리기만 하던 청년은 날로 왕녀와 함께 관능의 세계를 알아 갔다. 한 쌍의 자웅으로 서로를 탐닉해 버린 그들은 단 하루도 만나지 않으면 견딜 수 없는 서로만의 암수로 길들어져 버렸다.

그러나 둘 사이에는 월성의 담벼락보다도 높고 월성을 두른 구지의 물보다도 어둡고 깊은 신분의 차이가 도사리고 있었다. 그리움과 열락에 눈이 멀어 다른 것은 보이지도 들리지도 않던 한때가 지나갈 즈음, 사랑은 도리어 가슴을 파고드는 칼날이 되어 두 사람에게 돌아왔다. 마치 손아귀에 들어온 두 영혼을 취하려는 악귀처럼 사랑은 그처럼 아름답고, 슬퍼서 더욱 참담한 것이었다.

"그대는 언제까지 이렇게 내 곁에 있어 줄 테요?"

왕녀는 땀에 젖은 몸을 오그리며 떨더니 선종에게 더욱 바짝 당겨 안기면서 문득 물었다. 선종은 한쪽 팔로 그녀의 봉긋한 어깨를 감싸 안으며 말없이 웃었다.

"하늘이 하는 일을 인간이 어찌 알겠나이까. 공주님을 만난 것이 운명이듯이 헤어짐도 맺어짐도 운명이겠지요."

"골품은 인간이 정했는데, 어찌 우리의 헤어짐이 운녕일 수 있단 말이오. 그대가 정녕 나를 사랑한다면 왕녀의 지아비가 될 수 없다고 하더라도 사신(私臣)이라도 되어 평생토록 곁에 있어 주시오."

문득 선종은 옷깃을 당겨 왕녀에게 덮어주며 일어나 앉았다. 그의 단단한 가슴에는 아직 촉촉한 땀 기운이 남아 있었다.

선종은 시간이 지날수록 불안한 마음이 깊어졌다. 자신으로 인해 왕녀에게 어떤 일이 일어날지 알 수 없는 노릇이었다. 아니, 어떤 사건이 일어나지 않는다 해도 자신을 향한 사랑의 감정이 왕녀의 깊은 영혼을 뒤흔들고 있으니 그 자체가 위기이리라. 지켜 주지 못한다면 차라리 떠나는 편이 왕녀를 위하는 길이었다.

"선종?"

선종이 일어나 앉은 채 사신이 되어 달라는 공주의 말에는 답변도 없이 깊은 생각에 잠겨 있자 공주는 옷자락을 당겨 눈부시도록 하얀 살결을 살짝 가리며 몸을 일으켰다.

후두두둑. 갑자기 밖에서 굵은 빗방울 떨어지는 소리가 들리는가 싶더니 곧 천둥이 몰려왔다. 이내 사방이 궂은 날씨 때문에 어두워졌다.

공주는 요란한 빗소리를 들으며 몸서리를 쳤다. 선종은 빗소리에 몸서리를 치는 공주를 끌어안고 다시 육체가 주는 환락 속으로 빠져 들었다. 만남이 달콤하면 할수록 그의 번민은 커져만 갔지만 그 순간만큼은 모든 것을 잊고 싶었다.

✳ ✳ ✳

"뭣이?"

사도는 즉각적인 반응을 보였다.

"이런 망조가 있나. 왕녀가 진골 귀족 따위와 사통을 하다니!"

"김선종는 어떤 작자인가?"

만호태후가 옆에서 끼어들었다.

"소판 무림의 아들이온데 어려서 부모를 잃었나이다. 아버지인 무림은 14대 풍월주를 지낸 자인데 불교에 심취하여 일찍이 자리를 양위하고 초야에 묻혀 살다가 죽었고 어머니는 무림이 죽은 후 시름시름 앓고 이상한 행동을 하다가 횡사했으며 누이마저 얼마 전에 병으로 죽었다고 하더이다."

칠숙이 사도와 미실 그리고 만호태후에게 고했다.

"어찌 총명한 덕만공주가 골이 낮은 사내와 사랑에 빠졌단 말인가. 이 일이 세상에 알려지면 왕실이 신망을 잃을 터이니 입조심들 하라. 명심해야 한다."

사도는 단단히 당부를 했다.

신라의 왕족인 성골들은 근친혼을 통해 자신들의 신분을 철저히 지켜나갔다. 성골은 성골하고만 결혼할 수 있었으며 특히 왕가의 혼인에 있어서는 혈통을 이어나가기 위해 신분을 더욱 중시했다.

또한 수많은 빈첩을 두는 일이 당연했고 신분이 높은 자에게 아내를 상납하는 일도 드물지 않았고 재혼이나 연상녀와의 결혼도 문제가 되지 않았던 신라였지만 사통(私通)에 있어서만큼은 엄격했다. 왕녀의 경우에는 더더욱 그러하였다

많은 왕에게 색공을 하고 사사로이 남편까지 두었던 미실조차도 친동생인 미생과 자신이 부렸던 설원랑과 사통을 한 후에는 발각되기를 두려워했던 이유도 그 때문이었다.

"만호태후께서 왕에게 이 같은 사실을 전하고 왕실의 권위를 바로 세울 것을 당부하는 게 좋겠소."

사도가 며느리인 만호에게 말했다. 만호는 백정왕의 어머니였다. 또한 사도는 만호의 딸 중의 하나인 만명공주가 오래 전 사랑의 도피행을 벌인 사실을 염두에 둔 것이다. 만호는 사도의 의중을 눈치 채고 말없이 고개를 끄덕였다.

"어찌 왕실의 여자들이 하나같이 이런 음사에 걸려든단 말인고!"

사도는 만호의 딸과 덕만을 싸잡아 폄하하고 있었다. 그럼에도 만호는 감히 싫은 내색을 하지 못했다. 변명의 여지가 없었기 때문이다.

만호태후는 덕만공주의 일을 처리하기로 작정하고 백정왕의 편전으로 행차하여 다부지게 백정왕을 다그치기 시작했다.

"왕께서는 만명공주의 일을 기억하고 계시는가?"

만명공주는 오래 전 궁을 빠져나간 만호의 딸이었다. 만호가 백정의 아버지인 동륜태자가 젊은 나이에 비명횡사한 후 왕족 '숙흘

종'과 합하여 낳은 공주였다. 숙흘종은 동륜의 아버지인 진흥왕과 이복형제였다.

만명공주와 사랑에 빠진 김서현은 신라가 복속한 가야국 왕실의 후손으로서 신라에서는 진골귀족에 불과했을 뿐만 아니라 가야 후손이라는 꼬리표 때문에 진골 중에서도 변방의 인물이었다. 그러니 만명의 사랑은 넘을 수 없는 신분의 장벽에 부딪쳤던 것이다.

"만명공주는 내 딸임에도 불구하고 나는 가야 출신의 진골인 김서현과의 결혼을 허락하지 않았음을 왕도 잘 알 것이오."

만호태후와 숙흘종은 임신한 만명공주를 감금하고 김서현은 지방의 벼슬을 주어 떠나보냈지만 만명은 신분을 모두 버리고 김서현과 함께 달아났다. 그리고 김서현의 아이를 낳으니, 왕실을 뒤흔들어 놓았던 만명공주와 김서현의 사랑의 도피행 끝에 태어난 아들이 바로 '김유신'이었다.

"선종과 덕만공주의 관계가 장안에 떠들썩하여 왕실의 위엄이 땅으로 떨어졌소. 왕은 어찌하여 이 지경이 될 때까지 알지 못하였단 말이오. 안 그래도 왕자가 없어 왕실의 위엄이 흔들릴까 우려되는 현실이건만 공주의 행실이 이러하니 어찌하면 좋단 말이오."

비록 장녀는 아니었으나 백정왕은 내심 덕만의 지혜와 지략을 높이 사 항상 곁에 두고 조언을 구하며 의지하던 바였다. 최근 들어 들락거리는 모양새가 불안하긴 했으나 덕만의 총명함을 믿었기에 별다른 걱정은 아니 했건만 백정왕은 믿는 도끼에 발등이라도 내리 찍힌 듯 분노가 치밀었다. 그러나 덕만을 내친다면 백정의 슬하에는 오직 천명만이 남을 것이니 백정왕 자신의 입지를 더욱 약하게 할 게 분명했다.

"분명히 밝히거니와 나의 딸 만명공주의 일에 있어서도 공주에 대한 사사로운 염려보다는 왕실의 위엄을 세우는 것이 우선시되었거니와, 덕만공주의 일이라고 해서 별다르게 처리할 수는 없는 법! 왕께서는 사사로운 정에 흔들리지 마시고 오직 원칙과 위엄에 따라 분별하소서!"

만호태후의 말은 칼날처럼 매서웠다.

다음 날부터 백관들은 너도나도 덕만의 일을 입에 올리며 하나같이 분명한 왕의 용단을 요구하기 시작했다. 모두가 태후궁에 붙은 자들이었다. 그러나 백정은 이번만큼은 쉽게 흔들리지 않으리라 생각했다.

"들리는 이야기만으로 공주를 문책할 수는 없다. 오늘 이후 공주의 행실을 확실한 증거 없이 문제 삼는 이는 왕실의 권위에 도전하는 것이렷다."

백정은 다만 공주에게 근신을 명하고 사태가 잠잠해지기만을 기다릴 뿐이었다.

❀ ❀ ❀

덕만은 백정왕으로부터 자신의 궁 밖으로 출입을 금지 당하고 갇혀 지냈다.

조정에서는 자신으로 인해 논란이 오고갔지만 그녀는 선종으로 인해 어수선한 마음을 다잡지 못하고 있었다. 시녀를 통해 오고가던 연락이 두절되었는데, 선종 또한 아무런 연락을 보내오지 않았다. 그렇게 여러 날째. 궁 밖으로부터 한 통의 서신이 시녀를 통해 은밀하게 전달되었다.

반가운 정인의 서신에 공주는 뛸 뜻이 기뻐서 읽어 내려가기 시작했으나 곧 비통해하며 가슴을 부여잡았다.

내 절망의 나락 끝에서 기적처럼 그대를 만났으니 차갑고 칠흑같이 어두운 겨울 못 속에서 죽음의 문턱까지 갔다가 다시 살아나 처음 마주한 얼굴이 바로 공주였소. 그대는 내 영혼을 다시 소생시키는 햇살 같았소.

그러나 그대와 나 사이에는 선조로부터 후손들에게 이르기까지 어찌할 수 없는 신분의 장벽이 가로막혀 있고 사랑만을 위해 모든 것을 버리기에는 그대에게 주어진 운명이 너무 크다오. 그대는 신라의 왕녀이니 내가 그대를 취함은 나라를 배반함과 같아서, 장부로 태어나 어찌 그러한 불충을 저지르리오.

하늘같이 높은 곳에 머무르는 그대라서 품에 안고도 감히 이름을 입 밖에 내어 불러보지 못했고 내 품에서 열락에 들뜬 그대 얼굴을 바라보면서도 늘 불안하고 슬펐다오.

공주, 곁에서 오직 그대만을 위해 살아주지 못함을 용서하오. 그러나 그대에게는 그대가 걸어가야 할 길이 있으니 그 길을 축원하며 돌아서는 것은 더 크게 당신을 사랑하기 위한 나의 마음임을 부디 알아주오.

월성 구지에 빠졌을 그 때 죽었어야 할 목숨이건만 그대를 만나 참된 기쁨을 맛보도록 허락한 천지신명에게 감사할 따름이오. 그대와 함께 하는 동안 평생에 걸쳐서도 얻지 못할 행복을 누렸으니 앞으로 고행만이 나를 기다린다고 해도 넘치도록 행복하오.

이제 내게 주어진 길을 가려 하오. 그대에게 배운 깊은 사랑, 그것을 나 홀로 취하지 아니하고 만백성에게 전하고자 출가의 뜻을 세우니, 이 나라 백성이 누구요? 모두가 그대의 백성이나 마찬가지니 그대를 사랑하는 마음으로 백성을 사랑하고 불도를 전할 것이오.

덕만……!

처음이자 마지막으로 그대의 이름을 감히 불러보오. 영원히 나의 입술에 그대 이름을 새겨 둘 것이오. 부디 공주여, 신국의 왕녀로서 영원토록 고귀하고 또 굳건하시오!

서신을 든 공주의 손이 후들거리고 입술이 가늘게 떨렸다.

"공주마마?"

서신을 전해 준 시녀가 부축하려 했으나 덕만은 모든 손길을 마다하고 해가 저무는 하늘만 하염없이 바라보며 흐느꼈다.

슬퍼하기도 두려운 놀라움이었고, 미리부터 예견된 일이었으나 한 번도 상상조차 못한 이별이었다. 살아 있는 한 심장이 뛰는 것처럼 그렇게 자신의 존재 일부로 깊이 파고든 정인이었건만, 돌아설 수 있음이 기가 막혔다. 정신을 차리고 보면 왕녀로서의 도리를 모르는 바도 아니었건만 가슴은 머리를 떠나 영혼을 휘어 감고 정욕에 눈뜬 여인의 열정으로 달려온 시간이었다. 어쩌면 왕녀의 신분을 버리고서라도 그와 함께하고자 했을 덕만이었다.

덕만은 넋을 놓고 며칠을 보내다가 갑자기 밖으로 나왔다. 밖에는 왕이 보낸 시종들이 그녀를 주야로 감시하고 있었다.

"비켜서라!"

"공주마마, 왕의 엄명이 있으셨나이다."

"비켜서라! 비키지 않으며 밀치고 나갈 것이다."

"마마, 부디 소인의 입장을 헤아려 주시옵소서!"

덕만은 아랫입술을 지그시 깨물더니 시종을 밀치고 말 위에 올랐다.

"마마, 덕만공주님!"

그녀는 눈 깜짝할 사이에 자신의 말을 타고 달리니 시종들은 차마 완력으로 공주를 제어하기 민망하여 발만 동동 굴렀다. 덕만의 가슴속에서 격한 소용돌이가 휘몰아쳤다.

인간사에 신분도 중요하고 나라도 중요하나, 이토록 골수에 사무치는 그리움이 어찌 그보다 덜 귀하다 하리오. 진실을 진실이라 말하지 못하고서 어떻게 나라를 위하고 백성을 위한단 말인가.

선종의 집에 가보니 그는 이미 떠나고 없었다. 말을 다시 달려 선종이 들어갔다는 산사에 도착하니 이미 저녁 땅거미가 질 무렵이었다. 동자승을 따라 가보니 불빛이 새어 나오는 작은 방 앞에 눈에 익숙한 선종의 신발이 놓여 있다. 동자승이 덕만이라는 여인이 찾아 왔음을 여러 차례 알렸으나 안에서는 기척도 없었다. 동자승은 민망해 하다가 가버리고 저녁 어스름이 번져 가는 산사에 덕만은 우두커니 섰다.

"이대로 나를 아니 볼 참인가……."

덕만은 혼잣말처럼 중얼거렸다.

"가야 할 때가 되었다고 그리 쉽게…… 그대는 돌아서지는가?"

덕만은 다시 혼잣말처럼 중얼거렸다. 그러나 안에서는 아무 소리도 들리지 않았다.

"여인의 마음 하나 헤아리지 못하면서 어찌 부처의 마음이 되겠단 말인가."

"……."

"지아비가 아니어도 좋으니 제발 곁에만 있어 주면 안 되는가?"

덕만은 선종의 방 문고리를 부여잡고 주저앉았다. 그 문을 밀어 젖히고 들어갈 수도 있었다. 마음속으로는 골백번도 더 그리 해 보았지만 차마 실제로 행할 수는 없었다. 밤은 이미 깊었고 별마저 총총 떠올랐지만 덕만은 문에 기댄 채 소리를 죽이고 하염없이 흐느꼈다.

정인은 돌아앉았고 문을 밀고 들어가면 다시는 돌이킬 수 없을지도 모를 일이었다. 이대로 삼수갑산에 가게 된다 한들 선종의 손을 절대 놓지 못할지도 모를 일이었다. 잡고 싶으면서도 잡으면 안 된다는 걸 누구보다 덕만은 잘 알고 있었다. 넘지 말아야 할 마지막 선을 넘어 버리면 누구보다 선종 그가 위험해질지도 몰랐다.

"그대로 절대 문을 열지 마시게. 내가 아무리 애원해도 절대 마음 흔들리지 마시게. 혹시 내가 격정을 이기지 못해 문을 열려고 해도 절대로 허용하지 마시게. 부디, 그대로…… 마음 먹은 대로 그렇게 가시게나."

어느새 밤이 지나 새벽이 밝아오고 있었다. 가을밤 한기에 오그라드는 몸으로 덕만은 일어섰다. 휘청거리는 것은 다리만이 아니었지만, 돌아가는 것 외에 다른 길이 남아 있지 않음을 인정하고 돌아설 수밖에 없었다.

지친 몸으로 말에 올라 월성으로 돌아오니 월성을 두르고 있는 구지에는 밤새 가을 낙엽이 떨어져 수면 위에 어른거리고 있었다. 덕만은 진눈깨비가 흩날리던 겨울날 선종을 처음 만났던 일들을 백 번이고 천 번이고 되뇌이며 쓸쓸한 구지의 물결을 하염없이 바라보았다.

(자장율사는) 일찍이 부모를 여의고 세속의 시끄러움을 싫어해서…… 자기의 전원(田園)을 내어서 원녕사(元寧寺)를 삼았다.

혼자서 그윽하고 험한 곳에 거처하면서 이리나 범도 피하지 않았다. 고골관(枯骨觀)을 닦았는데 조금이라도 피곤하면 작은 집을 지어서 가시덤불로 둘러막고 그 속에 발가벗고 앉아서 조금만 움직이면 가시에 찔리도록 했으며 머리는 들보에 매달아 어두운 정신을 없앴다.

(고골이란 죽은 사람의 뼈를 말하며, 고골관이란 시체가 썩어서 백골이 되는 모습을 보면서 인생의 덧없음을 깨닫는 수행법이다.)

〈삼국유사 권 4(의해 제5)〉

3. 상처로 얼룩진 출가(出家)

덕만은 일어나 한 겹 한 겹 자신을 두르고 있는 옷을 벗어내기 시작했다. 그녀의 하얀 몸이 좁은 방 안에 오롯이 드러났다.

한때는 정인의 손길로 풍만한 굴곡마다 꽃피우던 육체, 사랑받는 기쁨으로 밤마다 설레던 육체, 또 화려한 의복과 장신구로 치장하여 왕실의 위엄을 맘껏 뽐내던 아름다운 육체였다.

주루룩 한 줄기 뜨거운 눈물이 흘러 내렸다.

❀ ❀ ❀

"뭣이, 공주가 궁을 빠져나갔다가 돌아왔다고?"

백정왕은 수세에 몰렸다. 공주궁에 갇혀 조금만 자중하는 모습을 보여 준다면 시간을 끌다가 군신들을 설득하여 공주의 문제를 잦아들게 하려고 했다. 군신들 앞에서 형평성과 원칙을 잃어서는 안 되겠기에 궁에 가두고 근신케 함으로써 어느 정도 분별을 두려고 했건만 공주는 그마저도 다 넘어서 제멋대로 왕의 입지를 약하게 만들어 버린 셈이었다.

"당장 공주를 끌고 오거라!"

"아뢰옵기 황송하오나 공주께서는 의식을 잃고 병석에 계신다고 하더이다."

"고얀지고……."

백정왕은 꾸짖는 듯 말을 내뱉고는 입을 다물어 버렸다.

공주가 왕의 명까지 어겨가며 멋대로 궁 밖을 나갔다 들어온 사실이 알려지면서 조정의 대신들은 왕실의 위엄을 떨어뜨렸다는 명분으로 공주를 더욱 심하게 비난하기 시작했다. 만명공주는 가야 출신 진골 김서현을 사랑해서 궁 밖으로 달아나 공주로서의 신분을 박탈당했기에 덕만공주도 만명공주처럼 응당한 처벌이 따라야 한다고 중신들은 끈질기게 주장했다.

일부 충신들이 공주가 반성할 수 있도록 충분히 근신시킨 다음 용서를 해주라는 간언(諫言)을 하기도 했지만 시퍼런 날을 드러낸 미실과 태후궁에 붙은 무리들을 누르기엔 역부족이었다. 미실과 태후파들은 덕만공주의 일을 꼬트리 삼아 천명공주와 용수의 결혼 추진까지 물타기를 해버릴 심산이었다.

"일파만파로 파장이 커지도록 해야 한다. 덕만공주가 문제가 아니라 덕만공주를 통해서 천명공주까지 신망을 문제 삼아라. 때가 악하면 백정왕도 천명의 결혼을 감행할 수 없을 것이다."

미실은 자신의 심복인 설원랑을 불러들여 화랑 내에서 공주들에 대한 부정적인 여론을 만들도록 했다.

그렇게 여러 날이 지나도록 중신들의 분분한 의견들이 잠들 기미를 보이지 않더니, 급기야 왕이 사사로운 감정에 치우쳐 공명정대한 용단을 미루고 있다는 말까지 새어 나왔다.

"대왕이시여, 백성들의 왕실에 대한 신임이 무엇보다 중요한 때가 아니옵니까. 일이 크게 번지기 전에 무마하여야 천명공주의 결혼이 정통성을 인정받아 백성들의 신망을 얻을 것이옵니다."

용수가 왕을 찾아가 은밀히 고했다.

"화랑들에게까지 공주에 대한 반발이 싹트고 있다 하옵니다. 미실궁주의 입김이 작용한 게 틀림없습니다."

미실은 진흥왕 때부터 화랑에 대한 영향력을 키워 왔다. 미실에 충성하는 남자들 중에 화랑 출신인 이들이 많았고 미실이 여러 남자에게서 낳은 자식들 중에서도 화랑으로 진출한 이가 많았음이다.

백정은 비통해 하며 한숨을 쉬었다. 이번에도 뜻대로 할 수 없

단 말인가. 딸 하나를 지켜내지 못한단 말인가. 미실과 사도의 권
세를 누를 수 있는 길은 용수를 끌어들여 힘의 균형을 이루는 길
밖에 없다고 그는 생각했다. 덕만공주의 일로 천명과 용수의 결혼
마저 무마된다면 태후와 미실의 힘은 더욱 강력해질 게 분명했다.

급기야 백정왕은 자기 팔을 잘라내는 심정으로 결단을 하기에
이르렀다.

"덕만공주는 마땅히 자신의 행동에 대하어 처분을 받아야 할 것
이니라!"

덕만은 왕 앞으로 불려 나갔다. 미실을 비롯하여 그들의 무리가
지켜보고 있는 가운데 불려 나간 그녀는 금세라도 쓰러질 듯 기가
빠져 있었다. 머리카락은 헝클어진 채 하얀 이마를 가리고 있었고
초점을 잃은 듯 허공만을 응시한 채 아버지와 눈조차도 마주칠 힘
이 없어 보였다.

"신국의 도가 자웅의 어우러짐을 불경시하지 않으나 자유로움
속에서도 엄연히 지켜가야 할 도가 존재하니 이는 엄격히 신분에
따를 것이며 특히 성스러운 신분으로 성골을 구분하여 이를 숭상
하고 이어나가는 것이 왕실의 책무이자 특권인 것을! 공주는 성골
의 계통을 이어가야 할 존귀한 책무를 저버렸으니 그 죄가 실로
크도다. 공주의 행동으로 왕실의 위엄이 손상을 입고, 백성들로부
터 신뢰를 잃게 되었으니 마땅히 왕녀로서 책임을 묻게 하노라!
공주는 성골들이 거하는 월성에서 내쳐질 것이며 그와 동시에 성
골 신분과 왕녀로서 누렸던 모든 특권을 박탈하노라! 공주는 월성

을 떠나라!"

시종들이 양 팔을 한쪽씩 부축하려 하자 덕만은 곧 꺼져 버릴 듯한 숨을 몰아쉬면서도 그들의 부축을 뿌리쳤다. 핏기 없이 파랗다 못해 하얗게 말라붙은 입술을 겨우 움직여 덕만은 왕에게 말했다.

"소녀의 무분별한 행동으로 왕께 심려를 끼쳐 드려 심히 통한이 크나이다. 비록 제 소임을 다하지 못한 죄 크오나 왕실과 백성을 생각하는 마음만은 진정이오니 어디에 가 있어도 신라의 앞날을 위해 기원할 것이옵니다. 부디 왕이시여, 옥체 강령하시옵소서."

한마디 한마디는 끊어질 듯 이어지며 덕만의 입에서 흘러나왔다. 연인을 잃은 상심으로 인해 식음을 전폐하다시피 슬픔의 도가니에 빠져 있던 그녀는 정신마저 혼미했으나 애써 정신을 차리며 마지막 말을 전하려 했다.

시종의 부축을 마다하고 덕만은 애써 몸의 중심을 잡고 혼자 섰다. 그리고 왕께 마지막 절을 올리고 뒤로 나오려다가 문득 멈춰섰다. 미실이었다. 미실의 눈과 마주쳤다. 덕만의 퀭하던 눈길에 일순간 광채가 스쳤다. 미실의 손아귀에 왕과 언니, 그리고 왕실을 두고 떠나는 것이 원통했다.

'이것으로 모든 게 끝난 것은 아니리라. 부디 왕이시어 강녕(康寧)하소서.'

덕만은 기력이 다 소진해 떨리는 걸음을 이끌고 왕과 신하들을 뒤로 하고 나왔다. 가을볕이 따갑게 다가왔다. 벌겋고 탐스럽게 익은 감이 윤기를 머금고 반짝거렸다. 햇살 아래 맘껏 제 빛깔을 뽐내는 열매의 탐스러움은 한때 치솟았던 사랑과 정욕의 찬란함만큼 눈부셨다. 그러나 이내 서리가 내리고 매서운 겨울 추위에 흔적도 없이 사라지리라. 모든 것은 한때뿐이니, 터질듯이 물이 오른 탐스러움도 언젠가는 부서지리라.

대전 밖으로 나오자 급하게 대전 마당으로 들어서는 마야왕후와 마주쳤다.

"어마마마."

"덕만공주! 어찌 되었는가?"

덕만은 고개를 떨구었다. 그녀의 얼굴이 창백했다. 마야왕후의 얼굴도 창백해졌다.

왕후가 대전으로 달려드는데 덕만이 만류했다.

"그만두소서. 어마마마, 왕께서도 어쩔 수 없는 결정이옵니다."

공주의 말에도 왕후는 아랑곳하지 않고 대전 앞으로 달려 나가 엎드리며 소리를 질렀다.

"대왕이시여, 공주를 용서하소서. 대왕이시여 부디 우리 공주를 용서하소서. 제가 죄를 대신 받겠나이다. 대왕이시여!"

왕후의 고함이 대전 마당을 가득 메우는데 대전 안은 조용할 뿐이었다. 덕만은 왕후의 곁으로 다가가 어머니를 달랬다. 시녀들이 두 사람을 부축하여 왕후궁으로 모셨다. 왕후궁에 돌아온 마야는 덕만을 끌어안으며 통곡했다.

선종을 잃은 슬픔이 너무도 커서 차마 소리 내어 울지도 못한 덕만이었다. 왕 앞에 끌려가 문책을 당할 때도, 미실의 시선 속에서 온갖 모멸감에 참담할 때도 가슴속으로는 오로지 한 사람을 앙망하여 그리움에 몸부림쳤다. 이제 궁 밖으로 쫓겨나가는 신세가 되었음에도 앞길에 대한 두려움보다 정인을 잃은 충격에 온몸을 떨면서도 차마 드러내 울지 못하고 속으로만 참아 넣던 그녀였다. 그러나 통곡하는 어머니 앞에서 그만 참았던 슬픔을 터뜨리고 말았다.

"어마마마, 일이 이 지경이 되고도 제 마음은 오직 선종으로만 가득 차 있나이다. 제가 지핀 사랑의 불길이 이젠 내 심령을 다 태우려고 하나 보옵니다. 그의 손길이 없으면 살아갈 자신이 없나이다. 가슴이 전부 타들어가는 것 같습니다. 흐흐흑."

덕만은 어머니에게 안겨서 울었다. 마야는 불같은 딸의 슬픔에 오히려 마음을 추스르며 딸을 위로했다.

"덕만아, 울지 말거라. 인간사가 모두 제 뜻대로만 되는 것이 아니거늘, 사랑이 어찌 네 뜻대로 되겠느냐. 시간이 지나면 상처도 아물고 기억도 지워져 다 살아지느니라. 너무 상심하지 말고 왕녀로서의 기백을 잃지 말아야 한다."

"……네에."

지금은 실연의 아픔에 앞뒤를 못 가리지만 한발만 물러서 생각해도 앞으로 살아갈 일이 막막한 덕만이었다. 궁 밖으로 내쳐진다는 사실만으로 견디기 힘든 모욕인데, 어디서 살며 어떻게 살아갈 것인지에 대한 염려는 공포에 가까웠다. 태어나면서부터 부귀영화만 누려온 왕녀였기에 더욱 바깥세상이 두렵기만 했다.

한참을 부둥켜안고 울던 마야는 작심이라도 한 듯이 말했다.

"덕만아!"

"네."

"낭지법사를 아느냐?"

"영취산에 사는 이승(異僧)이라고 하는데 언제부터인지는 전해지지 않으나 여러 해 동안 암자에 살며 구름을 타고 다닌다고도 하고 신통력을 지녔다고도 하더이다. 그의 명성을 듣고 젊은 화랑들이 도를 배우러 찾아가는 일이 많으나 아무도 제자로 받아주지 않았다고 하옵니다."

"맞다. 그는 사도태상태후의 노여움을 사서 심산유곡에 숨어 살고 있다. 세상에 나오지 말고 누구도 만나서는 안 되며 명을 어길 시 낭지법사를 찾아간 사람에게까지 화를 미치게 하리라고 사도께서 지엄한 명을 내렸었다."

"……."

"그러나 낭지법사를 찾아가거라. 너의 얽힌 운명의 갈 길을 그가 알려 줄 것만 같구나."

왕녀로서의 삶은 이제 존재하지 않았다. 스물도 안 된 어린 나이로 궁에서 쫓겨나, 앞으로는 이름 없는 한 백성이 되어 살아가야 하리라. 덕만은 왕후가 내려주는 금이나 보물도 마다하고 빈손으로 월성을 떠났다. 아끼던 애마 한 마리만이 그녀를 따랐다.

삽량주(삽량은 지금의 양주) 아곡현의 영취산에는 이상한 승려(낭지)가 있어서 수십 년을 혼자 숨어 살았는데 그가 누구이며 어디서 왔는지 아는 이가 없었다.

그는 언제나 〈법화경〉을 강론했고 신통력을 지녔다.

백 년 동안 숨어 살며 높은 이름은 일찍이 세상에 드러내지 않았다.

〈삼국유사 권 제5(피은 제8)〉

✽ ✽ ✽

"곧 눈이 올 것 같습니다. 법사님."

잔뜩 찌푸린 모양이 요즘 들어 제법 쌀쌀해진 바람을 생각하면 첫눈이라도 올지 몰랐다. 젊은 남자의 말을 듣고 법사는 하늘을 올려다보았다.

"눈이라니, 반가운 손님이구면. 귀한 분이라도 찾아오시려나."

그는 꾸부정한 허리를 펴고 자리에서 일어났다.

"들어가시겠습니까?"

"방에 불을 넣어야겠다."

"법사님 제가 다 해두었습니다."

"내 방이 아니라 빗장을 걸어둔 방을 열고 불을 넣어야겠다는 말이다."

"아니, 웬일로 그 방을 여시려 합니까?"

암자의 작은 방 하나에 유독 빗장을 걸어두고 사용치 못하게 하며 지내온 법사였다. 오늘따라 그 방을 열고 불까지 떼라니, 남자는 의아하여 되물었다.

"허허허, 기다리던 귀인이 올 것만 같구나."

법사는 옷에 묻은 마른 잎을 툭툭 털며 심드렁하게 내뱉었다.

바위 위에 앉아 반나절이 지나도록 산 아래를 내려다보고 있던 법사는 뒷짐을 짓고 구름으로 잔뜩 차서 해도 지기 전에 어두워진 하늘을 다시 한 번 올려다보았다. 눈이 소리 없이 떨어지기 시작하더니 눈발이 바람과 섞이어 시야를 가릴 만큼 휘몰아쳤다.

해가 지고 눈보라만이 적막하게 가득한 밤이 깊어질 무렵, 한 여인이 홀로 말을 끌고 암자를 찾아왔다. 먼 길을 돌아 왔는지 입고 있는 옷은 진흙과 먼지에 범벅이 되어 있었지만, 형형한 눈빛이 예사롭지 않았다. 머리카락은 아무렇게나 잘라낸 듯 어깨에 겨우 닿을 듯 말 듯한 길이로 거칠게 흩어져 있었다. 여인은 눈두덩이 쑥 들어가 있고 지쳐 보였지만 입술을 꼭 다문 채 긴장을 늦추지 않고 있었다. 금방이라도 쓰러질 듯 말라 있었지만 백옥같이 하얀 피부가 거친 차림에도 불구하고 남자의 눈길을 끌었다. 얼굴선을 따라 흐르는 긴 목 또한 기품이 물씬 풍겼다. 휘몰아치는 눈발을 헛헛하게 바라보는 눈빛이 그대로 울어버릴 것처럼 슬퍼도 보였다. 여인의 슬픈 눈은 누군가를 그리워하는지 어느새 촉촉히 젖어 들었다.

남자는 순간 넋 놓고 여인을 바라보다가 정신을 차리고 물었다.

“누구시오? 여기는 외부 사람의 출입이 금지된 곳이오.”

“알고 있소. 마야왕후의 명에 따라 낭지법사를 뵙고 아뢸 말이 있으니 말씀을 넣어 주시오.”

여인은 초라한 행색과는 달리 초면인 남자에게 명령하듯 말했다.

“그대가 뉘신데 이 야밤에 낭지법사를 찾는 것이며 또 왕후께서 어찌하여 그대 같이 초라한 여인에게 전갈을 맡긴단 말이오?”

“무엄하구나! 나는 백정왕의 공주인 덕만이다.”

남자는 처음에는 놀란 듯 눈을 동그랗게 치뜨더니 이내 웃음을 터뜨렸다.

“아니, 공주께서 어찌하여 이런 차림으로 홀로 누추한 암자를 찾는단 말이오? 하하하.”

이때 안에서 낭지법사가 꾸부정한 허리를 하고 맨발로 한달음에 내려와서는 넙죽 절을 올렸다.

“어서 오시옵소서. 공주마마. 낭지라고 하옵니다. 공주님을 뵈올 날만 기다리며 질긴 목숨을 부지하고 살았나이다.”

화려한 왕녀가 아니라 초라하고 이름 없는 한 여인의 모습으로 찾아왔건만 이처럼 환대하는 낭지법사를 보니 덕만은 감개가 무량하여 가슴이 뜨거워졌다.

“어찌 나를 알아보시는가?”

“공주님의 형형한 눈빛을 내 어찌 잊으리오. 태어난 지 며칠도 안 되었을 때 태후궁에서 뵈온 이후로 한 순간도 잊은 적이 없습니다.”

“법사님, 그만 일어나시오.”

덕만은 허리를 굽히며 낭지법사를 일으켜 세우려 했다. 그러나 낭지법사는 그대로 몸을 숙이고 덕만의 발치에서 왕녀에 대한 예를 갖추었다.

문득 지나간 순간들이 또다시 주마등처럼 눈앞을 스쳐 지나갔다. 꼭 이런 날이었는데, 선종을 처음 만난 날도 이렇게 눈보라가 치는 저녁이었는데, 그때 선종을 못 보고 지나쳤다면 그를 사랑하게 되지도 않았을 테고 지금처럼 덕만이 퇴궐을 당하는 소용돌이에 휘말려 산사로 흘러 들어올 일도 없었을 텐데. 지나쳐야 할 것을 굳이 잡아 인연을 맺은 것이 운명이라면, 잘못된 만남에서 다시 새 길을 열게 됨 또한 운명이리라.

차가운 눈발에 옷깃이 젖어가건만 법사는 일어날 줄 몰랐다. 공주의 숙인 머리 위로도 눈발이 떨어져 녹았다. 공주는 그만 굳어 버린 바위처럼 고개를 숙이고 온몸으로 눈을 맞아 흠뻑 젖은 채 서 있었다. 영취산 암자에서 맞은 첫 밤이 깊어가기만 했다.

스슥 스슥.

덕만은 밖에서 나는 소리에 문득 눈을 떴다. 아침이었다. 문밖에서 마당을 쓰는 비질 소리가 들렸다. 밤새 흩뿌리던 눈발은 새벽 무렵 더 굵어지더니 마침내 산사의 마당에 하얗게 쌓여 있었다. 어디선가 낭지법사의 염불 소리가 노랫가락처럼 구슬프게 이어졌다.

덕만은 일어나 앉아, 옆에 고이 접은 채 놓여 있는 옷을 보았다.

"이제부터는 이 옷을 입고 거하시지요."

어젯밤 덕만을 맞이한 낭지는 오랫동안 빗장을 걸어 두고 사용하지 않았다는 방을 치우고 공주에게 내주었다. 그리고는 방과 함께 간직해 둔 이 옷을 꺼내 덕만에게 올린 것이다.

"불가에 귀의하란 말이오?"

덕만은 옷을 받고 문득 물었다.

"이미 공주님은 출가하신 몸이나 마찬가지이옵니다. 궁을 나오는 순간부터 세상에 버려진 것이오니 달리 어디를 가시오리까? 이제 부모도 없으며 혈육지친도 없으며 오직 혼자시니 부처님을 바라보고 공덕을 쌓으며 나라를 위해 기원을 드리며 살아가심이 남은 도리이옵니다."

덕만은 지친 몸을 일으켜 앉아 그 옷을 빤히 쳐다보았다.

한번도 출가를 생각한 적은 없었다. 선대의 법흥왕께서 말년에 왕후와 함께 영흥사에 들어가 불교에 귀의했고 어머니인 마야왕후의 이름도 석가모니 어머니의 이름을 딴 것이라 하니 왕실 어른들의 불심이 남다른 것은 사실이었지만 정작 덕만에게 출가란 자신과 무관한 일로 알아오던 터였다.

그러나 달리 살아갈 방법이 없었다. 낭지의 말처럼 그녀에겐 이제 집도 없고 가족도 없을 뿐만 아니라 산목숨을 부지해 갈 방편 또한 전무했다. 어쩌면 낭지가 말하지 않아도 세상 모든 것을 잊어버리고 이름 없는 여인이 되어 속세를 떠나 살아가고픈 심정이었다.

　낭지가 나간 뒤 덕만은 일어서서 궁에서 입고 나온 옷을 한 겹한 겹 벗어내기 시작했다. 그녀의 하얀 몸이 좁은 방 안에 오롯이 드러났다. 한때는 누군가의 손길로 꽃피우던 육체, 사랑받는 기쁨으로 뜨거웠던 육체, 또 화려한 비단 옷과 장신구로 치장하여 왕녀로서의 기품을 드러내던 육체였다.

　그러나 세상을 버리듯 육체도 버리고 그 위에 승복을 한 겹씩 걸쳤다. 두 손으로 목 뒤의 머리카락을 만져보니 삐죽삐죽 단도로 잘라낸 자리가 거칠게 만져졌다.

　밖으로 나오자 남자는 황송해 하며 고개를 숙여 인사를 했다.

　"공주님, 지귀라 하옵니다."

　"그렇게 어려워하지 마시오. 나는 이제 공주가 아니니 가족처럼 편히 대해 주시오."

　덕만은 남자를 보고 빙그레 웃었다. 햇살이 눈부셨다.

　'선종은 절망 가운데 나를 만나 햇살이라 했는데 나의 햇살은 무엇인가. 절망이 지극하여 그 힘으로 다시 살아가야 할 운명이니, 내게는 절망이 오히려 햇살이구나.'

　"법사님, 신분을 버리고 이제 막 출가한 몸이오니 공주로 대하지 마시고 법사님의 가르침을 받으러 온 제자로 대하소서."

　덕만은 낭지에게 이렇게 말했다. 낭지 역시 그런 공주의 뜻을 따라 고개를 끄덕일 뿐이었다.

　덕만이 떠난 후 백정은 천명공주와 용수의 결혼을 서둘렀고 용

수는 천명과 결혼하면서 자신의 처 천화를 동생인 용춘에게 물려
주었다. 그리고 그 이듬해인 602년(건복 19년) 천명공주가 용수의
아들을 낳으니 이름을 '춘추'라 했다. 수나라에서는 양광이 형인
황태자 '용'을 살해하고 정권을 잡기 시작하여 어수선한 때였다.

> 그때 (백정)대왕은 적자가 없어 (용춘)공의 형인 용수 전군을
> 사위로 삼아 왕위를 물려주려고 했다. (용수) 전군이 (용춘)공에
> 게 물었다. 공이 답하기를
> "대왕의 나이가 한창 강성할 때이므로 문득 후사가 생기면 불
> 행해질까 염려가 됩니다." 했다. (용수) 전군은 이에 따라 사양
> 했으나 마야왕후가 들어주지 않고 마침내 전군을 사위로 삼으
> 므로 곧 천명공주의 남편이다.
>
> **〈화랑세기 (13세 용춘공 컷)〉**

❋ ❋ ❋

여러 해가 지나도록 낭지는 덕만을 공주라 칭한 적 없고 왕실의
이야기를 묻거나 거론하지 않았고 오직 암자에서의 호젓한 일상
에 몰두하며 덕만은 암자의 가족이 되어 나무를 하고 밥을 지었으
며 이른 아침이면 탁발을 나갔다. 그러던 어느 날 낭지는 덕만의
방으로 조용히 찾아와 이렇게 말했다.

"이 곳에 오셔서 소승과 생활한 지도 어언 3년이니 앞으로는 부족하나마 공주님께 법화경을 강론할 뿐만 아니라 유·불·선(儒·佛·仙)의 경지와 세상 모든 학문의 이치를 가르치려 하나이다."

덕만은 낭지를 물끄러미 바라보았다.

"법사님, 제가 필부(匹婦)가 되어 암자의 비구니로 살아온 지 어언 3년인데 무슨 까닭으로 오늘 저를 갑자기 공주라 칭하시며 유·불·선과 세상의 이치를 가르치려 한다고 말씀하시옵니까? 왕실에서 배운 학문도 적지 않거니와 더 많은 학문과 이치를 깨친들 그것이 제게 무슨 소용이 있겠는지요. 매일같이 왕실과 나라를 위해 진정으로 염원하는 것으로 저의 죄를 씻을까 하옵니다."

"그것만으로 공주님의 죄가 씻기오리까. 왕녀의 신분을 망각하고 맘대로 행동한 죄, 부처님의 경지를 알지 못하고 정욕으로 심신을 불태운 죄, 백성의 마음을 헤아리지 않고 일신의 쾌락에 젖어 든 죄……."

낭지는 덕만을 바라보며 빙그레 웃었다.

"무릇 사람이 도를 깨칠 때는 그릇을 먼저 키워야 하는 법. 공주님은 여러 해 동안 여기서 과거의 희로애락에 흔들리던 성정의 그릇을 바다처럼 깊고 호수처럼 잔잔하고 바위처럼 단단하게 키우셨으니 이제 세상의 이치를 배워 가슴에 천하를 품어보소서. 천하를 품어야 백성을 가슴에 안을 수 있으며 백성을 가슴에 안는 것이 성군의 첫걸음이옵니다."

"어찌 저에게 성군의 갈 길을 논하시는지요. 감당치 못하겠나이다.”

“궁 안의 권좌에 있어야만 성군이 아니라, 백성의 아픔과 피와 눈물을 헤아리는 자만이 참다운 성군일 것입니다. 땅과 하늘이 서로 위 아래로 있으나 마주보고 서로를 품듯이 백성과 성군 역시 그러합니다. 땅은 하늘이 되고 하늘은 땅이 되어 천하를 이롭게 하는 뜻을 품으심이 마땅하나이다.”

말없이 고개를 숙인 채 낭지가 던진 말을 곱씹고 있는 덕만을 홀로 남겨 둔 채 낭지는 그녀의 방을 나왔다. 반달이 휘영청 떠올라 머잖아 둥근 보름으로 차기를 기다리며 밤하늘에 달무리를 그리고 있었다.

며칠이 지난 뒤 덕만은 낭지를 찾아갔다.

“궁 안의 권좌에 있어야만 성군이 아니고 백성을 품어야 성군이라는 말씀에, 그동안 잊고 살고자 노력했던 내 안의 나를 다시 깨달았나이다. 법사님께서 허락하신다면 제가 할 수 있는 모든 노력을 기울여 법사님의 경지를 배워 익힘으로써 부질없던 저의 삶을 새롭게 다시 살아보려 하옵니다.”

그날 이후 낭지는 덕만에게 유·불·선은 물론이고 전해져 오는 모든 병술과 도학, 천기를 읽는 비법과 무예를 가르치니, 어린 아이가 걸음마를 배우듯 덕만은 하루하루 새로운 인물로 거듭났다.

4. 천년을 기약하는
운명적 만남

"단 한 번 품었음에도 온 진정으로 사모하는 마음을 깨달았
으니…… 당신을 다시 만날 수만 있다면, 그런 일이 허락된다면
그때는 천년이 지나도록 떠나지 않고 곁을 지키겠다고
저 하늘에 대고 맹세합니다!
천년이 지나도록 곁을 떠나지 않고 지키겠나이다!"

❀ ❀ ❀

611년, 덕만이 낭지를 찾아 산사로 들어온 지 10년이 지날 무렵, 또다시 삼국에 전운이 감돌았다. 형을 살해하고 왕이 된 수나라 양광이 만리장성을 쌓더니 즉위 9년 만에 113만의 군사를 모아 고구려 정벌에 나서려 하고 있었다. 수나라의 침략을 대비하여 고구려가 정신이 없는 동안 백제 무왕은 이를 기회 삼아 신라에게 빼앗겼던 영토를 되찾으려 들었다.

그해 7월 무왕은 수나라가 고구려에 대한 공격을 감행하기도 전에 먼저 신라의 가잠성(지금의 경상남도 거창군에 있는 것으로 추정)을 공격해 왔다. 가잠성은 신라와 백제의 국경지대에 있는 성으로서 신라와 백제가 치열한 공방전을 벌이던 격전지 중의 한곳이다.

"가잠성의 성주 '찬덕'은 성 안의 양식과 물이 떨어지자 시체를 뜯어먹고 오줌을 마시며 100일 동안 항전하였습니다. 성이 함락되자 '우리 왕이 나에게 성을 맡겼는데 온전하게 지키지 못하고 적에게 패하여, 원컨대 죽어서 커다란 악귀가 되어 백제인을 모조리 잡아먹고 성을 회복하리라!'고 외치면서 달려 나가 홰나무에 부딪쳐서 죽었다고 합니다."

낭지는 덕만에게 가잠성의 함락 소식을 소상히 전했다.

"가잠성은 험곡으로 둘러싸인 국경의 요새입니다. 빼앗기는 어렵되 지키기는 상대적으로 수월한 곳인데 백제군에게 잃었으니 다시 찾을 수 있을지 참으로 안타깝습니다. 또한 가잠성은 신라의 금산으로 통하는 관문이니 이제 금산을 지키기가 더욱 어려워지지 않겠는지요. 법사님, 가잠성은 되찾을 수 있겠습니까?"

"꽤 오랜 시간을 기다리고 대가를 치른 다음에야 되찾을 수 있나이다. 이제 서서히 백제 무왕이 본색을 드러내고 있으니 더욱 불길합니다. 그의 야욕은 고구려의 그것보다 훨씬 집요해서 신라의 앞날에 엄청난 먹구름을 몰고 올 것입니다."

진흥왕은 신라를 삼국 중 가장 강한 나라로 키워 놓았다. 강성하던 고구려도 진흥왕 앞에서 쇠하고 백제의 성왕까지 제거하고 신라를 강국으로 만들어 놓았으나 그것이 오히려 화근인지, 고구려와 백제는 진흥왕 때 빼앗겼던 영토를 되찾으려 호시탐탐 신라를 노렸다. 문득 낭지는 덕만에게 이렇게 권했다.

"공주님, 저와 함께 신라 변방의 성(城)들을 돌아보지 않으시겠습니까?"

암자에서 지내는 여러 해 동안에도 낭지는 간혹 말없이 사라졌다가 한 철을 다 보내고서야 돌아오곤 하는 일이 종종 있었다. 주변의 사람들은 낭지가 천하의 도가 높은 법사를 두루 찾아다니며 강론을 듣고 경지를 겨루러 다닌다고도 했고, 구름을 타고 수나라까지 건너갔다 온다고도 했다. 그렇게 암자를 드나드는 낭지였지만 덕만에게 함께 가기를 권하기는 처음이었다.

"성이라고 하셨습니까?"

"예, 그러합니다. 머잖아, 그 성들은 대부분 전화(戰禍)에 휩쓸리어 더러는 백제 땅이 되고 더러는 고구려 땅이 됩니다. 변방의 한 소국이었던 신라가 법흥, 진흥왕의 성대를 거치면서 만들어 놓은 영토를 야금야금 고구려와 백제가 뜯어 먹고 있나이다. 어찌 남의 수중에 들어가기 전해 우리 강토를 돌아보지 않을 수 있겠나이까?"

낭지는 덕만과 길을 떠났다.

'율리'라는 마을에 이르렀을 때 마침 어느 여인의 혼례가 치러지고 있었다. 여인의 얼굴은 맑고 고왔고, 남자는 오랜 고생을 하였는지 수척하였지만 고운 여인을 얻어 기쁨에 가득 차 있는 듯 보였다. 여인은 마을에 사는 설 씨의 딸이라고 하고 신랑는 가실이라고 했다.

6년 전 가실은 설 씨의 늙은 아버지 군역을 대신 살아 주는 것을 청하여 여인의 마음을 얻어 혼인을 약속했다고 한다. 그러나 3년 예정되어 있는 군역은 신라가 고구려, 백제 등과 크고 작은 전쟁을 치르느라 기한을 넘기기가 일쑤여서 가실은 제때 돌아오지 못했다. 늙은 설 씨는 딸의 장래를 생각하여 약속한 기한이 훨씬 지났으니 더 나이 들기 전에 다른 사람에게 시집을 갈 것을 강권하였다.

"6년 전에 아버지를 편안케 하기 위하여 가실과 약속을 했고 가실도 그 약속을 믿고 군역을 떠났습니다. 전쟁터에서 적병과 가까이 있어 손에서 무기를 놓지도 못하고, 매일 범의 아가리 바로 앞에 있는 것처럼 위험 속에 살고 있는데 어찌 그를 기다리지 않겠습니까? 아버지의 명령이라도 감히 끝까지 따르지 못하겠으니 다시 말씀하지 마십시오."

　아버지가 강제로 혼례를 시키려 하자 여인은 도망하려 하다가 실패하여 양난곡경(兩難曲境)에 빠져 있을 때 마침 가실이 돌아왔다. 몸은 너무 말라 뼈만 남았고 옷이 낡아 아무도 그를 알아보지 못했다. 그러나 가실은 품에서 정표로 나눠 가졌던 거울을 꺼내 보이고 자신이 혼인을 약속한 가실임을 증명하여 새로이 혼례를 치르게 된 것이었다.

　마을의 경사라 하나 너무도 초라한 혼례식에 덕만은 놀랐다. 또한 군역을 치르고 돌아왔다고 하나 젊은 남자라고는 믿어지지 않을 만큼 마르고 초췌한 가실의 몰골에 또 한 번 놀랐다. 뿐만 아니라 군역이 제대로 시행되지 않아 사고팔기가 일쑤고 돈 있고 권세 있는 자들은 모두 군역을 빠지고 이를 재물로 해결하니 결국 돈 없고 힘없는 이들만 변방으로 가 강산이 변할 만큼 오랜 세월을 군역으로 보내는 일이 비일비재함을 알고서 탄식할 수밖에 없었다.

　"제대로 먹지도 못하고 돈에 팔려 군역을 치르니 병력이 강해질 리가 있습니까. 남은 가족들의 살림살이 또한 궁핍해질 수밖에요. 무릇 백성의 사정을 소상히 알아야 그들을 위한 정책을 펼 수 있는 것입니다. 궁궐 안에 들어앉아서야 어찌 백성의 삶을 조금이라도 헤아릴 수 있겠나이까."

　"법사님, 왕녀로 태어나 부귀영화를 누리면서 살았던 세월 동안 감히 백성을 생각하는 진정을 가지고 있다고 스스로 생각했던 사실이 부끄럽기만 합니다.”

‘율리’라는 마을을 떠난 두 사람은 며칠 후, 얼마 전 전쟁을 치렀던 가잠성 부근의 마을에 당도했다. 성은 이미 백제에게 속하여 그들의 깃발이 휘날리고 있었고, 국경의 마을은 인기척도 거의 느껴지지 않을 만큼 적요하기 이를 데 없었다. 성의 군사들은 모두 백제로 끌려갔고 전쟁을 치르고 초토화된 신라의 백성들은 다른 마을로 살 길을 찾아 떠나고 없었다. 산 사람은 하나도 보이지 않고 썩고 있는 시체들만 가득한 채 시간이 멈춰 있었다.

누구는 머리가 있으되 팔이 없고, 누구는 팔은 있으되 다리가 없었다. 목이 잘린 사람, 목이 붙은 채 죽은 사람, 배가 갈린 사람, 온몸에 고슴도치처럼 화살을 맞아 죽은 사람, 눈을 치뜨고 있는 사람…… 아귀지옥(餓鬼地獄)이 따로 없었다.

왕녀는 난생 처음으로 백성을 보았다.

군신들이 입으로만 읊어대는 백성이 아니라, 왕실에서 가르침을 통해서만 배운 백성이 아니라, 피와 살이 있고 눈물과 배고픔이 있는 백성을 보았다. 그들도 몸을 비비고 사는 지어미와 지아비가 있고 배 아파 낳아 기르는 자식이 있고 그리운 사람이 있고 맛있는 음식을 먹고 싶고 좋은 옷을 입고 싶은 욕망이 있는 사람이라는 것을, 찌르면 고통스럽고 베이면 울부짖고 팔다리가 잘려나가면 까무러칠 수밖에 없으며 펄떡이는 심장을 가진 살아 있는 사람이라는 것을…….

백제가 침략하여 영토를 차지하면 그들의 백성이 되었다가 신라가 이기면 신라의 땅이 되었다. 두 나라가 개 이빨처럼 영토를 어지럽게 맞대고 서로 빼앗고 빼앗기는 형국이라 국경지역의 백성들은 스스로가 백제 사람인지 신라 사람인지조차 구별이 없어졌다.

"어찌 이것을 사람의 삶이라 할 수 있겠습니까? 권세 있는 자들은 모두 궁을 중심으로 호의호식을 하는데, 사람의 삶이 어떻게 이리도 천양지차(天壤之差)로 다를 수 있단 말입니까?"

"이들은 풀과 같아서 밟으면 짓밟힐 수밖에 없고 뽑으면 뽑힐 수밖에 없으니, 이들에게 신라의 백성으로 사는지 백제의 백성으로 사는지가 무슨 의미가 있겠나이까. 조금이라도 삶의 고단함과 비참함에서 벗어나기를 갈망할 뿐이옵니다."

"……."

덕만은 더 이상 아무 말도 하지 못했다. 나는 백성이 누구인지도 어떤 삶을 사는지도 모른 채 백성을 사랑하라는 가르침을 배우고 자랐구나.

"이것이 바로 신라의 미래이옵니다."

덕만은 화들짝 놀라며 낭지를 올려보았다.

"곧 신라의 많은 성과 국경마을의 백성들은 모두 이런 참담한 꼴을 당하게 될 것입니다."

"무슨 말씀이십니까?"

덕만은 물었다. 그러나 낭지는 더 이상은 아무 말도 하지 않은 채 갈 길을 재촉할 뿐이었다.

❋ ❋ ❋

가잠성이 함락되던 해 길을 떠났던 덕만과 낭지는, 그 다음 해 인 612년, 초가을 무렵에 영취산에 돌아왔다. 수 양제가 113만 대군을 다 모아 드디어 고구려 정벌에 나섰다가 고구려의 을지문덕 장군에게 살수에서 대패하여(살수대첩) 군사 대부분을 잃고 이를 갈며 돌아간 다음이었다.

오랜 만에 덕만과 낭지가 돌아오자 암자를 지키던 '지귀'가 반가운 마음에 달려 나와 낭지와 덕만을 맞이했다. 암자에서 지내는 동안 늘 파르라니 깎고 있던 덕만의 머리카락은 어느새 자라 그녀의 긴 목선을 타고 찰랑거렸다.

"덕만공주님, 머리카락이 많이 자라셨습니다."

지귀는 수줍어하며 덕만에게 인사를 건넸다. 덕만 역시 오랜만에 손끝에 잡히는 머리카락이 신기하기도 하고 월성에서 지내던 시절이 그립기도 하여 자꾸 만져보던 차였다.

다음날부터 낭지는 다시 덕만의 수련을 이어나갔다. 달라진 것이 있다면 더욱 엄격하여 작은 실수라도 할라치면 무섭게 호통을 치고 무예를 가르치는 데 있어서도 그 시간과 강도를 높여 나갔다는 점이다.

"자신의 희로애락에서 초연할 수 있어야 세상을 돌아볼 수 있습니다. 하늘이 자신의 희로애락에 물들어서야 어찌 땅을 돌볼 수 있겠나이까. 사랑, 정욕, 욕망, 그리움, 슬픔 그 모든 감정들을 다스리고 가슴에 묻어야 백성의 눈물과 아픔을 내 것으로 할 수 있는 것입니다.”

낭지는 늘 덕만의 격정적인 성정을 경계하여 그렇게 일렀으니 이는 덕만이 타고난 뜨거운 불의 기질을 갈고 닦아 그 기운으로 제왕의 위엄을 갖추게 하기 위함이었다. 불의 기질이란 자칫 잘못하면 주위를 태우는 법이니 불을 잘 다스려 만백성을 뜨겁게 사랑하고 이롭게 할 수 있는 성심으로 승화시켜야 했다.

챙!

칼끝에서 불꽃이 일며 지귀의 오른손에 쥐어 있던 검이 날아가 땅에 꽂혔다.

낭지는 크게 웃으며 다가왔다.

“덕만공주님, 칼 솜씨가 날로 새로워 마침내 지귀의 칼을 놓치게 하였으니, 참으로 대단하십니다.”

“아닙니다. 지귀가 전력으로 응대하지 않은 덕분입니다.”

“지귀는 삼국을 통틀어 제일가는 칼잡이입니다. 지귀와 대적하여 기세를 잡았으니 공주님의 경지가 부족하다 할 수 없나이다.”

세 사람은 계곡에서의 수련을 끝내고 저녁 무렵 암자로 향했다. 계곡이 끝나고 우거진 나무들이 시작되는데 울긋불긋 단풍으로 물든 수풀 사이로 한 젊은이가 홀로 칼날을 번뜩이며 수련하고 있는 것이 눈에 띄었다.

“저 이는 누구인가?”

덕만이 지귀에게 물었다.

"젊은 화랑인데 날마다 영취산에 올라와 홀로 제사를 지내고 기도를 드린 다음 무예를 닦나이다."

그의 모습은 수풀 사이로 옷자락이 단풍인지 단풍이 옷자락인지, 칼날이 바람인지 바람이 칼날인지 모르게 어우러져 있었다. 간간히 들리는 기합 소리는 가을바람에 섞이어 귓가를 맴돌다가 창공으로 스며들었다. 잠시 걸음을 멈추고 그 모습을 먼발치에서 바라보는데 낭지가 적요를 깼다.

"화랑과 낭도들이 심산유곡을 찾아다니며 자연 속에 어우러져 수련함은 신라 젊은이들만이 지닌 풍류라고 가히 칭할 만하옵니다."

"그렇습니다."

신라의 화랑은 단순히 호국만을 위한 조직이라기보다 '선도(仙徒)'에서 비롯되었다. 따라서 처음에는 신선의 무리로서 신궁(神宮)을 받들고 하늘에 제사를 지내는 일을 주로 하다가 점차 도(道)에 힘쓰고 나라를 위하는 조직으로 발전했다.

신라의 젊은이들은 화랑을 따르는 낭도의 무리에 끼이기를 소망했고 신분이 높은 자제들은 화랑이 되어 낭도들을 거느렸다. 그 화랑들의 우두머리는 '풍월주'라 불렀는데 진골 자손들을 중심으로 세습되었다. 풍월주는 달과 바람의 주인(風月主)이라는 뜻이었으니, 화랑이야말로 달과 바람이었던 것이다.

산들바람에 덕만의 단발머리가 찰랑거리며 날렸다.

"법사님, 암자로 돌아왔으니 다시 삭발을 해야겠습니다."

앞서 가던 낭지는 덕만을 돌아보고는 빙그레 웃었다. 지귀가 농조(弄調)를 섞어 끼어들었다.

"지금 모습도 좋으니 그냥 두시지요."

낭지는 지귀의 말에 크게 웃으며 한마디 덧붙였다.

"이제 때가 이르렀으니 어찌 다시 머리를 깎겠는지요!"

낭지는 이렇게 말하고는 잰걸음으로 더욱 빨리 앞서갔다.

❋ ❋ ❋

그는 남들과 달리 어미의 자궁에서 열 달 만에 세상에 나오지 않고 스무 달을 머물다 나왔는데 그의 상은 천하의 귀상이라 날 때부터 주위의 이목을 끌었다. 또한 그의 몸에는 북두칠성 모양의 점이 있어 평범한 이들과 구별되었는데, 신분의 장벽을 넘어선 사랑 끝에 자식을 얻었던 그의 부모는 아들의 남다른 그릇됨을 믿어 의심치 않았다.

유신은 어려서부터 무예가 뛰어나 주변 사람들의 칭송을 받았다. 고구려, 백제, 신라, 이렇게 삼국이 정족(鼎足)세로 모여 있으면서 전쟁을 일삼으니 나라에서는 강한 장수가 그 무엇보다도 귀하던 시절이라, 기골이 장대하고 남다른 재주가 엿보이는 남자들은 모두가 집안의 자랑이요 나라의 귀한 재목들이었다. 유신 역시 그러하였다.

또한 가야의 후손으로서 신라에서 대접받지 못하고 이름뿐인 진골귀족으로 살아가는 아버지 김서현의 한을 풀어 줄 유일한 희망이기도 했다.

15세에 일찍이 화랑이 되어 낭도의 무리를 거느린 유신은, 18세에 이르러 풍월주의 지위를 물려받았다. 일찍부터 그를 따르는 낭도들이 많았다. 또한 유신은 외적들이 신라 국경을 침범하는 것을 보고 비분강개하여 그들을 평정하려는 뜻을 세우고 홀로 산을 찾아 제사를 지내고 무술을 연마했다.

"하늘이시여, 적국이 무도하여 짐승같이 우리의 영역을 소란케 하니 편안한 날이 하루도 없나이다. 백성은 굶주림과 공포에 시달리고 나라의 영토는 모욕을 당하니 세상에 나가 나라의 환란을 없애는 일에 몸을 바칠 수 있기를 소원하나이다. 하늘은 굽어 살펴 저를 도와주소서! 굽어 살펴 저를 도우소서!"

어느 날 유신의 기도가 계속되는 가운데 갑자기 때 아닌 먹구름과 함께 천둥소리가 몰려왔다. 조금 있자니 번개가 치고 하늘이 갈라질 듯 창천에 섬광이 새겨지다가 사라지곤 했다.

유신이 기원을 마치고 동굴에서 나오니 동굴 앞 벼랑 끝에 한 여인이 온몸으로 비를 맞으며 서 있었다. 바람이 심하게 부는 데다 천둥 번개가 치고 있었기 때문에 호리호리한 여인은 날아갈 것 같기도 하고 벼락을 맞을 것 같기도 하여 위태로워 보였다.

우르르 쾅쾅!

다시 한 번 천둥이 몰려오고 금방이라도 하늘이 여러 조각으로 거울처럼 깨질 듯 섬광으로 갈가리 나뉘어졌다.

유신은 여인에게 다가가 위험하니 뒤로 물러서라고 만류하려 했지만 그녀가 두 손을 모으고 무언가를 간구하고 있어서 감히 천둥소리 가운데서도 무겁게 감도는 침묵을 선뜻 깰 수 없었다. 먼 발치에서 그저 바라만 보는데 여느 여인네와 달리 두려움도 없이 벼락과 천둥 속에 서 있는 자태가 위엄이 서리다 못해 귀기까지 느껴졌다.

얼마나 기다렸을까. 천둥도 지나가고 벼락도 지나가고 굵은 빗방울마저 그쳐 버리고 초저녁 어스름이 오늘따라 이른 시간에 산 주위를 에워싸기 시작했다.

그제야 여인은 하늘을 향해 합장을 한 자세를 거두고 돌아서는데 유신은 갑작스럽게 시선을 거두고 한발 물러섰다. 여인은 유신을 발견하고 눈을 마주치자 놀란 기색도 없이 목례로 인사를 하고 산을 내려갔다.

여인의 걸음을 보니 아주 날렵할 뿐만 아니라 산길을 익숙하게 가는 터라, 마치 무예를 오래 연마한 사람처럼 절도가 느껴졌다. 비에 젖은 그녀의 뒷모습을 유신은 한참 바라보았다. 물기를 머금은 옷자락은 그녀의 어깨부터 발끝까지 흘러내리는 투명한 살결의 선을 다 드러내 주고 있었다. 둥근 어깨선에서부터 잘록한 허리를 지나 긴 다리를 따라 흘러내리는 선은 마치 갈고 다듬어진 불상처럼 교교(皎皎)하기 이를 데 없었다.

열여덟 살의 유신은 무엇에라도 홀린 듯 여인이 사라진 곳을 바라만 보았다.

건복 29년(612) 이웃한 적국의 침략이 점점 심해지자 (유신)공은 더욱 비상한 뜻을 품고 보검(寶劍)을 차고 홀로…… 깊은 골짜기에 들어가 향을 피워 놓고 하늘에 고하며 기도했다.
〈삼국사기 권 제41(열전 제1)〉

❋ ❋ ❋

"여기는 깊은 산속인데 무슨 일로 공께서 홀로 머무시는지요?"

두 번째 만남이었다. 처음 만났을 때 목례만을 하고 스쳐 지나가면서 그것이 처음이자 마지막 우연이리라 생각했다.

여인의 목소리는 나직했으나 경쾌하고 낭랑하면서도 무게가 실려 있었다. 겸허하여 예를 갖추어 말하는데도 마치 왕이 신하에게 하문(下問)하듯 절도가 있었으니, 산속에서 만난 이름 없는 여인에게서 감히 범접(犯接)하기 힘든 강한 기가 느껴짐은 놀라운 일이었다.

"저는 화랑을 거느린 풍월주로서 올 가을 내내 영취산에 올라와 기도를 드리고 있습니다. 그런데 랑께서는 무슨 일로 이토록 깊은 산중에 홀로 계시는지요?"

“저는 10여 년을 이 산중에 살았으니 영취산이 저희 집이나 마
찬가지지요.”

“혹여 낭지법사가 계시다는 암자에 거하십니까?”

“그렇습니다.”

낭지법사의 암자. 수많은 화랑들이 도를 배우러 청했으나 어느
누구도 받아 준 적이 없고 오직 한 여인만을 가르치고 수련시킨다
고 들은 바가 있던 터라 유신은 되물었다.

“낭지법사가 아낀다는 제자가 되십니까?”

여인은 문득 빙그레 웃는데 그렇다는 뜻 같기도 하고 아니라는
뜻 같기도 하였다.

“제자라면 제자요 아니라면 아니겠지요.”

유신이 피워 놓은 향이 연기가 되어 올라가는 모양이 향내와 함
께 은은하게 번졌다.

여인은 유신이 만들어 놓은 제단으로 다가가며 그를 향해 물었
다.

“공께서는 보기 드문 귀상을 지니셨는데, 도대체 몇날 며칠 무
엇을 그리도 간절하게 빌고 있었습니까?”

여인은 사람의 마음을 꿰뚫어보는 눈을 하고서 유신을 똑바로
쳐다보았다.

“우면산성과 가잠성이 고구려와 백제에게 넘어가고 앞날도 예
측하기 힘든 신라를 위해 빌었습니다. 랑께서는 무엇을 위해 빌었
는지요?”

“이제 어둡고 긴 시간들을 견뎌야 하는 누군가를 위해 빌었습니다. 오랜 세월을 견뎌야 기름진 땅을 다시 만나 광명을 누릴 수 있는 누군가를 위해 빌었습니다. 그 누군가를 위해 나를 온전히 버리고 길을 떠날 수 있게 해달라고 빌었습니다.”

여인은 한마디 한마디 힘을 주어 천천히 말을 하는데 유신에게는 그 말이 무척 슬프게 느껴졌다. 참으로 묘한 느낌을 주는 여자였다.

저녁노을이 단풍으로 물든 가을 산을 더욱 빨갛게 물들이고 있었다.

“정인이 있습니까?”

공주가 빌었다는 그 누군가가 신국을 의미함을 모르던 유신은 사랑하는 사람을 위해 기도를 올렸다는 뜻인 줄 알고 이렇게 물었다.

“예전에 있었지요. 그러나 이제 새 길을 가니 과거의 희로애락은 모두 버리고 온전히 새로운 모습으로 다시 살고 있습니다.”

선문답 같은 말이었지만 유신은 왠지 모르게 자신이 그녀의 마음속에 들어갔다 나온 것처럼 여인의 갈구와 아픔이 제 마음인 양 다가왔다. 접신(接神)이라도 했단 말인가.

“공의 이름을 물어 봐도 되겠습니까?”

“성은 김이요 이름은 유신이라 합니다.”

“김유신이라…….”

여인은 유신의 우뚝 선 콧날과 부리부리한 눈동자 그리고 서늘

하고 넓은 이마, 깎아 놓은 듯 날렵하고 굵은 얼굴 선을 물끄러미
바라보다 말을 이었다.

"공의 이름이 신라에서 높아질 것입니다. 제단을 세우고 기원하
던 충심과 단련한 무예가 난세를 만난 신라를 위해 귀하게 쓰이는
날이 멀지 않았습니다!"

유신은 여인을 한참 마주보았다.

소년 티를 채 벗지 못한 유신의 앞에 불쑥 나타난 성숙한 이 여
인에게서는 나이 어린 소녀들에게서는 도저히 느낄 수 없는 묘한
농염함이 뿜어져 나오고 있었다. 도대체 누구이길래, 여인은 소담
스러운 과일 같다가도 위엄이 넘치는 제왕 같고, 하늘에서 내려온
선녀처럼 비밀스럽다가도 이내 베일을 걷고 자신을 당당하게 드
러내는 것인가.

"다시 만날 수 있겠는지요?"

이렇게 묻는 유신의 목소리가 약간 떨렸다. 여인은 잔잔한 미소
를 띠었다. 미소는 흡사 미륵보살상의 그것처럼 은은하고, 어미의
젖에서 흘러내리는 젖처럼 부드럽고 따뜻하고 촉촉했다.

급기야 18세의 풋풋한 혈기를 지닌 유신은 자신보다 열 살이나
많은 신비로운 여인을 향해 설레는 연모의 정을 품게 되었으니,
그는 석양을 등지고 서 있는 여인에게 몇 발짝 다가가 한쪽 무릎
은 꿇고 한쪽 무릎은 세우며 여인 앞에 앉았다.

"누구인지도 모르는 여인이지만 적막하고 깊은 산에서 마주쳐
젊은 혈기에 연모의 정을 품게 되었으니, 감히 청하건대 그대와

각별한······ 인연을 맺기를······ 소원합니다!"

저녁바람이 청량하게 불어오더니 여인의 머리카락과 치맛자락이 흔들거렸다. 치맛자락이 흔들리자 풍만한 여인의 젖빛 같이 하얀 종아리가 보일 것만 같았다.

여인이 말이 없자 유신은 여인에게 더 다가앉으며 두 팔로 그녀의 다리를 조용히 껴안자 풍만한 허벅지와 허벅지 사이에 있는 깊고 은밀한 늪의 감촉이 느껴졌다.

가만히 서 있던 여인은 이윽고 천천히 다리를 굽혀 앉고는 떨고 있는 유신을 자신의 품에 살포시 안아 주었다. 여인의 숨결이 유신의 온 얼굴에 닿아 숨이 막힐 듯했다. 여인의 품에서 가쁜 숨을 몰아쉬던 청년 유신은 떨리는 손으로 여인의 옷자락을 당기기 시작했다.

왕녀로 태어났지만 밑바닥으로 몰린 세월을 견뎌낸 여인과 이제 막 물이 오르는 초여름의 신록같이 풋풋한 소년 유신의 만남은 서로에 대해 아무것도 모른 채 우연처럼 이뤄졌지만 마치 오랜 세월을 기다려온 것처럼 망설임도 없는 뜨거운 결합이었다. 여인의 머리카락은 헝클어지고 상기된 두 볼과 입술은 더 붉고 촉촉하게 젖어버렸다.

"혹여 다시 만나게 된다면 나를 위해 그대의 재주를 써 주시겠는지요?"

"다시 만날 수 있겠습니까?"

유신이 물었다. 여인은 아무런 말이 없었다.

"어디로 가는지 누구인지 아무 말씀도 안 해 주기에 묻지 않습니다. 붙잡는다고 해도 나와 머무를 수 있는 여인이 아님을 알겠기에 잡지도 못합니다. 다만, 단 한 번 품었음에도 온 영혼으로 사모하는 뜨거운 진정을 깨달았으니! 당신을 다시 만날 수만 있다면, 그런 일이 허락된다면 그때는 천년이 지나도록 떠나지 않고 곁을 지키겠다고 저 하늘에 대고 맹세합니다!"

여인은 슬픈 눈을 하고 빙그레 웃으며 희고 기다란 팔을 뻗어 유신을 다시 품으로 끌어당기니, 유신의 젊은 피는 한 여인의 삶 속으로 점점 더 깊이 파고 들어가고 있었다. 마치 그는 정신을 잃을 듯이 희열에 들떠 여인의 몸을 안고 뒹굴다가 얼마 후 정신이 아득해지며 나른한 편안함을 맛보았다. 졸음이 밀려 왔다. 유신은 아직도 온몸에 흐르는 전율에 떨면서 잠이 들어 버리고, 미려(美麗)한 여체는 젊디젊은 청년의 품에서 가늘게 떨리다가 잦아들었다.

정신을 차리고 보니 산에 밤은 이미 깊었는데, 여인은 사라지고 없었다. 향은 다 타 버리고 동굴 바닥에 널브러진 자신의 옷가지만이 꿈결같이 강렬했던 호흡을 말해 주고 있었다. 흩어진 옷자락이 아니었다면 유신은 여인과의 일이 꿈이라고 생각해 버렸을 뻔했다. 그러나 여인의 목소리가 지금도 들리는 듯했다.

"지금의 맹세를 잊지 마소서. 세상에서 그대와 내가 해후하거든 제단을 세우고 신라를 위해 맹세하고 또 나와 각별한 인연을 맺어 천년을 언약했음을 꼭 기억하소서."

주문을 외듯 그렇게 읊조리고는 유신의 단단한 가슴에 조그만
얼굴을 묻고 한참을 숨을 죽이던 여인의 체온이 벌써부터 그리워
졌다.

"천년이 지나도록 곁을 떠나지 않고 지키겠나이다!"

유신의 맹세만이 동굴 안에서 맴돌며 울리고 있었다.

5. 목숨을 건 환속(還俗)

사랑은 여기 있으니, 백성이 나를 먼저 사랑한 것이 아니요
내가 먼저 백성을 사랑한 그 사랑이라.
여인으로서의 사랑 따위는 잊으리라.
나의 갈 길을 가리니, 나의 가는 길에 사랑마저 녹아들어라.
나는 불타는 용광로가 되어 사랑도 녹이고 운명도 이기어
빛나는 정금(正金)처럼 다시 세상에 나오리라!

❋ ❋ ❋

"국상이다. 국상!"

마을사람들이 떠들어댔다. 지귀가 소식을 듣고 산의 암자로 뛰어 올라와 전했다. 덕만은 자신의 귀를 의심했다.

궁을 나오기 전 마지막 날 붙잡고 한없이 우시기만 하던 모습이 아직도 눈에 선했다. 백징왕에게 적자(嫡子)를 낳아 주지 못하여 죄인 아닌 죄인으로 살아온 왕후였다.

"어찌하여 돌아가셨단 말이냐. 천수를 다하기에는 아직 이르지 않은가."

낭지가 대신 물었다.

"누구는 병환 때문이라고도 하고 누구는 음모라고도 합니다. 백성들 사이에 흉흉한 소문이 도는데 차마 입에 담기도 민망합니다. 월성에서 온 사람에게 알아보니 벌써 다음 왕후로 책봉할 인물이 거론되고 있는 듯합니다. 대원신통의 여인이랍니다."

덕만은 치를 떨며 벌떡 일어났다. 미실궁주의 눈이 떠올랐다. 미실이 자신의 사람을 왕후로 세우려는 것이 분명했다. 당장이라도 말을 타고 달려서 월성에 가고 싶었다. 그러나 쫓겨난 몸으로 왕이 부르기도 전에 먼저 성을 찾을 수는 없는 일이었다. 그녀는 다시 주저앉았다.

낭지도 지귀도 그녀를 혼자 두고 자리를 피해 주었다.

그녀는 회한으로 사무치는 가슴을 안고 방바닥에 무릎을 꿇고 주저앉아 월성을 향해 절을 올리고는 모아진 두 손에 얼굴을 처박고 엎드려 한참을 통곡했다. 지귀는 방 밖으로 새어 나오는 울음소리를 들으며 미동도 않은 채 서 있었다.

그날 밤 낭지는 덕만의 방을 다시 찾아왔다.

"왕의 심려가 크실 것이옵니다."

왕의 이야기가 나오자 덕만은 사뭇 숙연해졌다.

"왕후도 돌아가셨으니 미실궁주의 권세가 더욱 높아질 것이 분명합니다. 천명공주가 계시나 이제 용수전군의 지어미이니 어찌 그 먹은 마음을 알겠습니까. 용수 전군의 품은 마음을 알 길이 없으니 왕께서는 깊고 깊은 궁 안에서 오직 홀로가 아니시겠는지요."

"이런 때를 맞아 곁에 있어 드릴 수 없으니 저의 지나간 일이 더욱 죄스러워 고개를 못 들겠습니다."

덕만은 한숨 섞어 자조하듯 이렇게 말했다.

"왕의 시련은 곧 조정의 파란(波瀾)을 의미하니, 어찌 지금의 시련이 작다 하겠나이까."

"……"

"덕만공주님. 가잠성을 침략한 백제가 잠시 조용한 것은 수나라에 일어난 양현감의 난으로 고구려가 수나라의 침략으로부터 여유가 생겼기 때문입니다. 안정을 찾은 고구려가 백제의 영토를 넘볼지 모르니 몸을 사리는 것이지요. 그러나! 이런 폭풍전야는 오래 가지 않을 것이옵니다. 그런데 신라 조정은 불안하기 이를 데 없으니. 공주님께서 왕녀로서 실족하여 파란을 겪으면서 모진 세월을 살았던 것이 바로 이때를 위한 것인 줄 어찌 알겠나이까.”

덕만은 고개를 들고 낭지를 바라보았다. 덕만의 눈은 많은 의문을 품고 있었지만 더 이상 물을 이유는 없었다. 낭지가 예견하고 있는 미래라면 그녀의 눈에도 이제 보였다. 다만 사람이 일을 도모함에 있어 결정적 계기가 필요하므로 덕만은 불씨를 지펴서 자신을 다시 타오르게 할 뭔가를 기다리고 있을 따름이었다.

“언제까지 여기서 이름 없는 여인으로 계시겠나이까?”

“다시 궁으로 돌아간다 함은 제가 임의로 할 수 없는 일입니다. 왕께서 부르시지 않는데 어찌 발길을 돌리겠습니까?”

“왕께서 친히 내치신 일을 어찌 스스로 번복하여 먼저 부르시겠나이까?”

“…….”

“왕께서 마마를 부르심이 아니라 시대가 마마를 필요로 함입니다. 곧 이 땅은 전란으로 인해 황폐해지고 자식이 부모를 팔고 부모가 자식을 팔지 않으면 살아갈 수 없게 됩니다. 어린 소년은 얼굴의 홍조가 채 익기도 전에 전장에 끌려 나가 적의 창과 화살에 맞아 죽어갈 것이며 여인들은 어느 나라의 씨인지도 모를 생명들을 잉태하게 될 것입니다. 뱃속에 잉태된 신라의 자손조차 세상에 나오기도 전에 뱃속에서 창칼로 베임을 당해 탯줄을 목에 건 채 피를 흘리게 될 것입니다. 그런데도 공주님께서는 왕녀의 길을 되찾지 않으시고 이 암자에서 세월을 보내시겠는지요? 공주님께서 신라의 눈물을 모른 척하신다면 신라는 변방의 소국으로 역사 속에서 흔적도 없이 사라질 것이옵니다. 그러나 공주님께서 분연히 일어나신다면 신라는 난세를 이기어 틀림없이 찬란한 천년왕국을 이룩할 것입니다. 무엇을 두려워하시나이까. 왕 앞에 나아가 왕녀로서의 신분을 되찾고 그 소임을 다하시옵소서!"

백정왕의 쇠락해 가는 얼굴이 그려졌다. 그리고 기세등등한 미실과 날로 벼슬의 세를 더해간다는 용수전군의 얼굴 또한 떠올랐다. 그곳으로 다시 들어간다는 것은 호랑이굴로 들어감과 같으니 목숨을 내놓지 않고서야 어찌 작정하여 움직일 수 있으리.

덕만은 다시 낭지를 빤히 쳐다보았다. 두 사람의 눈에 광채가 일었다. 모든 것은 준비되었고 하늘과 땅의 기운이 서로 도우니, 마땅히 인간의 결단이 함께 할 때였다.

덕만은 낭지의 시선을 정면으로 바라보며 꼭 다문 채 말라만 가던 입술을 떼었다.

"살면 살겠고 죽으면 죽으리이다!"

낭지는 고개를 끄덕였다. 태어나지도 않았던 공주의 운명을 점치고 그 운명을 점친 죄로 암자에 갇혀 살다가 그토록 고대하던 공주를 맞이하여 함께 한 세월이 어느덧 10년이 넘었다. 이제야 낭지는 공주가 태어난 이래 지금까지 오랜 세월에 걸친 길을 끝내고 커다란 과제를 내려놓은 듯 홀가분했다.

지나간 세월 동안 변한 것은 강산뿐만이 아니었다. 실연의 아픔으로 가슴의 불을 다스리지 못하던 여인은 연단(鍊鍛)을 거쳐 다시 태어났으며, 불에 달궈지는 고독의 시간을 통해 칼날처럼 강한 검으로 변모했으니!

덕만은 환속을 준비하며 매일같이 영취산 정상의 동굴로 올라가 제사를 지내니 스무 살도 안 된 어린 나이에 궁에서 내쳐짐을 당해 암자에서 은둔하며 살아온 그녀는 스물여덟이 되는 해에 새로이 자신을 불태울 그 무엇을 맞이하고 있었다. 그 불길은 과거처럼 한 정인을 향한 뜨거움이 아니라 보다 크고 지고한 것이었으니, 수년 동안 켜켜이 재워둔 내 안의 나를 다 씻어내어야 했기에 환속을 준비하는 하루하루는 치열한 의식(儀式)을 행하는 것과도 같았다.

이제 사랑 따위는 잊으리라, 나의 갈 길을 가리니. 나의 운명, 나의 가는 길 위에 사랑마저 녹아들어라. 사랑 너는, 나의 꿈과 미래를 강하게 만들기 위해 몸을 던지는 철이 되고, 나는 용광로가 되리라. 불타는 용광로가 되어 사랑도 녹이고 운명도 이기어 빛나는 정금(正金)처럼 세상에 나오리라!

❁ ❁ ❁

"지귀는 어려서 백제와의 전란에서 부모를 잃고 이 암자에서 자란 나의 자식과도 같은 아이입니다. 의지가 굳고 무엇보다 칼 솜씨가 능란하여 신국에서 당할 자가 없으니 공주님의 심복으로 삼

아 자나 깨나 항상 곁에서 떠나지 않게 하시면서 귀히 쓰시옵소
서.”

덕만은 고개를 끄덕거렸다.

“또한 찬영과 청한은 지귀와 함께 거둔 아이들인데 지귀와 삼각
을 이뤄 무예를 현란하게 펼칠 줄 알고 단검을 특히 잘 다루는 무
사로 길렀으니 공주님께서 지귀와 더불어 긴하게 쓰시옵소서.”

덕만은 고개를 끄덕거렸다.

“옥선은 오갈 데 없었으나 내가 키우며 세상살이에 필요한 많은
것들을 가르쳐서 지혜롭고 지략이 풍부하니 공주님 곁에 두시고
유용하게 쓰시옵소서.”

덕만은 고개를 끄덕였다.

“모두가 공주님과 더불어 이곳에서 오랜 세월을 함께 하였으니
혈육지친(血肉之親)보다 뜨거운 마음으로 공주님을 위해 목숨을
초개(草芥)처럼 버리리라 믿습니다. 그들이 공주님을 위해 극히 작
은 자로라도 쓰일 수 있는 영예를 허락하소서.”

덕만은 고개를 끄덕였다.

“옛날 초나라 사람 오자서(伍子胥)는 열여섯 해 만에 부형의 원
수를 갚았고 월나라 왕 구천(句踐)은 오나라 왕 부차(夫差)에게 패
한 뒤 온갖 치욕을 참고 짐승 쓸개를 핥아가며 스물 두 해를 기다
린 후에야 복수를 할 수 있었습니다. 무릇 때를 기다릴 줄 아는 자
만이 큰일을 도모할 수 있나이다. 공주님의 때는 반드시 오나니,
그것이 신라가 난세를 이길 수 있는 길임을 명심하시어, 부디 모

진 세월을 참아내고 또 견디소서!"

덕만은 눈을 들어 낭지를 바라보았다. 서늘한 눈매 깊숙한 곳에서 광채가 일었다. 슬프고도 강한 광채였다. 이윽고 낭지는 지귀와 찬영과 청한, 옥선을 불러들였다.

"너희가 앞으로 할 일은 공주님의 목숨을 지키고 호위하는 일이니 그 소임을 다하기 전에는 죽을 자유도 없느니라. 오직 신심과 강한 의지로 죽도록 충성하는 길만이 부초 같은 너희의 삶을 뜻 깊게 하는 것임을 명심 또 명심하여라."

모두에게 이같이 엄명한 낭지는 지귀를 향해 다시 강조했다.

"네가 지켜야 공주님이 살겠고 네가 지키지 못하면 공주님이 죽는다는 것을 잊지 말거라. 어찌 너의 소임이 작다 하겠느냐. 백제군에 의해 죽은 네 부모의 혼령을 위로하기 위해서라도 백제로부터 나라를 지켜나갈 공주님에게 충성하여야 할 것이니라."

낭지는 덕만을 향해 다시 충언을 올렸다.

"공주님께서는 태어나실 때부터 왕녀셨고 앞으로도 그러 하리이다. 한때 궁을 떠나 있던 시간들 또한 공주님께서 왕녀의 길을 가기 위해 거쳐야 하는 연단의 과정이었으니 어찌 한순간도 왕녀의 길에서 벗어난 적이 있었으리까. 이제 돌아가시면 백성을 사랑하는 일에 더욱 정진하시어 부디 부처의 현시(顯示)요 생불(生佛)의 제왕으로서 우뚝 서 주십시오!"

"부처의 현시요 생불의 제왕으로서 우뚝 서 주시옵소서!"

네 사람은 낭지의 말을 함께 반복하며 다짐한 뒤 일어나서 덕만에게 절을 함으로써 군신 된 예를 표하니, 가을밤이 깊어가는 영취산의 하늘엔 그날따라 별이 더 환하게 반짝거렸다.

✳ ✳ ✳

“왕이시여, 궁 문지기가 올린 전갈이옵니다. 승복을 입은 덕만 공주님께서 월성 문 앞에 와 계시다 합니다!”

편전에 있던 백정왕은 ‘덕만’ 이라는 말에 놀라서 자리에서 벌떡 일어났다.

덕만이 돌아왔단 말인가.

날이 갈수록 어려워지는 정사와 예전 같지 않은 기력으로 점점 마음이 약해지기만 하던 백정이었다. 그런데 덕만이 돌아왔다니. 그는 귀를 의심하면서도 기쁘고 다행스러워 덕만을 빨리 확인하고 싶었다. 그러나 잠시 본심을 누그러뜨리고 명을 내렸다.

“궁 밖으로 내쳐진 공주가 어떻게 다시 궁으로 들어온단 말인가. 궁 문지기는 문을 더욱 굳게 지키고 절대로 발을 들여 놓지 못하게 하라.”

한참 후에 또 전갈이 들어왔다.

“공주님께서는 왕께 죽을죄를 빌고 죽더라도 왕의 곁에서 죽기 위해 돌아오셨다 하나이다. 공주님께서 한 번만이라도 용안을 뵙기를 간청하오니 왕이시여 부디 통촉하여 주사이다.”

얼마나 덕만의 안타까운 설득을 들었던지 말을 전하는 자는 마치 자신의 일인 양 간절하게 왕에게 고했다. 한 나절을 쌀쌀한 초겨울 바람을 맞으며 성문 앞에 무릎을 꿇고 앉아 있던 덕만은 해 저물녘이 다가와 신하들의 퇴궐 시간쯤에야 겨우 왕 앞에 불려 나갈 수 있었다.

왕의 좌우에는 퇴궐하려다 급히 불려온 신하들이 기립하여 있었다. 신하들의 표정에는 참으로 만감이 교차하고 어떤 이는 반가움과 감사함으로 어떤 이는 우려와 당혹스러움으로 덕만을 맞으니 표정만으로도 그 속에 든 충심을 측정하고도 남음이 있었다.

백정왕은 가슴 밑바닥에서부터 솟아오르는 자식에 대한 애정과 또 깊은 궁 안에서 마음 붙일 데 없이 적들에게 둘러싸여 지내온 고독이 함께 사무쳐 감개가 무량했으나 애써 감정을 숨겼다. 신하들 앞에서 왕으로서의 공명정대함을 보여야 했기 때문이다.

"너는 왕실의 위엄을 떨어뜨린 죄로 내침을 받았건만 어찌하여 다시 궁을 찾아 백관들과 과인의 혼란스러움을 조장하느냐?"

왕은 짐짓 냉정한 목소리로 호통을 쳤다.

미실이 싸늘한 옆눈으로 덕만을 쏘아보는데 덕만은 왕의 앞이라 그저 미실에게 목례를 하는 것으로 예를 갖추었다.

"소녀의 죄 비록 크오나 아바마마를 그리워하는 마음이 간절하고 어마마마 임종을 지키지 못한 괴로움이 하도 크기에 이렇게 무엄한 걸음을 하였나이다. 감히 10여 년 전의 철없음에 대하여 왕께 용서를 비옵니다. 왕께서는 저를 불쌍히 여겨 주시옵소서."

덕만이 허리를 굽히고 머리를 조아리니 백정왕의 마음은 더욱 애절해졌다.

그때 미실이 끼어들었다.

"왕명이 지엄한데 어찌 분명한 이유도 없이 번복할 수 있겠나이까? 공주가 왕명으로 궁 밖으로 내쳐졌다가 왕께서 부르시지도 않았건만 임의로 궁 안에 발을 들여 놓음은 왕명을 어긴 것이오니 공명정대하게 하자면 중벌에 처할 일이옵니다."

먼저 미실이 쐐기를 박고 나오자 왕은 내심 주춤했다.

"미실궁주께서는 부디 왕실의 큰 어른으로서 부족한 소녀의 불찰을 용서하여 주십시오. 소녀 왕의 그늘을 떠나 있으니 신국이 존재함은 왕의 하해와 같은 은혜임을 더욱 뼛속 깊이 깨닫게 되었고 또한 미실궁주님과 충신들의 보좌함이 있기에 왕의 사직이 역사를 이어갈 수 있음을 깊이깊이 새겼나이다. 지난날 소녀의 부덕을 용서하여 주시면 그 은혜를 평생 잊지 않고 가슴에 품어 두고두고 갚겠나이다."

덕만은 갑자기 무릎을 꿇고 왕과 그 바로 옆의 미실을 향해 머리를 숙여 바닥에 이마를 대고 용서를 구하니 미실은 예전의 덕만과는 사뭇 다른 행동에 놀라움으로 얼굴에 핏기가 가셨다. 과연 저렇게 허리를 굽히고 자신을 낮추는 여인이 덕만이란 말인가.

백정왕은 공주의 효심과 충정에 감복하지만 신하들의 지지가 있지 않고서야 임의로 정할 수 없는 노릇이었다.

"사사로이는 자식이나 이는 사사로운 혈연으로 결정할 수 없는 일. 경들의 생각은 어떠하오?"

칠숙이 반박했다.

"아직 신라 땅에는 공주님과 정을 통했던 선종이 '자장'이란 법명으로 중이 되어 수행하며 버젓이 살아 있는데 공주님을 받아들이면 민심이 다시 동요하여 왕실에게서 멀어질 우려가 있지 않겠나이까?"

선종이란 말이 공식적으로 거론되자 덕만의 눈동자가 짧은 순간 일렁거렸다. 백정왕은 칠숙의 말이 못마땅했으나 묵묵히 다른 신하의 말을 기다렸다.

그런데 덕만이 엎드린 채 말했다.

"왕이시여, 저로 하여금 제 죄를 씻기 위하여 왕의 귀한 신하들을 일일이 찾아 거적을 깔고 엎드려 절하며 용서를 구할 것을 허락하여 주옵소서. 백관들의 사택을 일일이 찾아가 용서를 구할 것이니 그런 연후에도 용서를 받지 못하거든 저를 궁에서 내치시는 대신 차라리 왕의 곁에서 종이라도 삼아 주시옵소서!"

덕만은 고개를 들었다가 다시 미실을 향해 고개를 숙이며 용서를 구했다.

"저의 지난날 죄를 부디 용서하시고, 차라리 왕의 곁에서 종으로 살 것을 허락하여 주사이다!"

종이라도 삼아달라는 덕만의 간절한 효심과 충심에 백정왕은 고마움과 애절함으로 마음이 뜨거워졌다.

"이만한 충심은 군신들 중에서도 여태껏 본 적이 없소. 짐은 공주의 아버지로서가 아니라 왕으로서 충신을 잃기를 원치 않으니 경들의 생각은 어떠하오?”

백정왕은 동의를 구하듯 물었다. 다른 군신들은 왕녀의 변모된 모습에 탄복하는데 미실과 칠숙은 계속 못마땅한 표정을 지었다. 그러나 왕녀가 저리도 자신을 낮추어 용서를 구하는데 무리하게 반대를 계속할 명분이 없었다.

“왕녀의 실수 비록 크오나 10년 가까운 세월이 흘렀고 공주님께서 저리도 자신의 죄를 뉘우치시니 윤허하여 주심이 순리에 맞을 듯하옵니다.”

용수가 왕에게 말했다.

그러자 신하들이 힘을 얻었다.

“덕만공주를 다시 받아 주소서.”

“덕만공주를 용서하여 주소서.”

군신들이 머리를 조아리며 아뢰기 시작하자 그제야 왕은 안심이 된 듯 말했다.

“덕만공주의 지난 죄를 용서하고 그동안 비워 두었던 공주의 궁을 거처로 환원하노니 공주는 은혜를 깊이 새겨 앞으로는 왕실의 위엄을 더럽히지 않고 충심으로 짐을 보필할 것을 명하노라!”

“성은이 망극하옵니다.”

덕만은 눈물을 흘리며 두 번이고 세 번이고 왕의 용서에 감사를 표했다. 601년 월성에서 쫓겨난 덕만은 10년도 더 지난 612년에야 환궁하여 성골 신분을 다시 얻을 수 있었다.

"천명과 결혼한 후 날이 갈수록 세를 얻어가고 있는 용수전군 아닌가. 이런 때에 덕만공주까지 환궁한다면 용수전군과 백정왕이 더욱 힘을 얻을 것이 분명하다."

미실은 잔뜩 약이 올라 쌕쌕거렸다. 안 그래도 최근 들어 사도태후가 연로하여 자리에 누운 데다가 용수전군이 점점 활개를 치고 있어서 심기가 편치 않았던 미실이었다.

"도대체 무슨 꿍꿍이속이란 말인가? 목에 칼이 들어와도 굽히지 않을 기질을 자랑하던 덕만이 아닌가. 덕만이 무릎을 꿇고 머리를 조아리고 용서를 빌다니, 어디 상상이나 할 수 있던 모습인가?"

"궁주님, 밖에서 이름 없는 여인으로 살아온 지 10년이 넘었습니다. 왕녀 시절에야 도도하게 굴었다지만 그동안 얼마나 궂은일이 많았겠습니까. 기도 죽고 평인으로 살기 힘들어 왕에게 신분을 구걸이라도 하려는 심산이 아니겠는지요."

설원랑은 지나치게 민감할 필요 없다는 듯 미실을 다독거렸다.

"그렇다면 다행이겠지만 말이네. 자네는 왕의 앞에서 물러나올 때 덕만의 눈을 보지 못했는가? 그게 어디 무엇을 구걸하고 세파에 기가 죽은 눈이던가? 머리를 조아리면서도 눈은 범과 같이 번뜩이고 있었네. 도무지 맘이 놓이지 않아."

미실은 설원랑을 통해 사람을 시켜 덕만공주궁을 철저하게 살피도록 했다. 그러나 풀어 놓은 사람에게서도 특별히 수상스러운 점은 발견하지 못했다는 전갈만 들었을 뿐이다.

"하루 종일 책을 읽거나 산책을 하는 거 말고는 공주 궁에서 별다른 동태는 없었나이다. 다만⋯⋯."

"다만!"

미실은 허리를 곧추 세워 앉았다.

"공주는 네 명의 사람을 이끌고 환궁했는데 그들의 정체가 아리송합니다. 이름만 알아냈을 뿐, 어디서 무얼 하다가 온 것인지 어떤 위인들인지 알 수가 없나이다. 특히 지귀라는 자는 항상 공주님 곁에 있는데 그 작자는 항상 이마에 두건을 매고 검은 옷을 입고 칼을 차고 있으니, 무술 꽤나 할 줄 아는 사람이 분명하옵니다."

"무술을 꽤나 할 줄 아는 사람이라고?"

미실은 눈을 가늘게 치뜨면서 생각에 잠겼다.

"공주에게 무슨 무사가 필요하단 말인가?"

미실은 여전히 풀리지 않는 의구심을 지울 수가 없었다.

"좀더 면밀히 살펴보도록 지시해 두게. 용수전군과 힘겨루기를 하고 있는 마당에 공주에까지 힘을 뺏길 수는 없는 일이지. 왕후를 대원신통의 여인으로 세운 것만으로는 안심할 수 없네."

"궁주님, 너무 심려 마옵소서. 장녀가 아니지 않습니까. 힘을 가질래야 가질 수가 없습니다."

"허나! 엉뚱한 곳에서 복병을 만날 수 있으니 덕만을 잘 감시하게. 워낙에 왕이 덕만공주를 신뢰하는 마음은 온 군신이 다 아는 일이야. 다만 덕만이 장녀가 아니라 차녀이고 궁에서 내침을 당함으로써 기회를 잃었을 뿐! 지금이라도 왕께서 덕만을 주목한다면 말이야. 덕만은 천명처럼 호락호락하지 않아.”

“그러하옵니다.”

미실은 아랫입술을 지그시 깨물며 계략에 골몰하는 표정이었다. 미실의 얼굴에도 주름이 깊게 파여 있었다. 젊음은 짧고 권세는 길었다. 젊음은 누군가에게 대신하게 할 수 없었지만 권세는 그녀의 사람들을 통해 영원히 이어질 수 있었다. 그녀는 영원히 세상을 다 가진 미실이고 싶었다.

설원랑은 미실의 처소를 나와 칠숙과 석품을 불러들여 다시 계략을 모았다. 석품은 비록 벼슬이 높지는 않으나 몸이 민첩하고 크고 작은 일들에 지혜가 뛰어나 설원랑과 칠숙은 매사를 도모함에 석품의 의견을 항상 새겨들었다. 방법이 없다 싶어도 석품과 이야기를 하면 새로운 방법들이 도출되곤 했으니 석품은 칠숙과 설원랑의 오른팔이나 다름없었다.

“그래 요즘은 좀 어떠한가?”

수개월이 지난 무렵, 수시로 공주의 궁을 염탐 시키던 미실은 그날도 설원랑을 불러 근황을 물어 보았다.

“아무래도 우리가 덕만공주를 지나치게 우려한 것이 틀림없는 듯합니다.”

“그래?”

미실은 반색을 하며 물었다.

"공주는 여전히 똑같은 생활을 하고 있습니다. 매일 새벽 신궁에 나가 제사를 지낸 뒤 낮에는 책을 읽거나 산책을 하면서 소일하고 가끔 궁 밖으로 출입하는데 절을 찾아 강론을 듣거나 예불을 드리고 돌아올 뿐입니다. 지귀란 자도 한번도 검을 쓰는 모습이 발견된 적이 없사오며 지귀와 함께 있는 찬영, 청한이란 자 역시 그저 순박한 종에 불과한 것으로 보입니다. 모두들 공주의 수족일 뿐이요, 크게 의식할 가치도 없는 인물들임에 틀림없나이다."

"신궁에 제사 지내고 절에나 다니고…… 근본도 알 수 없는 천한 것들과 벗하며 지낸다?"

미실은 설원랑의 말을 몇 번씩 곱씹더니 크게 웃음을 터뜨렸다.

"궁에서 내쫓겨 산전수전 겪으며 암자에서 살았다더니, 시시껄렁한 비구니가 다 되었구나. 절에나 다니고 신궁에서 제사만 지내면서 일 년이 지났으니 일을 도모하는 범이 어찌 그와 같을 것인가. 예전과 같은 기백은 찾아볼 수 없고 마주치면 공손한 여인네처럼 고개를 조아리고 인사를 하는 품새가 가히 요즘은 볼 만하지 않은가. 그동안 덕만의 범 같은 눈빛을 우려했건만 이제는 차라리 덕만을 가엾게 여겨 줌이 마땅하겠구나. 호호호!"

미실은 까랑까랑한 목소리로 웃어젖혔다.

덕만은 미실을 의식하여 공주궁에 조용히 칩거했다. 미실의 경계를 늦추게 하기 위함이었다. 월성은 그 안의 소리 없는 아우성들을 숨긴 채 조용하고 평화로워 보였다.

❋ ❋ ❋

남천이 흐르고 구지가 주변을 둘러싸고 있는 서라벌의 월성. 터가 반달 모양이라 반월성이라고도 불리던 서라벌의 월성의 동쪽에는 황룡사가 있었다. 공주는 새벽부터 황룡사에 가 예불을 드리고 동서남북으로 수백 척이 훨씬 넘는 사찰을 천천히 돌아보았다. 지귀가 옆에서 수행했다.

"가자."

지귀와 함께 궁에 돌아오니 맞은편에서 용수전군이 아들 춘추를 데리고 걸어오고 있는 게 보였다. 공주는 가까워지기를 잠시 기다렸다가 용수전군에게 고개를 숙이며 인사를 건넸다. 용수 역시 고개를 숙이며 답례를 했다.

"공주마마 안녕하시옵니까?"

곁에 있는 춘추도 인사를 올렸다.

"춘추공이 날이 갈수록 명민하니, 전군께서는 항상 배부르시겠습니다."

덕만이 춘추를 칭찬하니 용수는 그제야 입에 미소를 띠었다.

"하하하, 봉황의 자태라고 주변 어른들께서 칭찬을 많이 하십니다."

"봉황이라. 봉황은 옛부터 제왕의 자태를 이름이니, 춘추공의 명민함이 기특하다 하나 왕이 살아 계신 지금 군신 중 어느 누가 감히 춘추공을 보고 제왕을 상징하는 봉황의 자태에 비하겠습니까? 전군께서는 농담도 잘하십니다.”

덕만은 호탕하게 웃고 있었지만 말 속의 숨은 뜻에 용수전군은 순간 속내를 들킨 듯 화들짝 놀랐다. 만면에 웃음을 띤 덕만이 춘추의 머리를 쓰다듬으며 한마디를 덧붙였다.

“마땅히 도리를 잘 가르쳐 봉황을 보필하는 군신으로서 귀히 쓰이도록 해야겠지요.”

덕만의 말에는 가시가 있었다. 춘추를 보고 말을 했지만 용수는 자신을 향한 말인 줄을 알아채고 일침을 맞은 듯 입을 다물어 버렸다.

“그럼, 다음에 또 뵙겠습니다.”

“예, 그래야지요.”

용수는 춘추를 데리고 지나쳐 가려다가 다시 돌아보며 말했다.

“공주마마, 오늘은 만명공주께서 그 아들 유신공과 함께 입궁한다 했으니 함께 들어가 뵙지 않겠습니까?”

“유신공이라 했습니까?”

덕만은 조금 놀라는 기색으로 천천히 되물었다.

“예, 만명공주과 서현공의 아들, 유신공 말입니다. 어느새 장성하여 근자에 풍월주의 자리에 올랐나이다.”

18년 전에 만명공주는 가야 출신 진골 귀족 김서현과 사랑을 이루기 위해 궁을 버리고 떠나니 만호태후의 노여움을 산 바가 있었으나, 아들 김유신을 낳고 세월이 흐른 뒤 뒤늦게나마 서현과의 혼인을 태후로부터 인정받을 수 있었다. 그러나 궁을 버렸으니 성골의 신분을 되찾을 수는 없었다.

덕만은 잠시 멍한 표정으로 말이 없었다.

"공주마마?"

"아닙니다. 왕의 성은으로 입궁을 허락받았지만 아직은 근신해야 할 처지 아닙니까. 만명공주님 모자는 다음에 뵙지요."

그렇게 답한 뒤 덕만은 지귀를 데리고 자신의 궁으로 총총히 사라졌다. 공주의 궁으로 들어서자 지귀가 물었다.

"마마, 괜찮으신지요? 안색이 좋지 않나이다."

"아니다. 바람이 차서 그런가보다. 벌써 겨울이구나."

방으로 들어와 덕만은 한참을 방 한가운데 꼿꼿이 서 있었다.

그녀가 기억하고 있는 유신은 기골이 장대하고 그 풍모부터가 영웅이었다. 아직은 그를 다시 만날 때가 아니었다. 세월이 너무 더디게 흘렀다. 운명은 딱딱한 껍질 안에서 아직 태동질만을 하고 있을 뿐이었다. 덕만은 월성에서 조용히 달이 차오르기를 기다렸다.

❇ ❇ ❇

아버지와 형을 살해하고 왕이 된 수나라 양제가 612년 요동 정벌이 실패했음에도 불구하고 해마다 다시 침략해 오자 고구려는 국가적 위기를 맞았다. 모두들 고구려가 수나라에 크게 패하리라고 생각했다.

"고구려가 수나라와의 전쟁에 정신이 팔려 남쪽 국경이 허술해졌을 때 고구려에게 뺏긴 우리 땅을 찾아야 합니다."

신하들은 저마다 이렇게 말했지만 백정왕은 자신의 침전으로 덕만을 은밀히 불러 덕만의 의견을 물었다. 그러나 덕만은 왕이 듣고 싶어 하는 말보다는 귀에 따가운 소리를 올릴 수밖에 없었다.

"수 양제는 제국의 힘만을 믿고 있으나 정벌에 동원된 대군을 움직이는 데 필요한 엄청난 군량(軍糧)을 공급하기에는 본국과 요동의 거리가 너무 멉니다. 또한 요동은 특히 요새가 험고(險固)하여 난공불락의 지형으로서 그 복잡한 지세와 철마다 변하는 기후의 흐름을 온전히 파악하지 않고서는 쉽게 취할 수 없습니다. 대국 수라고 해도 쉽지 않은 싸움입니다. 고구려 국경을 넘볼 것이 아니라, 고구려가 수와의 전쟁으로 혼란스러운 틈에 백제가 우리 땅을 넘볼 것을 오히려 경계해야 합니다."

덕만의 말에 공감하면서도 백정왕은 고구려에 빼앗긴 영토에 대한 미련을 버리지 못했다. 수나라가 고구려 정벌로 쇠락하리라는 것은 상상도 할 수 없는 일이었다. 차라리 백정왕은 수가 요동을 침략하니 고구려에게 빼앗긴 영토를 되찾을 수 있는 절호의 기회라고 생각했다. 이때부터 백정왕은 신라의 군사를 북방에 집중시키도록 했다.

그러나 616년(건복 33년) 백제는 신라와 백제 사이의 국경 방어

가 허술해진 틈을 타서 군사 8천 명을 일으켜 신라의 모산성을 쳐
들어왔다. 모산성(母山城)은 지난 602년 4만이 넘는 백제의 군사들
을 맞아 신라의 귀산, 추항 등이 치열하게 항전을 하여 지킨 신라
국경의 요새였으니, 백제는 늘 호시탐탐 모산성을 빼앗을 궁리를
해 오던 터였다. 모산성이 침략을 받자 미처 대비하지 못한 신라
군은 당황하여 결국 백제에게 모산성을 잃고 말았고 백정왕은 낙
심이 클 수밖에 없었다.

“내 어찌 덕만의 말을 간과하고 고구려에게 빼앗긴 영토에만 집
착하였던가.”

백정왕은 덕만의 충고를 듣지 않은 것을 후회했다. 더구나 수나
라가 덕만이 말한 대로 패망의 길로 접어들자 더욱 덕만을 신뢰하
는 마음이 깊어졌다.

수나라가 혼란에 빠지자 수의 양제가 살해되고 이연이 나라를
세우고 당이라 칭하였다. 대국 수가 망하고 당나라가 들어선 것이
다. 고구려는 수나라의 침략을 세 번에 걸쳐 막아내고 안심하고
있다가 새로이 당이 들어서자 당이 요동에 눈을 돌릴까봐 긴장하
기 시작했다. 신라는 백제에게 가잠성을 빼앗긴 데 이어 모산성까
지 잃자 조급해지기 시작했다. 고구려가 당을 경계하는 동안 백제
의 가잠성을 탈환하자는 의견이 조정에 분분했다.

“이때를 놓치지 말고 우리의 요새 가잠성을 백제로부터 되찾아
야 합니다.”

“해론으로 하여금 가잠성을 탈환케 하시옵소서. 지난 611년 가

잠성을 빼앗길 때 결사적으로 항전하다 죽은 찬덕의 아들이 바로 해론이 아닙니까. 찬덕은 시체를 뜯어먹고 오줌을 받아 마시면서까지 성을 지키기 위해 분전하다가 결국 성이 백제군의 손에 넘어가려 하자 성 밖으로 달려 나와 온몸에 화살을 맞고 홰나무에 부딪쳐 죽은 용맹한 장수였습니다.”

“그러하옵니다. 더구나 왕께서 찬덕의 공을 높이 사서 찬덕이 전사한 후 아들 해론에게 대나마 관등을 주셨습니다. 가잠성을 맡긴다면 죽은 아비의 원수를 갚기 위해 마지막 남은 피 한 방울까지 아끼지 않고 항전을 치를 것이옵니다. 가잠성을 되찾을 수 있는 것은 오직 해론 장수밖에는 없나이다.”

백정왕은 덕만을 다시 불러 의견을 물었다. 왕은 내심 가잠성을 되찾고 싶은 욕심이 있었기에 덕만 역시 자신의 생각과 같은 답변을 해주기를 바랐다. 그러나 덕만의 생각은 왕과는 달랐다.

“지금 신라는 연이은 패전으로 쇠약해진 상태입니다. 이에 비해 백제 무왕은 즉위 이후부터 치열하게 병력을 보강하고 군사들을 훈련시켜 온 데다가 최근의 승리로 고무되어 있습니다. 섣불리 국경을 건드렸다가는 아까운 장수들과 병사들만 잃을 것이 분명하옵니다. 차라리 군력을 보강하면서 후일을 도모함이 낫습니다.”

백정왕은 고개를 끄덕였으나 마음이 석연치가 않았다. 그의 나이 이미 쉰을 넘어섰는데 자신이 사직을 맡는 동안 선대에서 물려준 중요한 성들을 잃고 제대로 지키지 못하고 있다는 비판으로부터 그는 절대 자유로울 수 없었다. 어떻게 해서든지 가잠성이라도

만회하여 제왕의 권위를 조금이라도 세워보고자 하는 마음이다
보니 조급해져서 냉정한 판단을 내리기가 힘들어질 뿐이었다.

"한산주 도독 변품은 금산 당주 해론과 군사를 일으켜서 가잠성
을 습격하여 이를 되찾아 오라!"

백정왕은 결국 이렇게 명을 내리니 변품과 해론이 결의하여 백
제의 수중으로 넘어간 가잠성을 공격하기에 이르렀다. 산과 계곡
들로 둘러싸여 험난하고 울창한 수목 때문에 성의 모습조차 잘 보
이지 않는 가잠성은 지형 자체가 방어요새라 지키기는 쉬워도 빼
앗기는 어려운 곳이었다.

신라의 해론은 교전이 시작되었을 즈음 이렇게 부르짖었다.

"옛날에 우리 아버님이 여기에서 전사하시며 죽어서도 커다란
악귀가 되어 백제인을 모조리 잡아먹겠다고 하셨다. 찬덕의 아들
인 내가 지금 여기서 백제인과 싸우니 바로 오늘이 백제를 죽이고
내가 죽을 날이다!"

그는 칼을 들고 조금의 머뭇거림도 없이 적진으로 달려가 많은
백제군을 죽이고 자신도 죽었다. 신라는 악전고투 끝에 7년 전 잃
었던 성을 겨우 탈환했으나 그 피해가 너무 컸기에 이겨도 이긴
것이 아니었다. 2천 명이 넘는 군사를 잃었고 특히 장수 해론을 잃
었다. 무리한 탈환으로 인해 백제의 재침략의 불씨만을 남겼다.

두 번의 전쟁으로 피해가 크자 백정왕은 덕만의 만류에도 불구
하고 욕심을 부리다가 이런 결과를 가져왔구나 싶어서 더욱 후회
스러움이 밀려왔다. 그 후 백정왕은 모든 판단에 있어 덕만의 지

략과 의견을 먼저 경청하려 했다. 백정왕에게 있어 덕만은 야심에 불타는 미실과 속내를 간파하기 힘든 용수 전군 사이에서 오로지 믿을 수 있는 단 한사람의 피붙이기도 했다.

그러나 덕만에게 의지하는 마음이 깊어갈수록 백정왕의 수심 또한 깊어갔다. 두 번의 큰 전쟁을 치르는 세월 동안 연로한 사도는 파란만장한 삶을 마감하고 영흥사에서 숨을 거두었다. 사도의 죽음으로 미실의 세력이 다소 주춤하고 있긴 했지만 대원신통의 우두머리 사도의 빈자리를 미실 그녀가 메우며 여전히 미실은 큰 영향력을 가지고 있었다. 덕만은 왕의 적자도 아니었고 장녀도 아닌 상황에서 대원신통의 세력을 등에 업은 미실과 사위로서 버티고 있는 용수전군이란 큰 강을 건널 길이 막막할 수밖에 없었다.

6. 사람을 얻어야
천하를 얻는다!

"그대에게 왕의 이름으로 단석검을 내리니 일어나 받으라. 이 순간부터 그대가 가진 모든 재주는 나의 것이다. 단 한 보의 걸음과 한 숨의 호흡과 한 순간의 눈길과 마지막 혼령까지도 신국을 위해 쓸 것을 명하노라. 마지막 피 한 방울까지 모두 신국의 것이니, 수천 명 낭도들이 지켜보는 여기서 죽기까지 충성을 맹세하라!"

❋ ❋ ❋

"숙흘종께서는 학문의 경지가 높고 인품이 고매하기로 왕실 모두가 다 아는 사실이온데 정사에 뜻이 없고 온갖 계략에 휘말리기를 스스로 꺼려하시어 왕실의 혈통을 가지고서도 학과 같이 지내 온 세월이 아니셨습니까. 그러나 겸손도 지나치면 세상에 빚을 지는 법. 아들 을제공의 용모와 인품이 아버지를 닮아 출중하고 학문이 깊으니 세상으로 나와 왕실과 백성을 위해 쓰임이 마땅히 선하다 하겠습니다."

숙흘종은 덕만의 말을 조용히 듣고 있었다. 덕만공주가 매일같이 궁에서 나와 숙흘종을 찾아오는 것이 벌써 여러 날째였으니 숙흘종으로서도 덕만의 청을 매번 무턱대고 거절하기가 민망한 처지였다.

숙흘종은 정복 군주 진흥왕의 이복형제였다. 위대한 정복군주는 말년에 여색에 빠져 미실과 사도태후에게 놀아났다. 그의 첫째 아들 동륜은 아버지의 여자를 탐하러 담을 넘다가 사고로 죽었다. 동륜의 동생 금륜이 형 대신 진흥왕의 왕위를 이었으나 사도와 미실의 음모로 폐위되었다. 사도는 금륜을 끌어내리고 일찍 비명횡사한 자신의 아들 동륜의 자식인 백정을 왕으로 세우고 또다시 권력을 휘둘렀다. 백정은 아직도 대원신통으로 이어지는 미실의 영향력으로부터 자유롭지 못하다. 폐위된 진지왕의 아들 용수와 용춘 역시 왕실에서 소외되어 울분을 삭히지 못하고 있다. 백정에겐 아들이 없어 왕통의 이어짐이 불분명한지라 조정과 왕실은 파가 갈려 모두가 하나같이 사리사욕을 챙기기에 급급하고 감히 왕권에 도전하는 무리가 생겨날 위험이 있음을 숙흘종도 모르는 바가 아니었다.

"왕실은 왕실 스스로를 위해 존재함이 아니라 백성들을 위해 존재하는 것입니다. 왕실은 신국을 통치하는 신이오니 신의 자리가 흔들리면 어찌 백성이 편안하겠는지요. 숙흘종과 같이 귀하신 혈통과 인품을 가지신 이의 자제가 사직을 받들고 돕는다면 조금이나마 흐르는 물줄기를 깨끗하게 할 수 있지 않겠나이까. 감히 청하오니 을제공을 세상에 내보내어 공께서 추구하는 신국의 모습을 이루는 데 일조를 할 수 있도록 허락하여 주시옵소서."

진흥과 이복으로 피를 나눈 혈통이긴 하나 진흥이 진취적이고 정복욕이 큰 장부의 기질을 가진 왕이었다면 숙흘종은 세상에 나와 공을 세우기를 꺼려하는 조용한 사람이었다. 그러나 곱고 맑은 성품을 지녔으니 주변에 적이 없고 깨끗한 그의 인품을 존경하여 따르고 흠모하는 무리가 적지 않았다. 또한 진흥왕의 동생으로서 지닌 혈통의 존귀함으로 인해 숙흘종은 상당히 영향력 있는 인물임에 틀림없었다.

덕만의 말씨는 조용했으나 청산유수와 같이 흐르는 말속에서도 강함이 있는가 하면 부드러움이 있어서 듣는 이를 긴장시켰다가도 감동하게 하여 사람의 마음을 끌어들이는 힘이 있었다.

을제. 그는 숙흘종의 아들로서 가야파 귀족 김서현과 사랑의 도피행을 벌인 만명공주와는 이복남매가 된다. 만명공주는 일찌기 숙흘종이 만호태후와 합하여 낳은 딸이었기 때문이다. 을제는 어린 시절부터 아버지로부터 학문을 배웠고, 철이 들어서는 덕만과 함께 세상을 논하는 막역한 지기(知己)였다. 비록 남과 여로서 성(性)은 달랐지만 서로 마음을 알아줌이 깊었던지라, 덕만이 궁에서 내쳐질 때도 멀리서나마 덕만의 앞길을 염려하여 슬퍼한 이 중의 하나였다. 그러나 숙흘종은 자신과 마찬가지로 을제 또한 암투가 벌어지는 월성과 벼슬을 멀리 떠나 지내도록 해 왔다.

"저희 부자는 사직을 멀리하고 그저 왕실의 사람으로서 왕실의 위엄과 명예에 누가 되지 않고자 조용히 살기를 원하였는데 오늘에 와서야 찾으셔서 벼슬을 논하심은 무슨 까닭이옵니까?"

숙흘종은 한 번 더 덕만의 속내를 확인하려는 듯 되물었다.

"신라의 앞날이 밝지 못합니다. 풍전등화와 같은 위기가 닥치니 어찌 대비치 않겠나이까?"

"북적, 서적의 위협이 어제 오늘의 일은 아니지 않습니까?"

"고구려와 백제는 진흥왕에게 빼앗긴 그들의 옛 영토를 되찾기 위해 달려들고 있습니다. 이제까지의 위협이 작은 파도라면 곧이어 닥칠 난세는 커다란 풍랑의 회오리와 같습니다. 신라는 예부터 스스로를 신국이라 불렀고 백성들의 기질이 뜨겁고 활달하며 삶의 모습들이 고구려, 백제와 달라 자유분방하면서도 정교하오니 어찌 풍랑에 휩쓸려 사라질 운명을 택하겠나이까. 왕실에 태어난 왕녀로서 난세를 버티고 또 이겨나갈 맑고 강한 사람을 모아 사직을 보필함은 당연한 도리라 하겠습니다.”

이렇게 말한 덕만은 숙흘종에게 간곡히 청하는 자세로 허리를 굽혀 앉은 채로 절하니 숙흘종은 덕만의 겸손함과 왕과 사직을 염려하는 크고 뜨거운 마음에 깊은 인상을 받았다.

“어찌 공주마마께서 미천한 자에게 허리를 굽히시나이까. 공주님의 뜻을 기꺼이 받들겠나이다.”

숙흘종은 고개 숙인 덕만에게 마주 허리를 굽히며 절한 뒤 을제를 불러 들였다.

을제는 덕만보다 나이가 여러 해 위였고 위 아래를 두루 살피는 섬세한 정서를 지녀 남녀노소에게 칭송받는 인물이었다. 덕만은 무엇보다 그의 섬세한 인품과 천하의 지식을 두루 섭렵한 학문의 경지를 높이 평가했다. 덕만이 그를 얻고자 하는 것은 유비가 제갈공명을 얻고자 하던 마음과도 같았다.

“너는 이제 세상에 나갈 뜻을 세우거라. 내 오늘날까지 너에게 세상과 거리를 두고 학문과 도를 깨치는 일에만 몰두할 것을 당부했다만 이제 뜻이 높은 분을 만났으니 그동안의 고집을 꺾을 것이다. 오늘 이후로 너는 덕만공주님을 받들기를, 선대의 법흥왕께서 국공(國公)의 자리에 있을 때 위화랑이 국공을 모시듯이 하라.”

법흥왕은 왕위에 오르기 전 국공의 자리에 있었다. 위화랑이 법흥을 찾아가 군신의 도로써 섬기니 법흥은 왕위에 오르기도 전부터 위화랑을 총애하여 그를 화랑이라 불렀는데, 그때부터 ‘화랑’이란 이름이 비롯되었다.

“아버지의 뜻을 받들어 덕만공주님을 군신의 도로써 섬기겠습
니다.”

을제 역시 여러 날 덕만이 숙흘종을 찾아오는 연유를 진즉에 알
고 마음으로 준비한 바 있었기에 마침내 군신의 예로써 덕만에게
절을 올리고 아버지 숙흘종과 뜻을 같이 했다.

강하고 뜨거운 기질을 타고난 덕만과 달리 을제는 물처럼 부드
럽고 포용하는 기운을 가지고 있었기에 능히 화합하여 충정으로
덕만을 보필할 수 있는 인물이었다.

백정왕은 덕만공주의 천거를 받아들여 을제에게 대아찬의 벼슬
을 내리니 권세와 벼슬을 멀리하려는 평소 숙흘종의 성향을 알고
있는 조정 신하들은 을제의 등용을 기이히 여겼다. 그러나 숙흘종
과 을제가 평소 처신에 치우침이 없고 특정한 파벌을 갖지 않고
조용히 살았기에 을제의 등용을 반대하는 무리 또한 없었다.

을제가 높은 관직에 오르니 그를 따르던 젊은 신진세력들이 벼
슬길에 발을 들여놓게 되어 조정에는 신진세력들이 하나둘 늘어
나기 시작했다.

화랑은 선도(仙徒)이다. 신라에서 신궁을 받들고 하늘에 대제를
행하는 것…… 법흥대왕이 위화랑을 사랑했는데, 화랑이라 불
렀다. 화랑이라는 이름은 여기서 비롯했다. 옛날에 선도는 단지
신을 받드는 일을 위주로 했는데, 국공들이 무리(화랑도)에 들

어간 후에 선도는 도의(道義)를 서로 힘썼다. 이에 어진 재상과 충성스러운 군신이 이로부터 빼어났고 훌륭한 장군과 용감한 병졸이 이로부터 나왔다.

〈화랑세기 서문〉

❀ ❀ ❀

"낭지법사를 쓰시옵소서!"

"낭지법사라 했느냐?"

백정왕은 덕만에게 되물었다.

을제를 끄집어내어 관직에 앉혀 놓은 덕만은 이제 화랑도를 부흥시켜야 한다고 왕에게 고했다. 화랑의 무리야 이전부터 있어오던 것인데 무엇을 새로이 하란 말인가. 백정왕이 덕만에게 방법을 묻자 덕만이 대뜸 낭지법사를 화랑들의 스승으로 중용해야 한다고 주장하고 나선 것이다.

"화랑의 무리, 즉 화랑도는 신라의 용모가 빼어나고 재주가 있는 젊은이들이 모여 이뤄진 것입니다. 진흥왕께서는 나라를 일으키기 위해서는 반드시 풍월도(화랑도)를 거쳐야 한다며 화랑도를 크게 진작시켰는데, 지금이야말로 화랑의 기상과 무예가 필요한 시기가 아니옵니까? 화랑의 우두머리 풍월주들은 진골 자제에서 주로 나고 그들의 거느리는 낭도들은 적게는 수백에서 많게는 수천에 이르니 어찌 이들의 영향력이 작다 하겠나이까. 왕께서는 화랑과 풍월주를 돌아보아 그들을 크게 쓰심으로써 신라의 흔들리는 국력을 다지셔야 할 줄 아옵니다.”

낭도들을 거느리는 화랑들은 주로 진골 귀족 중에서 났다. 낭도의 무리는 평인에서부터 다양한 신분을 가진 이들로 이뤄졌다. 그러니, 화랑도 일명 풍월도란 전 신분에 걸쳐 무리를 형성하고 있는 셈이었다. 화랑이 되는 것은 신라 젊은이들에게 꿈이었으며 출세의 지름길이었다.

그런 화랑도에는 미실궁주의 사람들이 많이 있었다. 진흥왕이 화랑을 부흥시킬 때 애첩인 미실의 입김대로 화랑을 세웠고 사도와 미실이 꾸준히 화랑들을 장악해 왔기 때문이다.

“화랑을 장악해야 왕권이 바로 설 수 있습니다!”

덕만의 의중을 백정 또한 모르지 않았다.

“허면, 낭지법사가 무슨 역할을 할 수 있겠느냐?”

“왕께서도 아시는 바와 같이 화랑과 낭도들은 명산(名山), 대천(大川)을 찾아다니며 수련을 하고 하늘에 제사를 지냅니다. 그들의 수련은 단순한 무예연마가 아니라 산천의 신령스러운 기운과 교감하는 행위이며 그들이 따르는 도 또한 그러하니 유·불·선에 신통한 낭지법사로 하여금 화랑들의 수련을 이끌게 하심이 마땅하옵니다. 화랑들 또한 그의 가르침을 받기를 소원하는 무리가 많습니다. 다만 사도태상태후의 명으로 낭지가 은둔생활을 하였기에 가르침의 길이 막혀 있었지만 태후가 돌아간 지금 무엇을 주저

하겠습니까. 그는 나의 사람이니 목숨을 바쳐 충성할 것이옵니
다.”

낭지. 백정이 그 이름을 어찌 잊을 수 있을까. 사도태상태후가
살아 있을 적에 마야왕후가 꾼 태몽을 풀이한 내용이 태후의 맘에
들지 않아 화를 당했지만 꿰뚫어 보는 눈매와 목숨이 오락가락 하
는데도 초연하던 서늘한 미소만은 왕의 뇌리에 깊이 박혀 있었다.

‘낭지가 말한 난세가 지금부터 시작이란 말인가.’

백정은 안팎으로 불안해지는 삼국의 정세와 당나라의 움직임을
생각했다. 그리고 덕만을 다시 한 번 물끄러미 바라보았다.

‘난세를 짊어지고 갈 성군이라……’

왕은 오랜 세월 전 낭지가 한 말을 곱씹으며 마음을 다잡았다.

“갈 길이 급하구나. 낭지를 불러들이겠다!”

덕만은 대궁을 나와 공주궁으로 돌아왔다. 궁에는 공주의 부름
을 받고 두 명의 젊은 손님이 먼저 당도하여 기다리고 있었다.

“어서 오시오. 보종이라 했소? 그대의 인물됨과 재주는 익히 들
어 알고 있소이다.”

보종은 결이 고운 남자였다. 마치 어린아이와 같이 맑은 얼굴을
지녔고, 말씨도 나긋나긋하여 가히 아름다운 남자를 뽑아 화랑을
이룬다는 말이 무색치 않았다.

옆에 앉은 이는 염장이었다. 염장은 보종과 달리 체격이 크고
눈이 부리부리하여 활달한 성품을 짐작케 했다. 염장은 세상에 공
을 세우고자 하는 야심가였다.

보종은 미실궁주가 그녀의 충복인 설원랑과 통하여 낳은 아들이었다. 미실궁주가 아직 색공을 할 때에 길한 태몽을 꾸고 잉태를 하기 위해 어린 백정왕을 장막 안으로 이끌었으나 왕이 어려 그녀의 기분에 따라 주지 못하고 설원랑으로 하여금 대신 통하도록 하여 아이를 낳으니 그가 곧 보종이었다.

"인사 올리옵니다. 이렇게 친히 불러 주시니 크나큰 영광이옵니다."

보종과 염장이 절을 하며 공주에 대한 예를 갖추자, 공주는 두 사람을 흐뭇한 미소를 띠고 바라보았다.

"풍월주의 자리에 올랐으니 보종공의 역할이 참으로 크다 하겠소."

심약하고 무예를 모르는 보종이 풍월주에 오른 것 또한 미실의 입김이었다. 유신으로부터 풍월주의 자리를 물려받은 보종은 신라의 16번째 풍월주였다.

"유신공은 가야의 후손이긴 하지만 많은 낭도들로부터 우러름을 받고 있습니다. 유신공께서 천상의 일월(日月)과 같다면 저는 곧 세상의 작은 티끌입니다. 그런 제가 풍월주의 자리를 물려받으니 마음에 심려됨이 크고도 크나이다."

덕만의 눈빛이 아련하게 멀어지는 듯했다. 보종의 입을 통해 유신의 이름이 나오자 애써 잊었던 영취산에서 본 유신의 모습이 떠올랐기 때문이다. 보종에게뿐만 아니라 덕만의 가슴속에서도 유신은 천상의 일월과 같았으나 꺼내어 그리워할 수 없는 자신의 길이 슬플 뿐이었다. 하늘이 어찌 해와 달을 연모하랴. 하늘은 오직 천하를 사랑해야 할 뿐이었다.

"보종공이 잘 이끌고 또 염장공은 보종공을 잘 보필하여 신국의 도를 널리 퍼뜨려 주기 바라오. 내 왕에게 고하여 그대들에게 낭지법사를 모시도록 허락할 것이오."

"낭지법사라 하였나이까? 숱한 세월 동안 많은 낭도와 화랑들이 흠모하여 수련을 받기를 소망하던 인물이옵니다."

"여부가 있겠소. 낭지법사께서 능히 그대들을 위해 도를 전할 것이요. 풍월주와 화랑이 신라의 미래가 아니겠소? 충신과 장수가 모두 화랑에서 나왔으니 화랑도는 가히 신국의 앞날을 밝힐 등불이오. 이에 화랑도의 수련을 돕고 길을 열어 주기 위해 낭지법사를 모시는 것이오. 낭지법사께서 그대들에게 유 · 불 · 선의 높은 경지와 뛰어난 무예를 가르칠 것이니 그대들이 뜻을 더욱 모아 나라와 왕실을 위해 힘써 준다면 벼슬길을 열어 더욱 공을 세울 수 있도록 적극 천거할 것이오!"

보종과 염장은 왕녀가 화랑을 높이 치하하여 주자 황송해 하며 크게 고무되었다. 또한 공주는 형편이 어려운 낭도들에게 곡식을 두로 내리기로 하니 보종과 염장은 공주의 덕을 칭송하는 마음마저 품고 궁을 나왔다.

염장은 월성을 나오면서 보종에게 말했다.

"공주님께서 이토록 화랑도를 생각해 주시니 참으로 황송한 일입니다. 그런데 공주께서 뒤에서 정사에 깊이 관여한다는 말이 사실인지요?”

“그것을 내가 어떻게 알겠느냐. 다만 처음 뵙기로는 누가 봐도 왕녀의 기품을 지녔으니 정사에 깊이 관여함이 마땅하리라. 덕만 공주님의 총명함은 어린 시절부터 자자한 이야기였고 한때 궁에서 내쳐지는 사연을 겪었으나 돌아온 후로는 어질고 지혜롭기가 선대에도 없는 경지라고 군신들의 칭송 또한 높다고 들었다.”

“진흥왕께서도 화랑도를 높이 들어 쓰셨고 공을 세운 화랑이 많음은 우리들의 자랑이옵니다. 그러나 근자에 들어 화랑도에 대한 평가가 예전만 같지 못함을 한탄하는 자들이 있었는데 왕을 움직이는 공주님께서 이토록 관심을 가져 주시니 참으로 앞날이 밝다 하겠습니다.”

보종은 어머니 미실궁주를 생각하며 표정이 어두워졌다.

염장은 공주에게서 깊은 인상을 받았다. 덕만 역시 염장의 야심만만한 패기를 눈여겨보았다. 아니 염장 넘어 김유신 그를 주목하고 있었다. 온몸으로 기억하여 사무치는 그리움 때문만은 아니었다. 굳이 풍월주 보종의 입을 빌어 유신의 인물됨을 듣지 않았다 해도 이미 영취산에서 잠시 겪은 면모와 무예만으로도 그는 크고도 큰 인물이었기에 공주는 본능처럼 유신을 끌어당기려 하고 있었다.

가야국 시조 김수로왕의 12대손인 김유신, 그의 몸에는 신라 왕실의 공주인 만명의 피가 함께 흐르고 있었으나 아버지의 혈통이 가야 왕족이었다. 신라는 가야 왕족을 신라의 최고 귀족인 진골로

편입시켰지만 현실 속에서는 보이지 않는 차별이 존재하였기에 고뇌하는 가야 혈통의 인재들이 많았다.

염장을 만나 본 이후 공주는 낭도들이 수련하는 곳을 종종 찾아 그들을 치하하고 함께 어울렸으니 나날이 공주의 인물됨을 흠모하고 존경하는 낭도의 무리가 늘어갔다.

❋ ❋ ❋

619년 9월. 전국의 낭도들이 서라벌에 모여들었다. 백정왕의 명으로 유례없이 큰 규모의 낭도대회가 열리는 날이었기에 낭도와 화랑들은 물론 이미 화랑도를 떠난 상선(上仙, 전임 풍월주)들까지도 의복을 갖춰 입고 무리에 합류했다.

월성 둘레의 구지에는 희고 붉은 연꽃들이 탐스럽게 가득 피어 수면마저 가렸다. 성문을 들어오면 넓은 터가 있고 왕궁으로 올라가는 수백 개의 계단에는 황금빛 비단이 깔려서 왕과 왕의 가족들이 자리한 금좌 대까지 이어졌다. 덕만공주의 금좌 뒤로는 지귀를 중심으로 한 덕만의 수족들이 그림자처럼 서 있다. 대전의 앞마당에는 고위관직의 관리들과 장수들이 열을 지어 가득 찼다. 낭도대회의 주인공들인 화랑과 낭도들이 깃발을 앞세우고 서 있었다. 화랑들은 뽀얗게 젊은 피부를 분으로 곱게 단장하고 입술을 붉게 칠한 얼굴로 말 위에 올라 저마다 아름다운 자태를 뽐내었기에 여인

들의 숭배를 받았다. 낭도들은 자신들이 따르는 화랑들 뒤로 열을
맞추었다.

화랑들이 낭도들과 함께 나와 깃발을 앞세우고 말 위에서 창과
검으로 합을 겨룰 때마다, 화랑을 따르는 낭도들의 함성이 월성을
가득 메웠다. 왕은 대회에서 우수한 성적을 거둔 화랑들마다 일일
이 황금 융단이 깔린 계단 바로 앞까지 불러 이름을 군중들 앞에
서 크게 밝히어 그들의 명예를 드높여 주었다.

"다음은 풍월주를 지낸 두 상선의 마상무예이옵니다!"

화랑도는 풍월주를 최고 우두머리로 해서 낭도를 거느렸는데
한번 풍월주의 지위에 올라 짧게는 3~4년 길게는 10년 가까이 재
임하다가 물러난 후에는 벼슬길에 나가는 것이 보통이었다. 그러
나 화랑도를 떠났어도 명예 풍월주인 '상선'으로서 여전히 화랑
도에 대한 영향력을 유지하면서 유대를 가졌다. 풍월주와 이를 따
르는 무리들은 마치 군신 관계처럼 충성심으로 맺어진 끈끈한 관
계였던 것이다.

폐위된 진지왕의 둘째아들인 용춘과 가야 왕족의 후손인 유신
공의 마상무예 대결이 시작되자 용춘이 거느린 낭도들과 유신이
거느린 용화향도 낭도들은 더욱 응원에 열을 올렸다. 유신을 따르
는 용화향도의 수가 2천에 이를 정도여서 유신의 위상이 낭도의
무리 안에서 높았다.

1합, 2합, 3합. 합을 거듭함에 따라 낭도들은 우두머리인 용춘
과 유신의 움직임을 따라 열을 바꿔가며 치열한 움직임을 거듭했

다. 빠르고 민첩하면서도 마치 춤을 추는 것과도 같이 부드러워 무예라기보다는 군무인 듯 아름다운 물결로 출렁거렸다.

"말이 준비되었는가?"

지켜보고 있던 공주가 묻자 뒤에 있던 지귀가 대답했다.

"네."

"내 직접 저들 속으로 들어가 그들의 화려한 무술을 치하할 것이다."

백정왕은 가만히 덕만의 하는 양을 지켜보았지만, 미실은 온 얼굴에 불편한 심사를 가득 드러내고 말했다.

"공주께서 어찌하여……."

미실이 몇 마디 훈수를 두려는 듯 입을 여는데, 공주는 아랑곳하지 않고 머리 장식으로 쓴 금관을 벗어 놓고 이미 계단 아래로 내려가 말 위에 오르고 있었다. 저 멀리 상선들의 깃발과 검과 검이 맞닿는 소리, 낭도들의 응원 소리가 말발굽 소리에 뒤섞이고, 덕만은 무리를 향해 달려 나갔다.

용춘과 유신은 맞은편에서 서로를 바라보다가 달려 나와 힘껏 합을 겨루며 스쳐 지나갔다. 검과 검이 맞닿는 순간 불꽃이 튀고 유신의 완력을 당하지 못한 용춘이 검을 놓쳐버렸다. 용춘이 놓쳐버린 검이 허공으로 치솟았다가 떨어지는데 하얀 손이 검을 잡아채었다. 덕만이었다. 모든 낭도들은 물론 단 위에 있는 왕족과 고관대작들의 눈이 집중되었다.

용춘과 합을 겨루고 달려 나간 유신이 다시 합을 겨루기 위해 뒤로 말머리를 돌리자 멀리 용춘 곁에 말을 타고 선 여인이 보였다. 백정왕의 공주였다. 유신은 용춘과 공주에게로 달려갔다. 점점 거리가 가까워지자 유신과 덕만의 눈이 마주쳤다. 하얀 얼굴 위에 화려한 화장과 장식들이 빛을 받아 반짝이는 왕녀의 모습에서 유신은 눈을 뗄 수가 없었지만 감히 똑바로 쳐다보지 못했다. 공주 앞에 고개를 조아렸다.

그녀는 자신의 오른팔을 유신의 오른팔 위에 포개어 검을 들고 있는 그의 팔을 번쩍 들어 올려 유신의 승리를 낭도들에게 알렸다. 서로의 팔을 겹쳐 든 채로 이렇게 외쳤다.

"화랑들이여, 그대들은 무사이기 전에 선도(仙徒)라, 그대들의 무예가 마치 신선의 것과도 같이 기이하구나! 산과 물과 하늘에 깃든 모든 기가 그대들과 함께 흐르니, 서적인들 북적인들 두려우랴. 충성심과 무예가 뛰어난 이는 누구든지 그 이름을 높일 것이다!"

공주의 목소리가 퍼져나가자, 뜻밖의 상황에 넋을 잃고 공주를 쳐다보고 있던 낭도들이 이윽고 정신을 차리고 함성을 질렀다.

"와아, 와아!"

"와아, 와아!"

단 위에서 돌아가는 양을 지켜보던 미실은 놀란 눈으로 입술을 부르르 떨었다. 미실 스스로 영향력을 행사하던 화랑의 무리였기에 그들이 덕만을 향해 함성을 지르는 모습을 믿을 수가 없었다.

용수는 동생인 용춘 전군이 가야 왕족 후손인 유신에게 밀린 데

다가 공주가 나서서 유신공의 손을 들어주는 모습에 분한 마음을
누르지 못하는 기색이 역력했다.

공주는 유신과 나란히 말을 타고 융단이 깔린 계단 앞까지 와서
함께 말에서 내려서서 유신의 손을 이끌고 계단을 오르기 시작했
다. 공을 세운 화랑들도 계단 아래서 왕의 치하를 받았던 터라 관
리들과 장수들은 공주가 유신을 계단 위에까지 이끌고 올라가는
모습을 놀란 눈으로 쳐다보았다.

공주가 금좌 대에 올라 금관을 다시 쓰고 옷매무새를 고쳐 앉
자, 유신은 한쪽 무릎을 굽히고 고개를 숙여 왕과 공주를 향해 절
하며 앉았다. 공주가 다시 자리에서 일어나 왕을 향해 말했다.

"왕이시여, 화랑을 통틀어 가장 무예가 뛰어난 이 상선에게 상
을 내릴 것을 허락하소서."

"공주는 왕을 대신하여 그리 행하라."

왕의 허락이 떨어지자 공주는 유신을 향해 말했다.

"그대는 고개를 들라."

격한 대결로 숨이 아직 가라앉지 않은 유신은 애써 숨을 고르며
고개를 들어 공주를 마주보자 조금 전 대결의 장에서 미쳐 다 쳐다
보지 못했던 공주의 눈과 코와 입술이 하나하나 뚜렷하게 눈에 들
어왔다. 화장한 얼굴과 화려한 비단과 장신구들은 낯설었지만 금
관 아래 살짝 헝클어진 머리카락이며 하얀 피부와 강렬한 눈빛 그
리고 붉게 상기된 두 볼과 입술이 점점 가까이 다가왔다. 유신은
눈을 뗄 수가 없었다. 그 화려한 모습과 알 수 없는 낯익음에 잠시

넋을 잃은 듯 바라보고 있는 유신을 향해 공주가 말을 이었다.

"그대의 이름이 무엇인가?"

"성은 김이요, 이름은 유신이라 하옵니다."

"김유신이라……. 그대의 무예가 참으로 뛰어나구나. 나를 위해 그대의 재주를 써 주겠는가?"

유신의 눈빛이 마침내 흔들렸다. 오래 전에도 이렇게 말한 여인이 있었다.

'혹여 다시 만나게 된다면 나를 위해 그대의 재주를 써 주시겠는지요?'

상기된 두 볼과 헝클어진 머리로 자신의 품에 안긴 채, 촉촉한 입술로 속삭이듯 말했다. 단 한 번 뜨겁게 안았던 것이 꿈이었는지 현실이었는지 실감이 나지 않아 여러 해가 지나도록 한 순간도 잊지 못하고 아직도 젊은 가슴으로 그리워해 오던 여인. 그녀가 갑자기 아련한 기억 속에서 걸어 나와 바로 눈앞에 서 있는 것이 아닌가.

슬픈 눈을 가졌기에 사연이 깊은 여인이겠거니 했다. 다시 암자로 찾아갔을 때 그녀는 어디론가 떠났다고 했다. 그래서 지금은 속세로 돌아와 어디선가 평범한 여인으로 살고 있으려니 했다. 이름이라도 물어 보지 못한 것을 얼마나 후회했던가. 단 한 번만 먼 발치에서라도 다시 볼 수 있기를 얼마나 소망했던가.

"그대에게 왕의 이름으로 단석검을 내리니 일어나 받으라."

덕만은 금좌 앞으로 걸어 나가 모든 사람들이 볼 수 있도록 찬란한 단석검을 두 손으로 받쳐 들어 올렸다. 9월의 찬란한 태양이 단석검을 비추며 서라벌을 달구고 있었다.

유신은 갑작스런 재회에 어지러웠다. 마치 무엇에라도 홀린 듯 그는 공주의 명대로 일어서서 두 팔을 들어 공주로부터 단석검을 받았다. 단석검은 낭도대회에서 가장 무예가 뛰어난 이에게 하사하는 것으로 큰 바위도 쪼갤 정도로 강하다고 하여 단석검이라 불렀다.

"그대는 오늘 이 순간부터 단 한 보의 걸음과 한 숨의 호흡과 한 순간의 눈길과 마지막 혼령까지도 신국을 위해 쓸 것을 명하노라. 수천 명의 낭도들이 지켜보는 여기서 맹세하라, 그대와 함께 모든 낭도들의 마지막 피 한 방울까지 모두 신국과 왕의 것이니 죽기까지 충성을 맹세하라!"

이윽고 유신은 단호한 표정으로 검을 치켜 든 채 외쳤다.

"저 뜨거운 태양을 두고 맹세하오니 우리 화랑도는 천년이 지나도록 왕실을 지킬 것이며 신국과 운명을 같이 하겠나이다. 천년이 지나도록 신국을 지키겠나이다!"

유신이 나서서 단석검을 들어 올리며 충성을 맹세하자 그를 따르는 용화향도를 비롯하여 모든 낭도들은 모두가 뜨거운 마음이 되어 함성을 질러댔다.

"와아 와아!"

"덕만공주 천세 만세 만만세!"

"백정대왕 천세 만세 만만세!"

“와아, 와아!”

덕만은 유신을 옆에 세우고 환호성을 지르는 낭도들을 향해 손을 흔들었다.

마침내 미실이 결기를 삭히지 못하고 자리에서 벌떡 일어났다. 그러자 공주의 뒤에 서있던 지귀가 휙 돌아 한 발 앞으로 나서며 미실을 노려보았다. 미실은 다시 자리에 털썩 앉으며 입술을 깨물었다.

덕만은 낭도들의 환호성에 손을 흔들어 주며 유신과 함께 서 있었다.

‘지금의 맹세를 잊지 마소서.’

마치 동굴 안에서처럼 유신의 귓가에 여인의 목소리가 끊임없이 맴돌았다.

❀ ❀ ❀

“도대체 어찌된 일이란 말인가?”

미실은 방을 이리저리 오가며 분노를 감추지 못했다. 몇 해 전 사도태후가 죽은 이후 미실의 입지는 예전만 같지 않았다. 그런 상황에서 덕만이 점점 존재를 드러내기 시작하자 미실은 불안했다.

“궁주님 진정하시옵소서.”

"내가 지금 진정하게 생겼단 말인가. 너도 보았지 않은가. 낭도들이 덕만공주 만세를 외치던 꼴을 말이야. 어찌 그것이 신당에서 제사나 지내던 여자란 말인가. 완전히 여우같은 속임수에 넘어 간 게야. 발톱을 다 뽑아 놓았다고 생각했는데 이렇게 뒤통수를 맞다니. 유신의 무예가 신국 제일가는 건 다 알려진 사실인데, 어찌하여 용춘과 유신의 마상무예 대결을 하게 했단 말인가?"

낭도대회에서 상선(전임 풍월주)의 마상무예 대결을 보이는 일은 처음이었다. 현 풍월주와 새로운 화랑 발굴을 중심으로 하였기 때문이다.

"공주께서 대회의 흥을 돋우고 장수를 발굴하기 위해 김유신과 용춘을 지목하셨다 하옵니다."

"공주가 직접? 가야파인 유신으로 하여금 용춘을 누르게 하고 공주가 상을 내린다?"

미실은 눈을 게슴츠레 뜨고 생각에 잠겼다. 백정이 낭지를 화랑에 끌어들이고 낭도대회를 다시 열겠다고 할 때부터 이상스러웠다. 그러나 뚜렷한 명분이 없어서 막지 못했는데 낭도대회에서 덕만이 활개를 치다니.

"왕은 낭지를 끌어 들이고 공주와 함께 화랑에 대한 영향력을 키우겠다는 심산이다. 안될 말이지……."

미실은 문득 숨을 고르며 잠시 생각에 잠기다가 자리에 풀썩 앉으며 말했다.

"오늘부터 공주의 일거수일투족을 다시 살펴라. 등잔 밑이 어두

왔구나. 때를 기다린다고 될 일이 아니니, 설원랑 너는 방법을 생각해 봐라. 힘이 모자라다면 누군가의 도움이라도 끌어들여라."

"도움이라 하시면……?"

설원랑의 곁에서 이렇게 되묻는 칠숙을 미실은 못마땅하다는 듯 흘겨보며 말을 이었다.

"안 되는 일이 무엇이 있겠느냐? 뜻을 세웠으니 없는 길이라도 만들어서 가란 말이다."

설원랑과 칠숙은 은밀한 호통을 뒤로 하고 미실궁주 궁을 나왔다.

없는 길이라도 만들어서 가라니. 마음이 답답했다. 미실은 야심을 절대로 포기할 줄 모르고 갈 데까지 가리라. 이미 한 배를 탄 이상 미실이 야망을 이루는 것이 칠숙의 살 길이기도 했다. 또 설원랑의 어머니는 대원신통이기에 설원랑 역시 대원신통이어서 미실에게 붙어 벼슬을 얻을 수 있었던 것이다.

궁을 나와 집으로 돌아온 칠숙은 석품을 불러 들였다. 석품은 신라뿐만 아니라 나라 밖에도 맥이 닿아 있었으니 이런 일을 처리하기에는 딱 안성맞춤이었다.

❀ ❀ ❀

덕만은 금휘장이 늘어진 방에서 화장을 지우고 머리에 꽂았던 금장식들을 하나씩 내려놓았다. 시녀들이 그녀를 씻기고 침전에 들 때 입는 옷으로 갈아입힌 뒤 물러간 후에도 그녀는 우두커니 창밖에 시선을 꽂은 채 한참을 돌상처럼 앉아 있었다. 낮에 치렀던 낭도대회의 함성도 잦아들고 모두가 잠들어 가는 깊은 밤, 인적이 끊긴 월성에는 멀리서 풀벌레 소리만 들려올 뿐이었다.

“지귀, 밖에 있느냐?”

“네.”

“들어오라.”

지귀를 안으로 불러들이고도 공주는 한참 아무 말도 하지 않고 고개를 숙이고만 있었다.

“마마?”

침묵을 깨고 지귀가 영문을 물어오자 공주는 시선을 피하며 고개를 돌려 버렸다. 길게 늘어뜨린 공주의 검은 머리카락은 아직 목욕물이 마르지 않은 채 촉촉했다. 지귀 역시 다시 고개를 떨구고 생각에 잠겼다. 창밖으로 시선을 고정하던 공주가 다시 지귀와 마주 보며 나지막한 목소리로 말했다.

“그도…… 같은 마음이…… 아니겠느냐…….”

“…….”

지귀는 여전히 고개를 숙인 채 공주의 숨소리에 귀를 기울이고만 있었다. 다시 한참 침묵이 흘렀다. 그리고 이윽고 지귀가 일어났다.

“변복을 시켜 모셔 오겠나이다.”

별도 달도 잠이 들었을 것 같이 깊은 밤이 되어서야 지귀는 돌아왔다. 그리고 그의 곁에는 검은 옷으로 머리끝에서부터 다리까지 감추듯 변복을 한 남자가 서 있었다. 지귀가 고개를 숙이며 가볍게 공주에게 절을 올린 뒤 조용히 문을 닫고 나가자, 남자는 걸치고 있던 옷을 천천히 걷어 냈다. 그의 앞에는 처음 봤을 그때처럼 얇은 천으로 몸을 감은 그녀가 있었다. 유신은 대범하게 그녀와 마주하여 바라보았다. 그리고 깊은 밤의 적막 속에서 조용히 입을 열었다.

"그대가 ……."

남자는 한 걸음 그녀를 향해 다가서며 말했다.

"공주라고는 생각지 못했습니다."

그는 점점 공주에게 가까이 다가섰다.

"이, 이렇게…… 다시 만나게 될 줄도 몰랐습니다."

남자는 이제 공주 바로 코앞에 서 있다.

"하오나 만날 기약도 없던 지난 세월을 보내면서 어처구니없게도 점점 뜨거워지는 가슴을 어쩔 수 없었습니다!"

공주는 아무 말 없이 바로 앞으로 다가선 그의 상기된 얼굴을 올려다보면서 떨리는 손으로 그의 얼굴을 어루만졌다. 그는 더 이상 소년이 아니었다. 이 사람이라면 죽을 때까지 내 곁에 있어주지 않을까, 그녀는 그렇게 생각했다.

"유신공……."

공주가 나지막하게 이름을 속삭이자 그가 공주를 힘껏 끌어안

았다. 유신의 강한 팔이 그녀의 허리를 끌어당기자 긴 머리카락이
허리와 함께 흔들리고 공주는 차라리 눈을 감아 버렸다.

7. 때가 가까우니
   사랑은 검에 깃드네

봉황에겐 봉황의 운명이 있고 군신에겐 군신의 운명이 있으니, 봉황이 봉황의 운명을 이루려 한다면 군신은 군신의 운명을 이룰 것이다. 봉황이 신국을 비추는 달의 운명이라면 나는 달무리의 운명을 받으리. 천하를 비추어야 하는 달의 운명까지도 품어 주는 달무리가 되어, 영원히 곁에서 그녀를 지키고 신국을 지키리라.

❋ ❋ ❋

"공주님께서는 어느 장부보다도 총명하고 지혜롭고 감정이 풍부하여 어찌 감히 감당할 수 있겠나이까."

왕의 긴밀한 부름을 받고 대궁으로 온 용춘은 '덕만공주의 사신(私臣)이 되라.'는 왕의 뜻을 순순히 받아들일 수가 없었기에 덕만공주를 능히 감당치 못하겠다며 왕에게 조심스럽게 고했다.

신라에서는 신분이 높은 이가 신분이 낮은 이를 사신으로 삼곤 했는데 누군가의 사신이 된다 함은 죽을 때까지 충성할 것을 약속하는 일이었다. 사신 관계를 맺은 이가 남자와 여자일 경우에는 색공으로 모신다는 뜻도 포함하고 있었다. 그런데 백정왕은 용춘 전군을 불러들여 덕만의 사신이 되라 하니, 그것은 덕만의 사람이 되어 그녀를 보필하고 그녀에게 색공을 하란 뜻이 된다.

"공주가 그대의 인물 됨됨이를 높이 보고 능히 자신을 도울 재목이라 판단한 것이고 또한 현재 왕실에서 성골인 남자가 없으니 그대가 공주에게 가장 적합한 인물이 아니겠는가."

"하오나!"

"왕명이니 그리 알고 행하라."

"……."

용춘은 고개를 숙인 채 아랫입술을 조용히 깨물었다. 형인 용수 전군이 천명공주와 결혼하여 사위 양위를 목전에 두고 있는 줄 알았는데 난데없이 덕만공주의 사신이 되라니. 덕만을 통해 왕통을 잇겠다는 말인가. 용춘은 격분한 마음을 왕에게 들키지 않기 위해 안간힘을 썼다. 빼앗긴 왕통의 흐름을 되찾기 위해서라도 공주의 몸을 통해 왕자를 생산케 할 수는 없는 일이었다.

❋ ❋ ❋

"전왕의 아들입니다. 아무리 왕자가 아니라 전군에 불과하다지만 전왕의 피를 받았는데 공주님의 사신으로 삼다니요."

몇몇 화랑들과 상선들이 모인 자리에서는 의견이 분분했다. 특히 용춘을 따르는 화랑들이 흥분을 감추지 못하였다.

"전왕의 아들이기에 그러한 것 아닙니까. 하늘에 태양이 하나이 듯이 신국의 신은 하나요, 그 하나의 신이 지금의 백정왕이시니, 전왕의 아들이 공주를 사신이 되어 모시는 것은 도리에 어긋난 일이 아닙니다."

금왕의 편에 서서 이렇게 이야기를 하는 이는 화랑도의 부제인 염장이었다. 그의 곁에는 보종 풍월주가 말없이 고개를 약간 숙인 채 앉아 있었고 보종의 곁에는 전대 풍월주인 유신 상선이 자리하고 있었다. 염장은 침묵을 지키는 보종을 건너뛰고 유신을 향해 물었다.

"그렇지 않습니까, 상선 어른?"

화랑의 중망을 이끄는 것은 마땅히 우두머리인 풍월주이지만 타고난 인품의 결이 곱고 무예보다는 선에 몰두하는 보종은 사람들을 이끌기보다는 말없이 지켜보는 편인데다가, 전대 풍월주인 유신을 하늘같은 형님으로 모시고 있기에 혈기 급한 염장은 바로 유신을 향해 물었던 것이다. 그러나 유신은 평소답지 않게 무겁게 입을 다문 채 자신을 향해 동조라도 구하듯 물어오는 염장의 눈을 쏘아볼 뿐이었다. 순간 염장은 머뭇거렸다. 염장이 머뭇거리자 용춘을 따르는 한 화랑이 내질렀다.

"천명공주는 용수전군과 혼례로 맺어졌건만 용춘 전군은 어찌하여 덕만공주님의 사신이 되란 말인지, 원. 지아비도 아니고 사신이 되라면 군신이 됨을 의미할 뿐더러 지아비가 없는 공주에게 색공이라도 하란 말입니까?"

사신의 임무는 그가 받드는 주인을 위하여 목숨까지 내놓는 것이었으므로 공주가 용춘을 사신으로 지목함은 화랑도 내부에서도 파문을 불러 일으켰다.

"사실 용춘 전군을 사신으로 삼으심은 천명공주 대신 덕만공주로 하여금 보위를 잇게 하려는 왕의 뜻이 아니겠는지요. 또한 왕족의 혈통을 갖고 계신 용춘 전군과 합하게 하여 왕손을 이어가려는 것이니, 지아비가 아니라 씨내리가 되는 것과 무엇이 다르오리까."

"대궁에서 흘러나온 말에 의하면 공주님이 먼저 용춘전군을 지목하여 왕께 청하셨다 하나이다."

공주가 먼저 용춘을 지목하여 청하였다는 이야기까지 나오자 이제껏 침묵만 지키고 있던 유신이 갑자기 언성을 높이며 끼어들었다.

"그만들 하시오!"

모두들 놀라 입을 다물었다.

"유신공."

보종이 유신을 향해 의아스럽다는 듯 말했다. 보종은 평소부터 유신을 높이 받들고 중요한 일이 있을 때마다 그의 의견을 경청하곤 했다. 평소 유신이 보종에게 "형이 어찌 동생을 어려워합니까?"하면 보종은 그때마다 "유신공은 천상의 일월이고 나는 인간세상의 작은 티끌"이라며 겸허하게 미소 짓곤 했다. 그렇게 오랜 세월 얼굴 한번 붉히는 바 없이 지내고 있는 터라 유신이 화를 내는 모습을 처음 접하는 보종으로서는 조금 당황스러웠다. 잠시 말을 끊더니 유신은 왕궁에서 흘러나온 이야기에 발 빠른 염장에게 조심스럽게 물었다.

"……용춘 전군께서는 뭐라고 하셨다던가?"

"덕만공주님을 감당치 못하겠노라고 아뢰었으나 왕께서 명으로 내리셨다 합니다."

"감당치 못하겠다……."

유신은 용춘의 말을 혼잣말처럼 곱씹었다. 누군가는 감당치 못하겠다고 거부하려 했다지만 유신은 오히려 갈망하는 사람을 얻을 수 없는 안타까움에 스스로를 감당치 못하여 남모르게 터져 나오는 한숨을 집어 삼켰다. 유신은 마음을 추스르면서 화랑들에게 말했다.

"용춘 전군이 전왕의 자손이긴 하나 지금은 엄연히 진골의 신분이고 왕실의 정통성은 금왕을 중심으로 이어지는 법인데 용춘 전군께서 금왕의 차녀 되시는 덕만공주님을 모시는 게 어찌 분개할 일이겠는가. 왕께 충성하는 것이 나라에 충성하는 것이고 왕명으로 공주님을 모신다면 그 또한 충성이요 영광일 뿐만 아니라, 충성함이 우리 화랑들이 마땅히 따라야 하는 도(道)일 것이요."

유신은 화랑들의 분분한 의견에 힘을 빼고 있었다. 유신이 화랑들의 논란을 일언지하에 누르자 화랑들은 하나둘 입을 다물었다.

화랑도 안에는 출신성분에 따라 여러 파가 있어서 종종 대립하기도 하고 화랑도 내에서 지위를 얻는 데 있어서도 그러한 파가 작용하기도 했다. 화랑의 파에 따라 낭도들도 파가 나뉘었고, 나라 중대사에 있어서도 의견을 같이하여 뭉치거나 대립하곤 하였다. 어머니 혈통에 따라 나뉘는 대원신통이나 진골정통파에 비해 아버지 혈통에 따른 가야파는 처음엔 약했으나 갈수록 힘을 얻어갔는데 특히 가야파는 유신을 받들었다. 염장 또한 아버지 혈통으로는 가야파에 속하였다.

"사신으로 봉하는 길례는 포석정이 있는 포석사에서 행한다고 합니다."

염장이 덧붙였다.

"알았다."

유신이 자리에서 일어나자 화랑들도 따라서 자리에서 일어났다. 화랑들이 모두 산을 내려가고 풍월주인 보종과 부제 염장만이 남았다.

"용춘 전군을 따르는 화랑들의 불만이 제법 큰 듯하구나."

보종이 나지막한 소리로 말하자 염장이 보종을 안심시키고자 달래듯 말했다. 왕실의 분위기가 어수선하자 보종은 어머니 미실 궁주가 염려스러웠으나 세상의 돌아가는 암투로부터 멀어지고 싶었다.

"하오나 왕의 처사에 그릇됨이 없으니 저들이 어쩌겠습니까. 왕족의 혈통을 가진 사람을 통해 왕손을 보려 하심은 당연한 일이옵니다. 유신 공께서 입장을 분명히 하셨으니 곧 조용해질 것입니다."

염장은, 말을 타고 바람처럼 달려 사라지는 유신의 뒷모습을 바라보았다.

❋ ❋ ❋

용춘은 왕명에 따라 신궁에서 제사를 지내고 포석사에서 사신으로 봉하는 길례를 행한 후 덕만을 모시게 되었다. 용수는 천명공주와 결혼할 때 용수의 처였던 천화공주를 용춘에게 내려 주었는데 이번엔 용춘이 덕만을 모시게 되자 천화공주는 다시 백룡공에게 시집가게 되었다.

용춘이 덕만을 모시기 시작한 지 한 해가 넘어가도록 공주가 태기를 보이지 않자, 용춘은 이를 이유삼아 사신의 자리에서 물러날 것을 왕에게 청했다.

"공주님을 모신 지 한 해가 넘었으나 자손이 들어서지 않으니 신이 부족한 탓이라, 사신의 자리를 계속 붙들지 못하겠나이다."

왕으로서도 무작정 기다릴 수만도 없는 일인지라 용춘을 굳이 말리지 않았다. 그러나 왕실의 위엄을 위해서 자손을 보는 일을 포기할 수도 없었다.

"용수전군을 불러 들여라."

왕명을 받고 입궐한 용수에게 왕은 명을 내렸다.

"용춘 전군이 자식이 생기지 않는 것을 이유로 사신의 자리에서 물러날 것을 청하였다. 그러나 보위를 이을 자손을 보는 일은 그 무엇보다도 중차대한 일이니, 어찌 이 일을 가벼이 여기리오. 용수 네가 공주를 모시도록 하라."

보위를 이을 자손이라니! 고개를 숙이고 있는 용수의 눈에 불꽃이 이는 듯했다. 백정왕의 허리를 두르고 있는 황금빛 옥대와 화려한 용포 자락이 그의 눈에 들어왔다. 그리고 유궁에서 세상과 격리된 채 외롭게 죽어간 아버지의 얼굴이 백정왕의 용포자락에 겹쳐 떠올랐다.

'신국의 제는 신이라, 하늘의 태양이 하나이듯이 신국의 신도 하나라 했던가. 그러나 적자를 보지 못하면 신도 빛을 잃을 것이다. 새 세상을 위해 새로운 신이 필요한 게 아닌가!'

"공주님을 모신다 한들 자식이 생기지 않을까 두려운 마음에 감히 받들지 못하겠나이다."

용수는 왕에게 고해 올리며 금가락지를 두른 왕의 손가락을 바라보았다. 왕이 손에 힘을 주는 듯 손가락이 오므라졌다.

왕이 손짓으로 주변의 시종들을 물리자, 시종들은 뒷걸음으로 종종 물러가며 금발을 내렸다.

"가까이 앉아라."

왕은 용수를 당겨 앉도록 하고 나지막한 목소리로 조용히 타일렀다.

"왕실에 성골 남자가 없는 작금의 상황을 너도 잘 알 것이다. 너도 아는 바와 같이 덕만이 보위를 잇는다 해도 왕위를 이을 적자를 보지 못하면 지금과 같은 왕실의 불안정은 계속 될 것이다. 덕만이 여인으로서 수태가 가능할 때 적자를 얻어야 덕만 이후로도 왕통을 이어나갈 수 있으리라."

"공주님이 보위를 …… 잇는다 하셨나이까……."

용수는 떨리는 목소리를 누르며 물었다. 이제 모든 것이 분명해졌다. 왕은 사위에게 왕위를 물려 줄 생각이 없는 것이다. 아니 없어진 것이다. 처음 왕이 천명과 결혼을 하라고 할 때만 해도 왕의 마음은 장녀 천명과 용수를 결합시키고 사위에게 양위할 심산이었다. 그러나 덕만이 돌아온 이후 두번째 왕후가 낳은 왕자가 태어나자마자 비명횡사하자 왕의 마음은 완전히 덕만에게 기울어져 버림이 분명했다. 용수는 덕만의 환궁을 허용한 것이 새삼 가슴을 찢듯이 후회스러웠다.

"과인이 열세 살에 왕위에 올랐을 때도 연호를 쓰기 전까지 태후들이 직접 정사를 돌보신 시절이 있었다. 여인이라고 하여 못할 것이 있는가. 덕만은 법흥, 진흥왕의 대범함과 총명함을 그대로 물려받은 듯 날이 갈수록 태양의 위용을 갖추고 있음을 온 군신들이 칭송하고 있다. 또한 낭도와 화랑들의 신망을 이미 얻고 있으니 어찌 보위를 잇기에 부족하다 하리오. 왕의 혈통을 나눠 가진 그대와 용춘이 덕만을 보필해 준다면 더할 나위 없이 마음이 놓이리니 그리 알고 덕만을 모시고 더 나아가 앞으로도 보필함에 힘쓰라!"

백정왕은 한마디 한마디에 힘을 주어 용수에게 말했다. 성정이 너그럽고 효심이 깊어 섭정을 하는 태후들에게도 순종하였으며 태후들의 뜻을 거스르지 않았던 백정이었다. 그러나 왕통을 이어 가는 일에 있어서만큼은 더 이상 물러 설 곳이 없는 왕이기도 했다. 백정은 마야왕후가 죽은 후 새로운 왕후를 맞이했고 어렵게 아들을 낳았으나 태어난 지 얼마 지나지 않아 알 수 없는 병을 얻어 죽었다. 어의는 병이 아니라 독초에 의한 것이라고 조심스레 말했지만 누구의 소행인지 끝까지 밝힐 수 없었다.

용수는 그동안 어렵게 쌓아온 왕의 신뢰를 무너뜨려서는 안 되겠기에 이를 악물고 이렇게 고했다.

"마마의 뜻을 받들어 성심껏 공주님을 모시겠나이다."

왕은 기특한 마음에 용수의 손을 잡았다.

"용수전군 고맙네. 그대가 있어 내가 얼마나 마음이 놓이는지 모르오."

왕은 용수전군을 완전히 신뢰하고 있었다. 사촌형제 간이니 마음이 남과 같을 것인가.

용춘과 용수를 번갈아 덕만공주의 사신으로 삼음은 백정왕이 취한 비상조치와도 같았다. 백정왕은 덕만에게 보위를 물려주기를 원했고 덕만은 궁 밖의 암자에서 오랜 세월을 보내느라 결혼을 하지 않은 상태였다. 덕만의 나이가 이미 적지 않으니 왕은 늦기 전에 덕만을 통해 신국의 혈통을 이을 다음 대의 적자를 얻고자 했던 것이다.

용수는 대궁에서 나와 용춘과 마주앉았다.

"덕만공주에게 보위를 물려준다고 했습니까?"

용춘이 격분하여 형에게 말했다.

"어찌하여 사위가 아니라 딸에게 보위를 물려준다는 말입니까? 그런 일은 일찍이 없었습니다."

용수 역시 배신감에 치를 떨었다. 사위가 되고도 공주 따위에게 밀리다니!

천명 따위를 아내로 맞은들 무슨 소용인가. 차라리 처음부터 덕만과 결혼을 했다면 왕이 사위에게 양위를 하리라 마음먹었을 텐데. 그런데 이제 왕은 덕만과 결혼을 하라는 게 아니라 사신으로 모시라는 것이다. 남편이 아니라 씨내리나 하라는 것이 아닌가.

왕이 빨리 죽어버렸다면 이런 망령된 생각을 하지 않았을 텐데, 왕이 진작 죽었다면 사위로서 보위를 이었을 텐데. 마야왕후가 아니라 왕부터 죽었어야 했다. 두번째 왕후가 낳은 갓난쟁이 왕자가 아니라 백정을 먼저 죽여 버려야 했다!

용수는 왕명에 따라 신궁에서 제사를 지내고 포석사에서 사신으로 봉하는 길례를 행한 후 덕만을 모시게 되었다. 천명공주는 동생 용춘에게 물려주었다. 용수는 덕만을 모시되 잉태가 되지 않도록 온갖 노력을 하였고, 그러한 계획대로 한 해가 지나도 공주에게 자식이 생기지 않자, 자식이 없는 것을 이유로 사신의 자리에서 물러날 것을 거듭 왕에게 청했다.

"신이 부족하여, 공주님께 자식이 생기지 않으니 더 이상 공주님을 모시는 것으로 죄를 얻을까 두려워 감히 모시지 못하겠나이다."

선덕공주(善德公主)가…… 용봉의 자태와 태양의 위용이 왕위를 이을 만했다. 그때는 마야왕후가 이미 죽었고 왕위를 이을 만한 아들이 달리 없었다.

선덕은 용춘공이 능히 자기를 도울 수 있다고 생각하여 사신이 되기를 청했다. 왕이 이에 공에게 공주의 뜻을 받들도록 명했다. 선덕은 총명하고 지혜로웠으며 감정이 풍부했다.

공이 감당하지 못할 것을 알고 굳이 사양했으나 어쩔 수 없이 받들게 되었는데 과연 자식이 없어 물러날 것을 청했다.

왕은 용수공에게 모시도록 명했는데 또한 자식이 없었다.

(화랑세기 〈용춘공 조〉

❋ ❋ ❋

“신라에서는 철저히 혈통에 따라 신분이 정해지니 감히 큰 뜻을 품은 자라면 혼인을 통하여 신분을 보함이 마땅하다.”

덕만이 유신에게 이렇게 말함도 무리는 아니었다. 성스런 신분을 극소수의 사람들만 누리기 위해 근친혼이 성행하는 신라였던 만큼 어느 집과 혼인을 맺느냐에 따라 입지가 달라졌으니 말이다. 유신의 가문은 일찍부터 신라 왕실의 여자들과 혼인하여 연을 맺었고, 유신의 아버지 역시 만명공주와 결혼하여 유신을 낳음으로써 꾸준히 신라에서 가문의 입지를 만들어 오긴 했지만 아직은 부족했다. 여전히 유신의 가문은 왕경인 중에서 왕실과 직접 통하는 가문에 비하면 외곽에 머물러 있었던 것이다. 보다 힘 있는 자를, 왕실의 주변이 아니라 왕실의 핵심에 닿는 인물을 얻어야 했다. 그렇지 않고서는 나라를 생각하고 애끓는 충심으로 하늘을 바라보아도 발목을 잡고 있는 신분의 장벽이 그가 품은 뜻을 허무하게 만들 뿐이었다. 진골이라는 최고 귀족의 신분이긴 했으나 가야 피가 흐르는 이름뿐인 진골……

“유신공, 문희와 보희가 있지 아니한가?”

덕만이 혈통을 거론하자 답답한 심정으로 입을 다물어 버린 유신에게 다가 앉으며 덕만이 말했다.

문희와 보희라 함은 유신의 누이들이었다. 그는 생각에 잠기었다.

공주가 누이들을 거론하는 건 여동생과 춘추를 결혼시킨다면 유신의 입지를 더 높일 수 있기 때문이었다. 또한 춘추를 염두에 두고 있음이었다. 용수전군의 아들인 춘추. 공주는 용수, 용춘과 그의 아들을 왕실의 오른편에 세울 작정이리라. 사신으로 삼고자 했을 때부터 공주는 그런 생각을 가지고 있었으리라. 미실궁주의 세력을 약화시키기 위해서 용수, 용춘과 손을 잡는 게 필요했고 또 한편으로 용수, 용춘을 깊이 신뢰하고 있었다.

김유신의 아버지 서현은 자신이 풍월주의 자리를 물려받을 수 있음에도 불구하고 위를 용춘에게 양보한 바 있었다. 그것은 풍월주의 자리보다는 왕실의 사람인 용춘을 얻는 것이 더욱 중요했기 때문이다. 덕분에 용춘은 빨리 풍월주의 자리에 오를 수 있었고 그 보답으로 유신을 자신의 사신으로 삼아 주었다. 이때 유신은 "나라를 위하여 어떤 활과 돌도 피하지 않겠노라" 맹세하며 기쁘게 응했다.

그러나 벽은 여전히 높았고 지름길은 보이지 않았다. 용수와 용춘 역시 폐위된 왕의 아들이었기에 세상의 한가운데로 나가 검을 세우고자 하는 유신의 마음을 채우기에는 부족했다. 어느덧 그의 나이 서른을 넘었으니 산에 올라 우국충정에 울던 18세의 소년은 이미 아니었다.

"용춘전군은 물론이고 용수전군까지 사신으로서 덕만공주를 모셨으니 두 전군이 왕실에서 좀 더 신임을 얻었다. 우리 가문으로서도 다행스러운 일이 아니냐."

유신의 아버지인 서현은 유신과 마주하고 말했다. 용춘과 서현, 그리고 유신에게로 이어지는 인연을 생각하면 용수와 용춘의 위가 높아짐은 다행스러운 일이 아닐 수 없었다. 비록 사신으로서 공주를 받든 것이었으나 용수와 용춘을 공주의 지아비로서 예우하여 자리를 챙겨줌이 많았다. 덕만공주가 사신으로 삼은 용수와 용춘의 지위를 높여 주니 용춘을 따르던 일부 낭도들의 불만도 잦아들었다.

오직 용수, 용춘만 더 높은 곳을 바라보고 있기에 스스로의 자리에 만족하지 않았다.

"왕실에 누가 있는가. 용수와 용춘의 인물됨이 믿을 만하니 두루 화합하여 왕의 일을 굳건히 해야 할 따름이다."

이렇게 말하는 덕만이 용수와 용춘은 물론 용수의 아들 춘추까지도 눈여겨봄이 분명했다. 자신의 몸에서 자식을 얻었다면 더할 나위 없이 좋았겠으나 결과가 그렇지 못한 지금 왕실의 사람은 한 명 한 명이 더욱 소중할 수밖에 없는 공주의 마음을 모르는 바는 아니었다.

유신은 울컥하는 마음에 말을 달려 영취산으로 향했다.

이제는 용수와 용춘을 보는 게 편치 않았다. 그들을 보면 그들에게 안겨 있었을 덕만이 떠오르고 덕만이 떠오르면 덕만만을 바라보고 있는 자신의 얼굴이 떠올랐다. 왕실을 위하는 일이라지만 용춘은 포석사에서 길례를 행하고 덕만을 모셨으니 부부의 연과 무엇이 다르리오. 오직 유신은 덕만에게 좀 더 가까이 가지 못하는 현실이 원망스러운 뿐이었다. 모두가 신분의 장벽이었다.

"야앗!"

유신은 단석검을 들어 허공을 크게 베기 시작했다. 그의 검이 허공중에 춤을 추며 반짝이고, 이어지는 유신의 기합 소리가 해가 저물어 가는 저녁 영취산 정상을 가득 메웠다. 덕만을 처음 만났던 영취산 정상에는 여전히 가파른 절벽과 조그만 동굴이 노을을 받으며 들어 앉아 있다. 영취산의 모습은 예전 그대로건만 세월은 이미 한 바퀴가 더 돌았다.

세월이 저만치 흐르는 동안 자신의 자리는 여전히 그대로인데, 이름 없는 여인은 공주가 되어 돌아와 날개 짓을 시작하고 있다. 바람소리가, 그녀의 날개가 가르는 창공의 바람소리가 유신의 귀에 들렸다.

봉황에겐 봉황의 운명이 있고 신하에겐 신하의 운명이 있다. 봉황이 봉황의 운명을 완성하려 한다면 신하는 신하의 운명을 완성해야 할 것이다. 신하의 운명은 목숨을 바쳐 봉황의 운명을 돕는 것, 그것이 진정한 신하이리라.

설령 저 끝에 환란이 기다린다고 해도 그대가 내미는 손을 외면하지는 못하리. 그대가 이끄는 대로 그대가 원하는 거대한 톱니바퀴 속으로 뛰어 들어가리라.

온몸이 땀에 젖었다. 저녁 해는 완전히 져 버리고, 영취산의 밤바람이 유신의 옷자락 사이로 스며들어왔다. 가쁜 숨을 몰아쉬며 유신은 단석검을 칼집에 넣은 후 밤하늘 한가운데로 떠오른 휘영

청 밝은 달을 똑바로 마주 보았다.

❋ ❋ ❋

"저 연기가 무엇이냐?"

시종들을 이끌고 남산에 올라 서라벌 풍경을 내려다보던 공주가 물었다. 시종들은 흉한 소문이 있기에 오늘의 행차만은 말리려 하였건만 공주가 굳이 고집을 부려 나선 외유였는데 아니나 다를까 공주는 산에 오르자마자 서라벌의 금택들 중 한 집에서 연기가 피어오르는 것을 발견하고는 손가락으로 그 지점을 가리키며 채근하듯 다시 물었다.

"연기가 나는 곳이 어디냐? 김유신 공의 집이 아니더냐?"

시종들은 고개를 조아리며 차마 대답을 하지 못했다.

"말하라."

덕만이 추궁하자 시종들은 더욱 안절부절 못하며 서로의 눈치만 살필 뿐이었다. 한 시종이 머뭇거리며 고해 올렸다.

"김유신 공께서 화가 나서 마당에다가 장작더미를 쌓고 여동생인 문희를 태워 죽인다 하더이다."

"어찌하여 누이를 죽인단 말이냐?"

공주는 시치미를 떼고 물었다.

"아뢰옵기 황공하오나, 유신공의 여동생인 문희가 혼인도 하지 않은 채 아이를 가졌다고 하나이다.”

“아이를 가졌다?”

공주는 잠시 생각하는 듯하더니 다시 물었다.

“아이의 아버지가 누구라고 하더냐?”

공주가 여기까지 추궁하자 곁에 서 있던 춘추가 흠칫 놀라며 고개를 숙였다. 이제 스물을 넘은 춘추는 조용한 남자였다. 체격은 작고 성품은 차분하였으나 말은 빠르고 민첩하여 용수, 용춘과 연을 맺은 덕만은 춘추를 특히 총애하여 곁에 두려 했다. 춘추는 덕만의 언니인 천명공주가 일찌감치 용수에게 시집가 낳은 아들이기도 했다.

“그, 그것이……”

말을 올리던 시종이 춘추의 눈치를 살피며 답을 하지 못했다. 춘추의 얼굴이 귀밑까지 발개졌다. 덕만은 잠시 말을 끊고 춘추를 빤히 쳐다보며 물었다.

“춘추, 너로구나?”

춘추는 축국을 하다가 유신이 밟아서 끊어진 옷고름을 수선코자 유신의 집에 들렀다가 바느질을 해준 유신의 동생 문희와 정을 통하는 사이가 되었다.

춘추는 고개를 숙인 채 뻘건 얼굴로 머뭇거리며 말했다.

“…… 그, 그러하옵니다. 공주님……”

순간 옆에 서 있던 춘추의 어머니 천명공주가 깜짝 놀라 춘추를 쳐다보았다. 춘추는 안절부절못하는데 덕만공주는 연기가 나는 김유신의 집만을 똑바로 응시하고 있을 뿐, 춘추를 돌아보지도 않고 차분한 목소리로 말했다.

"네가 한 일인데 어찌 가서 구하지 않느냐?"

고개를 숙이고 있던 춘추는 깜짝 놀라 덕만을 올려다보았다. 춘추에게는 '보라'라는 처와 둘 사이에 난 고타소라는 딸까지 있는데다가, 김유신의 누이라 하면 가야의 혈통을 가진 여인인데 공주는 가서 그녀를 구하라 하니 조금 당황스러웠다. 가야파와의 혼인을 허락한단 말인가.

"무얼 하느냐? 가서 구하지 않고."

덕만의 목소리는 단호했다.

"여봐라, 춘추공을 위해 말을 대령하라!"

춘추는 그 길로 남산에서 내려와 김유신의 재매정택으로 한달음에 달려갔다. 덕만은 춘추의 뒷모습을 바라보며 회심의 미소를 지었다.

"이제 그만 돌아가자."

굳이 오늘 나서겠다고 공주가 우겨서 나온 행차였건만 공주는 마치 춘추의 일이 그날의 할 일이었다는 듯 춘추가 사라지자 금세 궁으로 돌아섰다. 유신의 딸과 춘추를 결혼시킴으로써 덕만은 유신에게 힘을 실어 주고자 했던 것이다.

춘추는 유신의 누이와 정을 통하고 지낸 지 1년 다 되어가도록 문희를 데려가지 못하고 있었다. '보라'라는 처가 이미 있기도 했거니와 문희는 가야파 혈통이었기 때문이다. 그런데 공주가 허락을 하니 더 이상 망설이지 않았다.

춘추는 포석사에서 길례를 행하고 유신의 여동생 문희를 맞이했다. 그러나 신라에서는 오직 한 명의 처만 둘 수 있었기에 문희는 춘추의 첩이 되었는데 얼마 지나지 않아 춘추의 처인 보라가 아이를 낳다가 죽었다. 비록 보라가 죽기는 하였지만, 가야 혈통인 문희를 정식 처로 맞이할 수가 없어서 또 다시 망설였다. 이때 유신이 찾아와 말했다.

"바야흐로 지금은 왕자나 전군이라 하더라도 낭도가 없으면 위엄을 세울 수가 없나이다."

유신은 점잖게 매제가 되는 춘추에게 운을 띄웠다.

춘추는 가만히 고개를 들어 유신의 눈을 바라보았다. 화랑에서 가야파를 비롯하여 유신을 받드는 무리가 날이 갈수록 많아져 큰 세를 이루고 있음을 모를 리 없는 춘추였다. 덕만공주까지 암암리에 결혼을 허락한 것이나 마찬가지였으니 더 이상 신분과 혈통을 따져서 무엇 하리. 유신은 가문을 얻고 그는 힘을 얻으리라. 공주의 총애에다가 낭도들까지 얻는다면 더 이상 무엇을 두려워하겠는가. 이윽고 춘추가 유신을 향해 입을 열었다.

"유신 공께서 그리 말씀하시니, 더 이상 무슨 말이 필요하겠습니까. 가야와 신국이 하나가 되었으니 유신공과 제가 한 가문이 되는 것 또한 신국을 위하는 길일 것입니다."

유신은 자신보다 여덟 살이나 어린 춘추의 손을 덥석 잡았다. 그러자 춘추 또한 유신의 손 위에 자신의 두 손을 얹으며 힘을 주었다. 유신의 눈이 빛났다.

깊은 밤 춘추의 집을 나오는데 용춘 전군의 행차가 길을 나서는 게 보였다.

"전군께서 공주궁에 드시는 날입니다."

유신을 배웅해 주던 춘추가 유신에게 설명했다.

용춘 전군이 공주를 모시다가 자식을 얻지 못하고 용수전군이 그 자리를 대신하다가 역시 자식을 얻지 못하여 물러난 후 백정왕은 또 다시 용춘을 불러들여 공주를 모시게 했다. 공주 입장에서 보면 아버지의 사촌동생들과 합을 이루는 것이었다. 용수에 이어 다시 공주의 사신으로 봉해진 용춘 전군은 길일로 정해진 날 밤이면 공주궁에 들고 있음을 유신도 알고 있었지만 직접 마주친 적은 처음이었다.

유신은 고개를 들어 하늘을 바라보았다. 옷깃 사이로 느껴지는 밤의 한기처럼 가슴 한켠이 서늘해져 왔다. 달 같이 높은 곳에 있는 여인을 품으려는 사내의 비애이리라.

멀리 달무리에 에워싸인 반달이 월성을 훤히 비추고 있었다. 달은 이제 하루가 다르게 차오르라. 가득가득 차올라서 월성을 비추고 왕경 서라벌을 비추고 신국의 구석구석을 비추리라. 달이 찰수록 달무리 또한 어둔 밤하늘가로 번져 가고, 반짝이며 뽐내던 뭇별들도 달무리에 기가 죽어 빛을 잃으리라.

나는 달을 품는 달무리가 되리라. 가장 달의 가까이로 파고들어서, 달의 얼굴과 달의 손과 달의 가슴과, 세상을 향해 달려드는 달의 욕망까지도 품어주는 달무리가 되리라. 달의 욕망이 나의 욕망이 되고 나의 욕망 또한 달의 욕망이 되어 더욱 신국 위에서 빛나리라.

그날 이후 춘추는 더 이상 망설이지 않고 유신의 말에 따라 문희를 정식 처로 맞이하였고, 유신의 지지에 힘입어 신임 풍월주의 자리에 오를 수 있었다. 유신이 보종에게 물려주고 보종이 염장에게 물려주고 염장 다음에 춘추가 풍월주가 된 것이었다. 626년, 춘추의 나이 24세 때였다.

한편, 춘추는 비록 강등된 아버지 용수의 신분에 따라 진골에 불과했으나 왕실의 혈통을 지닌 몇 되지 않는 자손 중의 하나였기에 덕만은 왕실을 사랑하는 마음으로 더욱 춘추를 귀히 여겼다.

"너는 언변에 재주가 있고 또 명민하여 판단이 빠르니 앞으로 크게 쓰리라."

덕만은 입버릇처럼 춘추에 대해 이렇게 말하고, 춘추 또한 공주의 총애를 딛고 발돋움을 하고자 했다.

❋ ❋ ❋

"김용춘을 대장군으로 삼고 김서현을 장군으로 봉하며 김유신을 부장으로 삼노라."

629년, 신라는 고구려의 낭비성(지금의 청주)을 정벌하기에 나섰다.

백제와 고구려의 움직임 또한 심상치 않은 때였다. 특히 몇 해 전 백제가 신라의 늑로현을 침략한 데 이어 신라가 백제로부터 어렵게 탈환한 가잠성을 에워싸고 공격을 시도하는 등 침략의 마각을 드러내기 시작하고 있었다. 당나라의 불안정한 시기 동안 잠시 조용하던 평화가 깨지고 있음이었다.

신라는 백제의 가잠성 침략을 가까스로 막아냈다. 가잠성은 성을 지키기 위해 대를 이어 목숨을 바친 찬덕과 해론 부자의 원혼이 서려 있는 국경의 요새인 만큼 필사적으로 항전한 결과였다.

때마침 신라에서는 큰 가뭄과 기근이 계속되어 백정왕은 친히 비를 오게 한다는 영물인 용을 그려 놓고 기우제를 지내기도 했다.

백제의 가잠성 침략을 어렵게 막아내고 기근을 겨우 넘긴 백정왕은 고구려 정벌에 나섬으로써 불안정한 조정의 관심을 하나로 모으고 동요하는 백성들의 마음을 다잡는 한편, 백제에게 무언의 압력을 가하고자 했다.

잦은 침략으로 수세에 몰려 있는 신라에서는 자국의 힘에 대해 스스로 자신감을 잃어가고 화려하던 진흥왕의 시절을 그리워하는 사람들이 늘어만 갔으니 여기에 백정왕의 근심이 깊이 자리 잡고 있었다.

왕은 또한 공주를 중심으로 모시고 있는 용춘과 그와 뜻을 같이 하는 김서현과 그의 아들 유신에게 큰 기회를 주려는 것이기도 했다. 왕은 그들을 통해 군사적 기반을 강화하고자 했다.

"도대체 누구를 위한 정벌이란 말인가. 용춘 전군을 대장군으로 삼고 김서현에, 신출내기 김유신까지! 김서현, 김유신이 누구인가. 춘추와 혼인을 치른 데다 김서현에 이어 김유신까지 부장으로 삼으니 이건 드러내 놓고 힘을 실어 줌이 아니냐. 놈들이 작당을 하고 한패가 되고 있음이야!"

미실이 역정을 내었다. 목소리가 떨렸다. 그녀의 기력 또한 예전 같지 않았다. 색공은커녕 그녀는 이제 백발이 늘어가는 노인이었다. 그렇기에 모든 것이 더 급했다.

"고정하소서. 출전을 한다고 모두 공을 세우는 것은 아니옵니다!"

"유신은 무예로서는 신국 최고이면서도 혈통이 가야라 빛을 보지 못하고 있었던 인물이다. 이제 용수의 아들 춘추와 혼인으로 묶여지고 한 가문이랍시고 발탁함이 분명하네. 용춘과 서현, 유신이라. 이 자들이 한 배를 탔음이야."

용수, 용춘은 덕만공주를 사신으로 모신 자들이 아닌가. 왕의 속셈이 훤히 드러나 보였다. 모두가 덕만의 사람들이나 마찬가지였다. 모두가 덕만의 꼼수임이 분명했다. 왕은 덕만의 길을 열어 주고자 안간힘을 쓰고 있다. 그 옛날 미실의 치마폭에서 젊은 혈기를 어쩔 줄 모르고 달떠 하던 왕이 아니다. 왕도 늙었고 미실도 늙었다.

누가 새 길을 열어 새 시대의 왕이 될 것인가. 미실에게는 비담이 있었다. 백정에게 색공을 하던 시절 낳은 아들 비담이었다. 비담으로 새 세상을 열게 하리라. 나의 아들로 새 천하를 쥐게 하리라. 젊음은 짧고 권력은 길다. 젊음은 한번 져 버리면 끝이지만 권력은 대를 이어 줄 수 있다. 음부를 바쳐서 얻은 권세는 짧아도 혈통으로 이어가는 권세는 길 것이다.

미실은 생각할수록 부아가 치밀었다.

"석품에게서는 기별이 있는가?"

"곧 기별이 올 것으로 보이나이다."

"병부령 대감을 모셔 봐라. 재물을 아낄 일이 아니다."

"알았나이다. 궁주님."

명을 받는 것은 이찬 칠숙이었다. 어린 나이에 관직에 올라 미실의 정치적 후원으로 이찬의 벼슬에 올랐으니 칠숙에게 미실은 은인이나 마찬가지였다. 칠숙의 아버지는 진골이었지만 어머니는 두품에 속한 신분이었다. 칠숙은 정처가 아닌 첩인 어머니에게서 태어난 서자였다. 신라에서는 처첩을 수십 명 두면서도 정처는 오직 한 명만 허락했기 때문에 아버지의 신분적 특권이나 재산은 정처의 소생들에게 많이 돌아갔다. 첩이 낳은 아들은 아들이라도 천대 받았다. 여자냐 남자냐 보다는 신분을 더욱 중시했기 때문이다.

그렇기에 칠숙은 이찬의 벼슬에 올라서도 늘 미실의 수복처럼 미실이 보호해 주는 그늘에서 빠져나올 생각을 하지 않았다. 미실이 대원신통의 우두머리로서 권력의 핵심부에 있었기에 그녀가 주는 그늘은 넓고도 깊고도 영원할 것처럼 짙푸른 것이었다.

파격적인 왕의 명령을 받은 용춘과 서현, 그리고 유신은 신궁에서 제사 지내고 하루하루 다가오는 출정의 날을 기다렸다.

"반드시 전공을 세우고 돌아오라."

덕만은 출정을 앞두고 있는 유신을 은밀히 불러 단호히 말했다.

"나는 그대가 필요하다. 내가 그대를 높이 들어 쓸 수 있도록 전공을 세워 자격을 갖춰라."

공주의 말은 단호하다 못해 차가운 얼음 같았다. 그러나 바로 다음 순간 공주는 떨리는 목소리로 이렇게 말했다.

"그대를 진정 곁에 두고 싶은 나의 마음이다."

유신, 그대가 정녕 나를 사랑한다면, 나와 같은 길을 가자. 그대와 나 사이에 벼랑같이 깊은 신분의 장벽이 있다는 이유로 머뭇거리지 말기를. 과거에 처음 연모했던 그 사람처럼 신분의 차이를 이유로 나를 버리고, 저 먼 하늘에나 있을 이상을 따라 내게서 떠나지 말기를. 함께 손에 피를 묻힐지언정 나와 같이 가자. 내가 그대를 높이 세우리라. 신국을 지키는 살아있는 호신으로 만들어 주리라. 그대는 나를 지키고 왕실을 지키고 신라를 지켜라. 우리가 서로 마주보며 부부의 연을 맺지 못한다 할지라도 그 무엇이 우리의 인연을 넘어설 수 있으리. 그대의 삶이 나의 삶이고 나의 삶이 곧 그대의 삶이 되리라. 그대는 나를 통해 때를 만나고 나는 그대를 통해 나의 역사를 이루리라. 그러니 그대는 나의 사람이 되어 영원히 나의 곁에 있어라. 설령 죽음이 나를 데려간다고 해도 그대가 신국의 땅에 남아 있는 한 나는 혼령이 되어 그대 곁에 머무르며 그대를 지키고 신국을 지킬 것이니!

공주는 두 눈에 눈물을 글썽이며 유신의 입술 위에 자신의 입술을 포개고 유신의 가슴 위로 쓰러지듯 몸을 던졌다. 촉촉한 단내가 향기로웠다.

또다시 그녀는 위험한 줄타기를 하고 있는지도 몰랐다. 그러나 두 번 다시 나약한 모습으로 원하는 것을 바보같이 놓쳐 버리지는 않을 것이다. 강해지자. 신국의 왕녀답게 원하는 것을 다 가지리라. 소중한 것들은 모두 지키리라. 어리석었던 그 옛날처럼 다시는 사랑에 휘둘리며 울고 방황하지 않으리. 이제는 사랑이 나를 태우는 것이 아니라 내가 사랑을 태우리라. 사랑마저 신국을 위해 함께 불타오르게 하리라.

어느새 암수로 뒹구는 밤이 지나고 새벽바람이 불어 왔다. 공주는 지친 몸으로 깊은 잠에 빠져들고 유신은 새벽이슬을 맞으며 궁을 빠져 나갔다.

❋ ❋ ❋

"옷깃을 떨쳐야 옷이 반듯하고 벼리를 들어야 그물이 퍼지는 법, 내가 적진으로 뛰어들어 신라의 옷깃이요 벼리가 되리라!"

낭비성 전투에서 신라군이 수세에 몰리자 유신이 이렇게 외치며 세 차례 적진에 단신으로 뛰어들어 그때마다 적장을 베고 적기를 빼앗아 옴으로써 고구려군 5,000명을 죽이는 대격전의 승리로 이끌었다는 이야기는, 온 서라벌에 회자되며 유신의 명성을 드높였다. 낭비성은 오래 전에 신라의 영토였는데 백제에게 빼앗겼다가 백정왕 당시에는 고구려의 영토가 되어 있었으니 유신의 공으로 신라는 오래 전 옛 영토를 회복한 것이었다.

오랜 동안 수세에만 몰리던 국운이 다시 살아난다 하여 백정왕의 기쁨은 그 어떤 전승 때보다도 큰 것이기에 유신을 비롯하여 용춘과 서현에게 큰 상을 내리었다. 용수전군은 이미 몇 해 전 덕만을 모신 일을 계기로 왕명에 의하여 내성사신이 되어 왕실의 일을 총괄하고 있었다. 대궁, 양궁, 사량궁 등 세 궁으로 나눠 보던 일을 내성사신이라는 직분으로 통합하여 용수를 앉히니 그만큼 권한을 집중하여 준 셈이었다. 그런데다 낭비성 전투를 계기로 용춘전군에게도 점차 힘이 실렸다.

그러자 용수, 용춘 전군의 세를 시기하는 무리들이 많아졌다. 폐위된 왕의 아들로서 권력의 변두리에서 맴돌던 용수 용춘 전군이 전면에 드러나고 있음이 모두에게 점점 분명해졌다. 또한 그들은 서현 유신 부자와 혼인으로 연을 맺음으로써 군사적인 기반까지 갖추어가고 있음으로써 권세의 중심부로 급부상함을 누구든지 감지할 수 있었던 터였다. 아이와 같이 연약할 때는 오히려 경계하지 않지만 세가 드러나기 시작하면 시기하는 무리도 고개를 드는 법, 용수 용춘이 점점 부상하자 이를 시기하는 무리들은 왕에게 불만을 품고 미실과 야합해 들어갔다.

이러한 움직임을 아는지 모르는지 왕은 여세를 몰아 상대등 '수을부'를 불러 은밀히 말했다.

"왕위를 이을 후계자를 정해야 할 때가 되었노라. 화백회의를 준비하라."

상대등의 자리는 신라의 재상이었다. 관직의 최고위직이었으니 형식적으로는 왕권을 견제하는 위치였지만 실질적으로는 왕의 가장 측근으로서 왕 바로 밑에서 왕권을 보하는 오른팔이나 마찬가지였다. 법흥왕이 상대등이라는 직을 만든 이후에 왕들은 모두 가장 믿을 만한 사람을 상대등으로 삼아 자신의 세력기반을 강화하곤 했다.

그러나 수을부는 화백회의를 열겠다는 백정의 명을 받은 지 수일이 지나도 왕명을 잊은 사람인 양 아무런 움직임도 보이지 않았다. 왕위를 이을 후계자를 정함은 덕만을 염두에 둔 지시였음에도 수을부는 아랑곳하지 않았던 것이다.

"내 긴히 명을 내린 지 수일이 지났건만, 그대는 어찌하여 아무런 말이 없는가?"

왕이 수을부를 불러 다그쳤으나 그는 묵묵부답일 뿐이었다.

왕이 재차 문책하자, 수을부는 느릿느릿 이렇게 답했다.

"신(臣)들은 아직 왕위를 이을 만한 후계자를 알지 못하나이다."

"뭣이? 그것이 무슨 소리인가. 신들이란 도대체 어떤 위인들을 지칭하는 것인가?"

"후계자라 하시면 왕의 사위이신 용수전군을 뜻하시는 것이옵니까?"

"뭐라고? 정녕 네가 나의 뜻을 몰라서 그런 말을 한단 말인가?"

수을부는 왕 앞에서 딴전을 피우듯 대답했다. 덕만의 왕위 계승의 정통성을 인정하지 않겠다는 뜻이었다.

"비록 성골은 아니지만 용수전군은 전왕의 혈통이 아닙니까. 또 현 왕의 핏줄로는 미실궁주가 낳은 비담도 있습니다. 어찌 공주에게 양위를 하려 하시나이까."

"무엇이? 오직 성골만이 신국을 지키는 왕이 될 수 있음을 모른단 말이냐!"

"여자를 왕으로 모시느니, 진골을 왕으로 추대하겠나이다."

수을부는 성골이라는 왕의 신분 자체를 무시하고 나섰다.

"무엄하다! 누구의 사주를 받은 게 틀림없구나!"

왕은 9척이 넘은 거구를 흔들며 역정을 내었다. 그러나 이미 백발이 성성한 왕은 금세라도 기력이 다할 듯 불안해 보였다. 믿었던 만큼 분노가 심하여 왕은 소리를 버럭 지르다가 그만 쓰러져서 의식을 잃고 말았다.

그러나 수을부는 한참이나 쓰러진 왕을 방치하고 앉았다가 나중에야 시종들을 불러들였다. 수을부와 긴한 이야기를 하겠다고 물린 시종들은 그제야 들어와 화들짝 놀라며 급히 어의를 불러 들였다.

월성은 순식간에 환란의 기운에 휩싸였다.

"뭐라? 풍질이라고 했더냐?"

덕만공주는 이야기를 전해 듣자마자 왕의 침전으로 달려갔으나 왕은 깨어나지 못하고 있었다. 수일이 지나 겨우 의식이 돌아오긴 했으나 한번 쓰러진 왕은 거동을 하지 못한 채 누워만 지냈다. 왼쪽 팔 왼쪽 다리는 거의 움직이지도 못하였고 용안의 왼편 역시 굳어져서 말투 또한 분명치 못하고 어눌하기 짝이 없었다. 다행히 오른손을 움직일 수가 있어서 중요한 일에 대해서는 친히 붓을 들어 종이에 글을 적음으로써 정사를 돌보려 했으나 왕이 적은 글씨는 도저히 알아볼 수가 없어서 힘을 잃었다.

"어쩌다가 왕께서 갑자기 쓰러지셨단 말이냐?"

공주는 왕을 측근에서 모시는 내관을 따로 불러 물었다.

"상대등 어른과 한참 이야기하셨는데 갑자기 상대등 어른이 들어오라 급히 부르시길래 들어가 보니 왕께서는 이미 혼절하여 계셨나이다."

상대등을 침전으로 따로 불러 이야기를 나누었다면 왕은 이제 무언가를 용단 내리고 도모했음이 분명했다. 후계자 확정을 위해 화백을 열려 했으리라. 그런데 난 데 없이 혼절이라니, 무엇이 왕이 혼절할 만큼 화가 나게 만들었단 말인가.

덕만은 날이면 날마다 왕의 침전에 머물며 왕의 수발을 직접 들었으나 왕은 그다지 차도를 보이지 않았다. 왕이 누워 지내는 날이 계속될수록 하루에도 수차례 왕의 침전 밖에 찾아와 시종들에게 차도를 물으며 충성심을 경쟁하던 군신들의 발걸음이 점차 뜸

해졌다. "진흥왕께서도 풍질로 돌아가셨다."는 흉흉한 말이 월성을 떠돌았다.

날이 갈수록 미실의 궁에 붙는 무리가 많아졌다. 기정사실화되어가던 덕만의 왕위 계승은 이제 향방을 알 수 없게 되어 버렸다.

"왕좌가 비어 있음과 같으니…… 쯧쯧."

왕의 침전에 들었다가 나가면서 미실은 왕의 곁을 지키고 있는 덕만 앞을 지나며 들으란 듯이 혼잣말처럼 중얼거렸다. 덕만은 시선을 아래로 내리깐 채 동요치 않았다.

오직 용수 용춘 전군만이 한결 같이 왕의 침전으로 찾아와 덕만에게 인사를 올리고 왕의 차도를 빌고 돌아갔으니 여기저기서 용수 용춘 형제의 인물됨을 칭송하는 소리가 높았다. 덕만 역시 그들 형제로 인해 깊은 마음의 위안을 얻었다.

"공주님, 공주님."

밖에서 소란스러운 소리가 들려 급히 나가 보니, 커다란 흰 개가 어디서 나타났는지 컹컹거리며 궁의 담 위에 뛰어 올라 있는 것이 아닌가. 흰 개는 바람처럼 커다란 몸채를 날리듯이 금기와를 넘어 사라졌다. 모두들 불길한 징조라고 수군댔다.

대궁에 들었다가 돌아오는 길에 용수는 동생에게 말했다.

"백정왕도 이제 머지 않았다."

"…!"

"내 손에 피를 묻히지 않고도 해결할 수 있다면 그보다 다행인 일이 어디 있겠는가."

"……"

"늙은 여우가 왕을 처리해 준다면 그 다음에 늙은 여우 하나쯤을 처리하는 것은 어렵지 않을 것이다."

늦겨울의 변덕스러운 날씨가 낮 동안에는 금세 봄이 올 듯 화창하더니 이내 추적추적 겨울비가 내리기 시작했다. 용수 용춘 형제가 물러간 후 깊은 밤 덕만은 신궁을 찾았다. 그러자 신궁을 지키는 여 제주(祭主)가 직접 나와 문을 열어 주었다. 열린 문틈 사이로 제사를 지내는 선단(仙壇)이 보였다. 왕을 신으로 여겨 숭상한 신라의 신궁에는 역대 왕들의 상이 모셔져 있었다. 법흥, 진흥 등 역대 왕들의 상들 가운데서도 법흥왕과 그가 총애했던 옥진궁주의 교신상이 오늘따라 더욱 뜨겁게 서로를 끌어안은 채 교태롭게 서 있었다.

덕만이 신궁 안의 모습을 망연스레 바라보며 꼼짝 않고 서 있자, 제주가 조심스럽게 물었다.

"공주님, 제사 준비를 하오리까."

"아니다. 내 오늘은 선제들의 신령스런 기운을 가만히 느껴보고 싶을 뿐이구나."

비가 그녀의 머리카락을 적시고 눈썹과 입술을 적셨다. 달빛을 받으며 비에 젖어 반짝이는 덕만의 모습은 같은 여자인 제주의 눈에도 신비스러울 정도로 아름다웠다. 신라인들은 아름다움을 사랑하여 성골에게서도 아름다움을 찾으려 했기에 큰 키에 화려한 용모는 그대로 백성의 존경을 불러일으키곤 하였으니 제주는 덕만의 모습을 숭배의 눈길로 바라보았다.

젖은 신을 닦고 신궁 안에 들어서자, 아직은 이른 봄의 차가운 공기 속에서 선제들의 영이 확 다가오는 듯 느껴졌다.

"선제의 신들이여. 이제 진정 때가 이르렀나이까? 진흥 신이시여 대토를 정복했던 기상을 내게 주소서. 법흥 신이시여 옥진궁주를 사랑해 주듯 나를 끌어안아 주소서, 내게 힘을 주소서, 힘을! 슬픔도 나의 힘이 되게 하소서, 홀로 서야 하는 아픔도 나의 힘이 되게 하소서. 신국을 위해 내게 주어진 운명의 잔을 피하지 말고 받아 마시게 하소서. 신들이 나와 함께 하는 한 죽어도 물러서지 않겠나이다!"

덕만은 천천히 무릎을 꿇고 차가운 신궁 바닥에 엎드렸다. 선제의 영들이 차가운 공기를 꿰뚫고 다가와 그녀의 몸 주변을 휘돌며 따뜻하게 감싸 주었다. 그녀는 온몸을 휘감는 신령스러운 기운을 느끼며 발원의 마음으로 엎드린 채 밤을 지새웠다.

8. 욕망이 일렁이는 밤
불의 향연은 끝이 없어라

사방에서 불이 일렁이고 깃발이 휘날렸다. 머리에 깃털을 꽂고 얼굴에는 하얀 분을 발랐고 한손에는 횃불을 든 남자들이 나타났다. 화랑들이었다. 그리고 뒤에는 앳된 얼굴을 한 어린 낭도와 청년 낭도들이 검을 빼어 들고 화랑들을 따르고 있었다. 깊은 밤 어둠을 뚫고 다가오는 그들은 달빛을 받아 농염한 여인들처럼 아름다웠다.

✳ ✳ ✳

"공주님을 알현하러 왔다."

"아무도 출입하지 못하게 하라는 왕명이 있으셨습니다."

"그게 무슨 소린가? 공주궁에 드나든 지 하루 이틀이 아님을 너도 잘 알지 않은가?"

궁을 지키던 병사는 난처한 표정으로 왕명이 있어서 어쩔 수 없다고 다시 대답할 뿐이었다.

바로 어제만 해도 공주를 알현하고 나왔는데 하루 만에 출입을 금하다니, 그것도 왕명이라니. 풍질에 걸려 말도 제대로 못하는 왕인데 왕이 직접 명을 내렸을 수는 없고 공주가 대신 그런 명을 내렸을 리도 만무한데 아무래도 뭔가 이상하였다. 염장은 미심쩍었으나 일개 병졸 앞에서 왕의 환후를 거론할 수는 없는 일이었다.

"공주님께 상선(전임 풍월주) 염장이 왔다고 말이나 넣어주게. 알현하라는 명이 있으셨네."

"그것도 안 됩니다!"

염장은 잠시 굳어진 표정으로 병사를 노려보며 되물었다.

"누가 왕명을 전하였는가?"

"상대등 수을부 어르신이라 합니다."

염장은 수을부란 말에 속으로 화들짝 놀라며 서둘러 집으로 뛰어갔다. 수을부를 독대하다가 왕이 화를 내고 쓰러지셨다는 것을 이미 공주를 통해 알고 있었기 때문이다.

집에는 보종이 와 있었다. 보종은 정원의 연못을 바라보며 가야금을 뜯고 있다가 반갑게 맞았다.

"염장, 이제 오는가?"

"형님, 월성의 동태가 이상합니다. 국경 지방에 있는 유신 공에게 전갈을 보내야겠습니다."

"무슨 말인가?"

"군사적인 움직임이 있는 것 같습니다."

"배후가 누구란 말인가?"

"배후가 누구이든!"

보종은 불현듯 어머니 미실을 생각했다. 그러나 그는 미실의 여러 자식들 중의 하나에 불과했다. 미실은 왕과의 사이에서 혹은 남편과의 사이에서 혹은 애인과의 사이에서 여러 자손을 보았고 보종은 그중의 극히 적은 비중의 아들이었다. 미실이 가장 주목하는 아들은 백정의 아들 비담이었다.

"염장, 그대는 진정 그 길을 가려 하는가."

"보종 형님, 이것은 위기가 아니라 기회입니다. 덕만공주께서 저를 각별히 곁에 두셨음은 바로 이때를 위함이 아니겠습니까. 모시는 이가 때를 얻음은 바로 내가 때를 얻음과 같습니다."

"공주께서 반드시 때를 얻었다고 누가 보장한단 말인가."

"공주님 외에 누가 있습니까. 왕의 동생이신 국반 어른은 초야에 묻혀 있고 용수전군께서는 성골이 아니라 진골입니다. 진골이 왕좌를 꾀함은 땅이 하늘을 꾀함과 같다는 것을 형님께서도 잘 알지 않습니까. 어찌 순리에 어긋나는 길에 나의 힘을 더하리까. 공주님이야말로 성골의 자태와 위용을 갖추신 분입니다. 어제 공주님의 눈을 똑바로 보셨습니까? 이글이글 타오르는 불길 같았습니다. 어느 누가 그보다 뜨거운 마음을 지닐 수 있단 말입니까. 절대로 불충한 무리들에 의해 쓰러지지 않으리라 믿습니다!"

보종은 염장의 팔을 잡았던 손아귀에 힘을 빼며 고개를 주억거렸다.

"그러나, 만약 일이 잘못되면 우리 모두 살아남기를 바랄 수 없네."

"이름 없이 사느니 큰일을 도모하다 죽겠습니다! 화랑의 젊은 피는 오직 우리의 충절을 알아주는 군주를 위해 목숨을 바치고자 할 따름입니다. 기다리던 때가 이르렀으니 신국의 선도를 이끄는 화랑으로서 세상에 나아가고 말 것입니다."

"적을 가벼이 여겨서는 아니 되네. 보이지 않는 곳까지 퍼져 있음을 자네도 알지 않은가."

"유신공께서 뒤에서 움직여 주실 것입니다. 유신공께서 움직인다면 흠순공께서도 움직이실 것입니다. 유신공, 흠순공께서 움직인다면 전 화랑들이 움직입니다. 무슨 걱정이겠습니까."

염장은 보종의 어깨를 감싸 다독이어 안심을 시킨 후 밖으로 달려 나와 가장 민첩한 수복 둘을 불러 한 명은 유신에게 보내고, 한 명은 춘추로부터 몇 해 전에 풍월주의 자리를 물려받은 흠순에게 보냈다. 흠순은 김유신의 친동생이었다.

어제만 해도 평화로워 보였던 월성의 출입이 갑자기 금지된 것을 보니 벌써 일이 벌어지고 있음이었다.

"은밀하게 군사를 모아라. 신국의 피를 받은 자라면 마땅히 불을 밝혀야 하리!"

어제 만난 공주의 지엄한 명이 아직도 염장의 가슴을 뒤흔들었다. 하루 종일 불어대던 바람이 자고 사위는 사뭇 조용해졌지만 그의 마음은 부산스럽기만 했다.

염장은 다시 방으로 들어왔다. 보종이 우울한 표정으로 앉아 있었다. 염장은 보종에게 다가가 그를 품에 안아 주었다.

"형님, 너무 심려치 마십시오. 미실궁주가 관련되어 있는지 아직은 모르는 일이잖습니까. 또……."

"……."

"미실궁주께서 관련되어 있다고 해도 형님과 궁주님의 가는 길이 같을 수는 없습니다."

"아아."

보종의 얼굴에 수심이 가득 찼다. 비록 많이 사랑을 해준 어머니는 아니었지만 어머니임에는 분명했다. 연로하여 백발이 무성한 노인이 되어서도 야욕을 버리지 못하는 어머니는 오히려 안쓰러웠다. 그러나 어머니와 같은 길을 갈 수는 없었다. 어머니 역시 비담을 쥐고 있을 뿐 보종을 필요로 하지 않았다.

염장은 보종을 위로하려는 듯 그의 몸을 어루만지며 보종의 촉촉한 입술에 입을 맞추었다. 염장의 두툼한 입술의 느낌이 보종의 온몸에 전해졌다. 둘이 함께 부부처럼 밤을 나눈 것이 벌써 몇 번인가. 한 몸이 되어 어우러지곤 할 때마다 보종은 염장에게 모든 것을 의지해 왔다.

결전의 날을 앞두고 미실의 아들인 보종의 흔들리는 마음을 잡아 두겠다는 듯 염장은 그 어느 때보다도 격렬하게 보종의 온몸을 파고들었다. 보종의 눈에 눈물이 고였다. 염장이 주는 즐거움은 벗어날 수 없는 늪같이 그의 몸을 휘어 감고 있었다.

얼마 후면 월성이 피바다가 되어 있을지 모른다. 보종은 온몸을 떨며 어둠 속으로 잦아들다가 염장 품에 안긴 채 잠이 들었다. 벌써 어둠이 찾아오고 있었다.

❊ ❊ ❊

"내성사신 용수전군을 들라 하라."

덕만은 용수를 불러 들였다.

"전군은 시위부장에게 명하여 오늘밤 대궁의 호위를 열 배로 늘리라 하십시오."

용수는 덕만의 안색을 살피며 물었다.

"무슨 까닭이시옵니까?"

"미실궁주궁의 동태가 심상치 않습니다. 왕께서 환후로 쓰러지신 지 벌써 여러 달째라 이때를 기회삼아 역모를 꾀할까 염려됩니다."

"그럴 리가 있겠습니까?"

용수는 덕만을 안심시키려 하였다. 궁지기들이 수을부의 지시로 궁의 출입을 오늘 아침부터 통제하기 시작했음을 이미 은밀히 파악해 두었지만 공주에게는 따로 고하지 않았다.

용수의 말에 덕만은 아랑곳하지 않고 마치 남의 일을 말하듯 냉담한 표정으로 덧붙였다.

"공주궁의 호위 역시 오늘밤부터 열 배로 늘리십시오. 그들의 표적은 거동도 못한 채 숨이 약해져 가는 전하가 아니라 바로 '나' 일 것입니다."

"염려 마십시오. 월성 안팎을 철저히 점검해 두겠습니다."

"때가 악합니다. 전군, 그대가 큰 힘이 되어 주십시오."

왕궁의 출입이 통제된 상태로 이틀째, 공주가 전갈을 보낸 자는 궁 밖으로 나가 소식이 없었고 염장조차 연락을 보내오지 않자, 공주는 무언가 잘못되고 있음을 직감하고 있었다.

용수는 공주에게 절을 올리고 잰 걸음으로 물러났다. 갑자기 마음이 급해왔다. 그들이 벌써 움직이기 시작하다니, 짐작보다는 한 발 빨랐다. 철저히 준비하고 또 준비해야 할 것이리라!

용수전군은 내성사신으로서 시위부장에게 가서 공주의 명을 전했다. 그러나 시위부장은 용수전군을 빤히 쳐다보며 말했다.

"주상이 병으로 누웠고 상대등이 문서도 내리지 않았는데 어찌 공주님의 말만으로 가벼이 병사를 움직이겠습니까.”

용수전군은 길게 끌지 않고 자리를 털고 일어났다. 시위부장도 역모에 가담한 게 틀림없었다. 이미 태도를 분명히 하고 나선 시위부장에게는 어떤 말도 소용이 없을 것이다. 그보다는 어디까지 적들의 편에 섰는지를 알아내는 일이 더 급했다.

용수는 급히 공주궁에 들어 상황을 보고했다.

“이미 적들의 모의가 치밀하게 시작된 듯하옵니다. 공주님께서는 어서 몸을 피하시는 것이 좋겠습니다.”

“왕께서 자리에 계신데 가긴 어딜 간단 말입니까.”

공주는 급히 일어서며 지귀에게 명했다.

“지귀야, 내 검을 내와라.”

“어떻게 하시려고 그러나이까.”

“시위부장이 그리 말했다면 오늘밤을 넘기지 않을 것입니다. 한시가 급하니, 대궁으로 가겠습니다. 왕과 함께 할 것입니다. 지귀, 청한, 옥선, 찬영은 나와 함께 가자. 전군께서는 상황을 더 살펴 봐 주십시오.”

“하오나 지금 가시면 공주님도 위험하옵니다.”

“전군, 삶과 죽음의 경계는 오직 하늘에 있을 뿐 무엇이 두렵겠습니까.”

“공주님, 말을 대령하겠나이다. 수하를 붙일 터이니 제발 궁을 빠져나가 안전한 곳으로 피하십시오.”

용수는 공주를 다급히 만류하고 나섰다. 그러나 공주는 이미 머리를 올리고 검을 쥔 채 일어서고 있었고 지귀와 찬영 그리고 옥선까지 옆에 서 있었다.

"공주님, 저는 공주님을 모시는 사신으로서 위험한 곳으로 가시는 것을 보고 있을 수가 없나이다. 밖에 누구 없느냐!"

용수가 몸으로라도 공주를 막아설 태세로 문밖에 기다리고 선 자신의 수복을 불러들이자, 수복이 들어와 무릎을 꿇고 앉아 명을 기다렸다.

"공주님을 용춘 전군의 거처로 모셔라. 그곳이 가장 안전할 것이다."

수복이 일어서 공주에게 다가서려 하자 지귀가 막아섰다. 공주가 호통을 쳤다.

"전군! 그대는 왕께서 위험하신데 어찌 시간을 지체케 한단 말이오. 이미 적들이 일을 도모하기 시작했는데 어찌 나 혼자 빠져나가 일신의 안전을 꾀한단 말이오. 한 번 더 막는다면 죄를 묻겠소! 애들아 가자!"

그녀의 목소리는 칼끝처럼 날카롭다. 공주 일행은 용수전군과 그의 수복을 밀치고 공주궁을 빠져 나갔고 공주의 시녀들은 공주의 명에 따라 아무 일도 없다는 듯 평시처럼 잠자리에 드는 시늉을 하며 적을 안심시키고자 했다.

"미실궁주님, 공주가 벌써 눈치를 채고 대궁으로 갔다 합니다."

칠숙은 궁 안에 심어 놓은 석품의 수복으로부터 전갈을 받아 미실에게 고했다.

"도망갈 생각은 않고 대궁으로 갔다니 가당찮구나. 그러나 왕과 공주가 한 자리에 있으니 오히려 잘된 것 아니냐. 독 안에 든 생쥐 꼴이다."

"그렇습니다. 그러나 너무 얕잡아 보지는 마십시오. 지귀, 청한, 찬영, 옥선은 낭지가 키운 무사들이라 합니다."

"흠, 그건 그렇지…… 시위대는 어떠한가?"

"네, 시위대의 반 이상이 우리 편에 설 것입니다. 문제는 왕의 호위무사들입니다. 그들은 어떤 자들입니까?"

"그건, 아무도 모른다. 누구인지도, 몇 명인지도, 쥐도 새도 모르게 뽑아서 훈련시키고 모습을 드러내지 않고 숨어서 지키는 이들이니, 모두가 일당백의 검술가요 일당백의 장수들임을 짐작할 뿐이다."

"……."

"대왕의 즉위에는 상대등의 입김이 중요한 법, 상대등 수을부를 우리 편으로 끌어들이고 월성의 시위대장을 끌어 들였는데 무엇이 두려우랴. 하늘이 우리 편에 섰음이 분명하다. 자, 출발하라! 시간이 되었다. 일단 시작하면 순식간에 해치워야 한다. 왕경의 귀족과 백성들이 알고 동요하기 전에 말이다.”

“여부가 있겠습니까?”

미실과 그녀의 아들 비담이 설원랑과 칠숙의 손을 잡고 힘을 주며 눈빛을 주고받았다.

칠숙은 미실 궁을 나와 병사들의 집결지로 갔다. 병사들과 함께 다시 월성으로 향할 터였다. 월성은 적의 침입을 대비하여 도랑과 연못으로 이어진 구지가 둘러싸고 있기 때문에 성벽을 타고 들어가는 것이 불가능했다. 그렇기 때문에 미실은 일찌감치 시위대장을 구워삶아 역모에 가담시켰다. 그가 성문을 열어주는 중차대한 역할을 하기로 되어 있었다.

칠숙이 가슴에서 붉은 두건을 꺼내 이마에 둘렀다. 칠숙을 보고 모든 병사들이 일사불란한 태도로 가슴에서 붉은 두건을 꺼내 이마에 둘렀다. 깊은 밤의 적막 속에서 병사들의 절도 있는 손놀림과 허리춤 칼의 흔들림만 바람에 섞여 휘휘 소리를 내었다.

같은 시각 칠숙의 반대편인 월성의 북쪽에서는 석품이 사병들을 모아 출발을 독려하고 있었다. 석품이 붉은 두건을 꺼내 쓰자 병사들도 모두 그렇게 했다. 그들은 모두 붉은 두건 아래 하나가 되어 하늘을 가리고자 했다.

“형제들이여, 붉은 두건을 모두 써라! 늙은 왕은 누운 지 오래고 나라에 왕자가 없으니 왕실의 위엄이 땅에 떨어졌다. 북적, 서적이 호시탐탐 우리를 노리는 지금, 힘 빠진 왕실을 바로 세워야 한다. 형제들이여 칼을 들어라!”

"와아 와아!"

병사들이 모두 칼을 빼고 함성을 지르며 월성으로 내달렸다. 월성 안의 시위대 병사들이 2천이요, 칠숙과 석품이 끌어들인 경외의 사병이 1만8천이니, 도합 이만 명의 무리가 역모에 가담한 터였다. 역모의 무리가 다가오자 시위대장은 약속대로 성문을 열었다.

"성문을 열어라! 두건을 쓰지 않은 병사는 모두 죽여라!"

순식간에 궁터는 피비린내 나는 전쟁터로 바뀌었다. 아무 것도 눈치 채지 못한 채 평시처럼 맡은 자리에서 궁 경호를 보던 시위대 병사들은 갑작스레 동료에서 적으로 둔갑한 붉은 두건의 역적 무리들에 의해 개죽음을 당하기 시작했다. 맥도 못 추고 열려버린 성문을 통해 칠숙과 석품의 무리가 사방에서 들이닥쳤다.

"대궁으로 대궁으로!"

"대궁으로 대궁으로!"

붉은 깃발이 칠흑 같은 어둠속에서 범의 아가리처럼 번들거렸다. 월성의 수목들은 공포에 떨었다. 갑자기 흐름이 빨라진 먹구름은 청청한 달마저 가려 버렸다. 달빛마저 잃은 월성은 더욱 짙은 어둠에 빠지고 역적의 무리만이 날뛰며 번뜩거렸다.

❋ ❋ ❋

"역적의 무리를 단 한 놈도 대궁 안으로 들이지 마라. 신국의 신은 우리가 지킬 것이다!"

"왕과 공주님을 지켜라!"

대궁 안에서는 왕의 친위대들이 공주에게 절을 한 뒤 비호같은 발걸음으로 지붕과 대궁 담을 넘어 퍼져 나갔다. 대궁 문밖으로 나간 친위대 무사들은 역적을 피해 대궁 쪽으로 도망쳐온 시위대 장수들과 합세하여 전열을 가다듬고 대궁 담벼락을 따라 죽 둘러서며 방어막을 쳤다.

함성 소리와 함께 공주의 옷자락이 바람에 펄럭였다. 공주는 왕이 있는 침전 앞 계단에 올라서서 사태를 주시하고 있었다. 친위대 무사들과 병사들의 함성 소리와 달려오는 역적들의 소리가 섞이어 들렸다. 계단 아래쪽에서는 지귀, 청한, 찬영, 그리고 금빛 무사들이 침전 바로 입구를 지키고 섰다.

저 멀리서 붉은 두건의 이리 떼가 아가리를 벌리고 달려오고 있었다. 공주의 이마에서 볼을 타고 한 줄기 식은땀이 흘러 내렸다. 바람이 거세지고 있었지만 긴장감으로 온몸이 타들어가는 것 같았다. 떨리는 손아귀에 힘을 주어 주먹을 꽉 쥐었다.

이기지 못하면 죽는다. 아버지도, 나도. 살아남지 못하면 나를 따르는 이들도 함께 죽는다. 그리고 신들의 나라 신국도 사라진다. 살아남아야 한다, 한 치의 타협도 없이! 지증 신이여, 법흥 신이여, 진흥 신이여, 나와 함께 하소서. 신의 권위에 도전한 자들에게 피의 대가를 치르게 하소서.

"곧, 원군이 올 것이다. 원군이 당도할 때까지 대궁을 사수하라!"

그러나 신라의 핵심 군대는 국경지역에 전면 배치되어 있기 때문에 왕경 내에 상주하는 병력이 크지 않았다. 그나마 있는 병력은 역도들에게 가담한 상태였다. 지금 대궁 주변에 남은 병력만으로 버티지 못하면 승산이 없었다.

피비린내 나는 사투가 시작되었다. 베어도 베어도 붉은 두건의 역도들은 다시 몰려 왔다. 대궁을 사수하는 병사와 무사들은 고작 2천에 불과했기에 열 배가 넘는 역도들을 막아내는 것은 수적으로 무리였다. 그러나 대궁을 지키려는 장수들의 저항이 워낙 끈질겼기에 역도들은 훨씬 많은 수의 병력을 가지고도 쉽게 포위망을 뚫지 못했다.

곧 새벽이 밝아오고 다시 하루가 다 지나 해가 지려 할 때까지 싸움은 쉬지 않고 계속되었다. 모두가 지쳐갔다. 지키려는 자는 물론 역도들도 지쳤다. 먹지도 쉬지도 못한 채 이틀 동안 전투를 벌인 터라 모두가 제정신이 아니었다.

마침내 대궁을 두르고 있던 포위망은 빈틈이 생기기 시작하였고 적들은 그 틈새로 쏟아져 들어왔다. 대궁 바닥에는 순식간에 시체들이 쌓여가고 왕의 무사들은 끝까지 버텨 보았지만 이미 세가 기울고 있음이 분명했다. 처음부터 무리한 싸움이었다. 역모에 가담한 이가 이렇게 많을 줄이야.

"공주를 죽여라, 공주부터 죽여라, 왕은 이미 산송장이다!"

포위망이 뚫리자 기쁨에 들뜬 칠숙이 소리를 질러댔다. 칠숙의 명이 떨어지기가 무섭게 역도들이 모조리 공주를 향해 달려들었다. 지귀와 찬영, 청한이 공주를 에워싸며 역도들을 막아섰다.

"물러서라, 터럭도 건드릴 수 없을 것이다!"

지귀가 소리쳤다. 그의 몸은 이틀 동안 수백 명의 목을 베며 이미 상처 투성이가 된 채 피로 얼룩져 있었다. 그에게는 오직 공주의 목숨을 자기가 대신해야 한다는 사명감 외에는 아무 소리도 들리지 않고 정신마저 혼미해지려 했다. 이제 살아남은 장수는 몇 되지 않았다.

"공주의 숨통을 내가 직접 끊어 놓겠다!"

칠숙이 검을 빼들고 달려 왔다. 지귀가 칠숙의 검을 받았다. 두세 번의 불꽃 튀는 합이 이어졌다. 말 위에 탄 칠숙은 땅에 서서 방어하는 이들에게는 위협적이었다.

"너 따위가 내 검을 막을 수 있을 것 같더냐."

칠숙이 소리를 지르며 달려드는데 지귀는 눈을 지그시 감았다. 칠숙의 성급한 검이 가르는 공기의 움직임과 말의 호흡까지 느껴졌다. 그리고 자신의 바로 등 뒤에 서 있는 공주의 헐떡이는 숨소리도. 소리만으로 마지막 일격의 때를 읽었다.

"얍!"

지귀가 갑자기 다시 눈을 뜨며 검을 휘두르자 다음 순간 칠숙의 말이 피를 쏟아내며 꼬꾸라지고 칠숙이 말에서 떨어졌다.

"이 노옴!"

칠숙은 다시 달려들었고 지귀가 또 그의 검을 막아냈다. 기를 쓰고 밀고 들어오며 칠숙은 지귀 뒤의 공주를 노려보았다.

지귀, 찬영, 청한 등이 온몸으로 병사들의 검과 창을 막아내고 있는 동안 여기저기서 화살이 날아들었다. 공주는 자신의 검으로 화살들을 막아냈다.

칠숙의 눈이 불붙는 듯했다. 칠숙의 검이 지귀의 옆구리를 지나 공주의 심장을 겨누었다. 공주의 어깨를 베며 스쳐 지나갔다.

"앗!"

지귀가 흠칫 놀라며 뒤를 도는 순간 찬영이 공주를 향한 칠숙의 검을 밀어냈지만 허공에서는 또다시 화살이 쏟아졌다. 검과 화살이 불꽃을 튀기며 허공중에서 맞붙었다. 쏟아지는 화살 중 미처 막아내지 못한 하나의 화살이 공주의 어깨에 와 박혔다. 한쪽 어깨를 칼에 베이고 반대편 어깨에 화살이 꽂힌 공주의 몸이 피로 물들었다.

"공주님!"

공주의 눈에 핏발이 섰다.

칠숙이 허점을 파고들 기세로 덤벼들고, 공주가 지귀와 찬영, 청한에게 둘러싸인 채 잠시 휘청이는 사이 석품이 검을 쳐들고 침전으로 뛰고 있는 게 보였다. 침전에는 수족을 못 움직이는 백정왕이 있었다.

'아버지!'

"침전에는 누가 남았느냐?"

"옥선과 병사 몇이 있나이다."

그것만으로 석품을 막을 수 없었다. 이 역적 놈! 공주는 이를 악물고 검을 든 채 어깨에 박힌 화살을 뽑아냈다.

"으윽!"

왕을 구해야 한다. 아버지를.

"침전으로 간다! 뒤를 맡아라!"

공주가 돌아서는데 칠숙이 외쳤다.

"불화살, 불화살을 쏴라!"

칠숙이 명하자 궁수들이 나서서 시위를 당겼다. 휘익 휘익! 화살들은 모두 침전으로 향하는 공주를 향해 튀고 찬영과 청한이 화살을 검으로 막아내며 공주를 엄호했다. 막아낸 불화살들이 여기저기로 튕겨 나가 곳곳에 불이 붙었다. 지붕에 올라간 궁수들이 쏜 불화살이 빗발치듯 쏟아졌다.

"공주님이 위험하다!"

지귀는 온몸으로 공주를 호위하며 쓰러졌다. 공주를 향하던 여러 개의 불화살이 공주 대신 지귀의 몸으로 파고 들었다. 피에 물든 지귀의 검은 옷깃들이 불이 붙어 활활 타올랐다. 깊은 밤, 달도 보이지 않는 흐린 밤이었건만 대궁은 불길 속에서 환하게 슬픈 얼굴을 드러내고 있었다.

"지귀야!"

"물러서소서. 부, 불이 옮겨 붙…… 나이다. 공주님, 부디 천하를…… 얻으소서……."

지귀는 마지막 말을 남긴 채 뒤로 돌아 칠숙에게로 달려들었다. 불붙은 지귀는 마치 화귀와 같았다. 역도들이 순간적으로 섬뜩하여 지귀를 피해 주춤거리며 물러섰다.

"독한 놈!"

칠숙이 검을 휘두르자 지귀는 목에서 피를 흘리며 무릎을 꿇고 쓰러졌다. 꼬꾸라진 자리 아래로 피가 흥건해졌지만 옷섶 위로는 불이 활활 타올랐다.

가장 장애가 되었던 지귀를 해치운 것에 대해 고무된 칠숙은 외쳤다.

"형제들이여, 이제 일이 얼마 남지 않았다. 공주와 수족들의 숨통을 끊어 놓아라!"

한편 밖에서 불화살이 여기저기 불꽃을 피우는 사이 침전에 먼저 들어온 석품은 병사들을 이끌고 곧바로 대왕의 침소로 달려가 경호를 하고 있던 병사들을 처치했다. 옥선이 끝까지 저항했으나 혼자서 병사들을 다 막아낼 수는 없는 일이었다. 그 틈을 타고 석품은 대왕에게 곧바로 다가갔다.

"멈춰라!"

옥선이 소리를 질렀지만 병사들이 그녀를 베어 버렸다.

"왕이여, 그대는 너무 오래 살았다. 전 왕의 피를 이어받은 전군이 있건만 계집에게 위를 물려주려 하다니. 명을 재촉했구나."

석품은 망설임도 없이 검을 높이 쳐들었다.

왕의 놀란 눈은 튀어나올 듯하고 풍을 맞아 어눌한 말투로 분노를 터뜨린 채 제대로 움직이지도 못하면서 버둥거렸다.

"네…… 네 노…… 놈이 감히……"

석품은 검을 왕의 심장 깊숙이 푸욱 찔러 넣었다. 그리고 왕을 끌어당겨 검을 더욱 깊숙이 집어넣으며 왕의 귀에 대고 속닥였다.

"신국은 덕만이 아니라 용수전군이 이을 것이니 걱정 말고 황천으로 가시라."

용수라니, 나의 사촌동생이자 맏사위, 덕만의 사신이자 천명의 남편인 용수가 역도라니! 왕은 검에 찔린 고통보다도 믿었던 용수에 대한 배신감과 혼자 남겨진 덕만과 신국의 앞날에 대해 피를 토했다. 눈알을 부라리자 피가 서렸다. 그러나 의식은 아득해졌다.

"으윽!"

석품이 칼을 뽑자 왕의 심장에서 피가 솟구쳤다.

"아바마마!"

공주와 찬영, 청한이 달려 왔다.

이미 왕은 피를 쏟으며 쓰러져 있었다. 찬영, 청한이 석품과 맞붙었다. 덕만이 백정을 끌어안았다.

"아바마마, 아바마마!"

"더……억……만……아…… 요……용…….."

대왕은 눈에 초점을 잃어가면서 무언가를 덕만에게 말하려고

했으나 용안이 마비된 지 오래라 그의 말투는 어눌하기 짝이 없었
다.

"아바마마?"

"요…… 요…… 옹…… 수, 수르…… 조시……하……라……."

대왕은 이 말만을 남기고는 금세 눈을 감고 온몸의 맥이 풀렸
다.

"안돼……!"

공주의 외마디비명 소리가 소동 중에도 침전 지붕을 찌를 듯이
터져 나왔다. 석품이 찬영, 청한에게 쫓기어 다시 밖으로 밀리고
있었다. 공주는 피눈물을 쏟으며 침전 밖으로 뛰어 나왔다.

아직 끝이 아니다. 이대로는 절대로 끝날 수가 없다. 그들은 반
드시 올 것이다! 유신, 그리고 염장 나의 사람들이여, 어서 오라.
늦어 버리기 전에……!

밖으로 나오자 남은 적들이 모두 달려들었다. 왕의 군사들은 거
의 남아 있지 않았다. 공주는 계단 위에 선 채 역적들을 내려다보
며 하늘을 향해 검을 들어 올렸다. 공주의 검이 불빛을 받아 반짝
이고 화살이 꽂혔던 어깨에서는 여전히 피가 새어 나왔다.

"들어라, 곧 경외의 병력이 크게 이를 것이다. 그들이 당도하면
너희 역적들은 적신에게 미혹되었으니 죽음을 면할 수 없으리라.
나 덕만은 왕을 대신하여 마지막으로 기회를 주겠다. 자, 성골 왕
에게 충성할 자는 오른쪽, 적을 따를 자는 왼쪽으로 서라! 이제라
도 검을 버리고 뜻을 돌리는 자는 살려 주리라!"

피범벅이 되고 헝클어진 머리를 한 채, 아버지의 죽음 앞에 온 얼굴을 눈물로 적신 모습으로 침전의 계단 끝에 올라서서 호령하듯 외치는 공주에게는 귀기마저 서린 듯했다. 칠숙과 석품은 잠시 넋을 잃은 듯 공주를 쳐다보다가 정신을 차렸다.

"도우러 와줄 병력 따위는 없다. 모든 병력은 우리와 함께 뜻을 같이 하기로 했고 화랑들도 우리와 손을 잡았다. 내 직접 공주의 숨통을 거둬 주겠다."

칠숙이 소리를 지르며 공주를 치러 계단 위로 뛰어 올랐다. 공주는 온몸에 분노의 힘을 실어 칠숙의 검을 막았다. 다시 반란군과의 접전이 재개되려고 하고 있었다.

그때였다. 멀리서 함성이 들렸다.

"와아, 와아!"

월성 밖에서 접전이 벌어진 듯했다. 월성을 두르고 있는 반란군의 방어선이 점점 좁아지는지 함성 소리가 가까워졌다. 가까워질수록 함성소리가 커져서 월성이 흔들릴 듯했다. 수천, 아니 만 명도 훨씬 넘는 것 같았다. 접전의 기미가 점점 확실해지자 공주를 공격하던 반란군은 멈칫하며 불안해했다.

멀리서 접전의 함성이 하늘을 메우는 가운데 말발굽 소리와 수십 명쯤 되는 남자들의 일사불란한 행진 소리가 다가왔다. 소리는 이내 대궁 바로 곁으로까지 가까워지더니 대궁의 동서남북 문으로부터 횃불을 든 무리가 들이닥쳤다. 횃불 속에서 그들의 얼굴이 뚜렷이 드러났다. 먹구름에 가려졌던 달도 모습을 드러냈다.

유신과 그의 동생 흠순, 그리고 염장이 이끄는 화랑과 낭도들이 월성 여기저기서 반란군과 접전을 벌이며 대전으로 진입해 들어왔다. 화랑도 중 일부는 미실에게 가담했으나 일부는 유신, 염장과 함께 덕만을 지지했던 것이다.

그들 앞에는 깃발이 휘날렸다. 말 위에 올라 탄 그들은 머리엔 깃털을 꽂고 얼굴에는 하얀 분을 바르고 한손에는 횃불을 들고 있었다. 그들의 뒤에는 앳된 얼굴을 한 소년과 청년들이 검을 빼 들고 따르고 있었다. 밤의 어둠 속을 뚫고 횃불을 든 채 다가오는 그들은 마치 그림에서 걸어 나온 듯 신비로웠다.

"역도들의 피를 취하러 왔다!"

앞장 선 남자들이 이렇게 외치자 뒤에서 따르던 낭도들의 함성이 월성을 뒤흔들며 이어졌다.

"와아, 와아!"

역도들은 잠시 당황하고 넋을 놓은 채 그들을 바라보고 공주를 죽이려고 달려들던 칠숙과 석품 역시 당황하여 횃불의 무리를 쏘아 보았다. 꺼질 듯한 피곤과 긴장감에 붉게 핏대가 서 있던 공주의 눈에 광채가 일었다.

드디어 왔구나, 나의 사람들이여. 나의 사랑하는 이여.

공주는 벌떡이는 심장을 가누며 계단을 한 칸 내려섰다. 칠숙과 석품의 얼굴이 일그러졌다. 그러나 칠숙이 곧 정신을 수습하며 남은 역도들을 선동하고자 했다.

"당황하지 마라, 우리의 원군이 올 것이다! 상대등 수을부와 함께 우리의 왕을 즉위시키자!"

칠숙과 석품은 이렇게 선동했지만 갑작스럽게 공주를 지지하는 화랑과 낭도들의 등장에 전의를 상실한 역도들은 두려움에 떨었다.

이때 공주가 계단 위에서 외쳤다.

"너희는 마지막 기회를 이미 잃었다. 단 한 명도 남기지 않고 피 값을 치러야 할 것이다."

공주는 역도들에게 이렇게 외친 다음 화랑들에게 다시 큰소리로 명했다.

"단 한 명도 살아서 월성을 나가지 못하리라. 역도의 흔적을 없애라!"

역도들이 혼비백산하고 우왕좌왕하고 화랑과 낭도들의 검이 역도들을 도륙하기 시작했다. 그들의 검은 마치 춤을 추듯 바람을 가르고 피 냄새를 찾아 역도들을 남김없이 베어 나갔다.

빼앗으려는 자의 욕망은 신국의 선을 지키려는 뜨거운 욕망으로 덮어졌다. 살아남은 욕망은 꿈틀대고 전율하며 활활 타고 있었다. 월성을 가득 메우고 넘쳐 성 밖으로까지 이어진 낭도들의 횃불이 달과 함께 깊은 밤을 밝혔다.

쓰러져 가는 역도들의 무리를 유유히 바라보며 공주는 한 귀퉁이에서 불에 탄 채 죽어 있는 지귀에게로 다가갔다. 그리고 한줄기 눈물을 흘리며 항상 몸에 지니고 다니던 금팔찌를 빼서 그의 불에 탄 가슴 옷깃 사이에 넣어 주었다.

"품고 가거라. 나에게 온 마음으로 충성하다 화귀가 된 너의 고마움을 내 죽는 날까지 잊지 않으리."

온몸으로 덕만을 지키다가 불에 타 죽은 지귀의 이야기는 서라벌에서 전설이 되었다.

욕망이 욕망을 덮는 밤, 불의 향연이 끝없이 계속되었다. 누군가는 뺏기 위해 죽이고 누군가는 소중한 이를 위해 자신의 목숨을 바치고, 또 누군가는 주어진 운명을 지키고자 검을 드는 밤. 새벽조차 훤한 달빛이 두려워 숨죽이며 조심스럽게 다가오고 있었다.

- 지귀의 전설-

지귀는 신라 활리역의 역부였다. 선덕여왕의 미색을 사모한 나머지 수심에 젖어 우느라 얼굴이 파리하고 몸이 바싹 말랐다. 여왕이 불공을 드리려 절에 납시었다가 소문을 듣고 이를 불렀다. 지귀가 절에 달려가서 탑 아래에서 왕의 행차를 기다리다가 그만 잠이 들고 말았다. 여왕이 팔찌를 뽑아서 지귀의 가슴 위에 놓고 환궁하였다. 얼마 후에 잠이 깬 지귀는 (여왕을 직접 만날 수 있는 기회를 놓친 것이) 너무나 기가 막혀 그만 기절해 버렸다. 조금 있다가 지귀의 가슴에서 불덩이가 튀어 나와 탑을 빙빙 돌다가 그만 불귀신으로 변하였다. 왕이 도술가에게 명하여 주문을 지어 이르기를 "지귀 심중의 불덩이가 제 몸을 불사르고 불귀신이 되었네. 저 창해 밖으로 흘러갔으니 나타나지 말고 서로 친하지도 말아라." 라고 하였다.

<대동운부군옥(大東韻府群玉)의
심화요탑(心火繞塔, 마음의 불이 탑을 맴돌다) 전문>

9. 지울 수 없는 사랑과 배신

"그 옛날에도 나를 배신하고 돌아서더니, 오늘 다시 나의 뜻을 거역하려고 하느냐! 부처의 마음이 너로 하여금 대왕인 나에게 등을 돌리게 한단 말이냐? 끝까지 네가 나의 뜻을 따르지 않는다면 이번에는 살려 두지 않겠다. 마음을 가질 수 없다면 너의 목숨만이라도 취할 것이다!"

❀ ❀ ❀

피비린내 나던 이틀이 지나고 새로운 아침이 밝았다. 반란은 진압되었지만 월성으로의 출입은 철저히 통제되었다. 월성의 어떤 자도 밖으로 나가지 못했다. 화랑들이 주둔하여 월성을 지키는 가운데, 숨소리조차 조심스러운 긴장감이 감돌았다. 백성들의 동요를 염려한 공주의 명으로 대왕의 죽음은 불문에 부쳐졌다. 반란을 진압하고 정권을 잡은 공주는 피를 많이 흘린 탓에 잠시 혼절하였다가 깊은 밤에야 정신을 차렸다.

"공주님께 탕제를 드리러 왔습니다."

문이 열리자 어의가 들어왔다. 들어와 보니 누워 있어야 할 공주가 옷을 갈아입고 나갈 채비를 하고 있었다.

"아니, 마마 어찌 일어나 계십니까?"

어의가 깜짝 놀라 공주를 눕히려 하자 공주는 만류했다.

"나라의 존망이 흔들리는 이때 어찌 누워 있겠느냐."

"……."

"어서 약을 주시게. 어의가 주는 처방은 무엇이든지 받아 속히 회복할 것이네."

공주는 약을 한 모금에 마셔버리고 나가려 하자 어의가 또다시 만류했다.

"마마! 아직 일어나시면 안 되옵니다."

"걱정마시게. 할 일이 남아 있는 한 나는 살아 있을 테니!"

공주는 침전에서 나와 대궁 마당으로 나갔다. 대궁 마당에서는 염장이 낮밤이 없이 칠숙과 석품을 취조하고 있었다.

"배후를 밝혔느냐?"

공주가 금좌에 앉으며 물었다.

"송구하오나 아직 입을 열지 않았습니다."

"칠숙과 석품만으로 거사를 일으킬 수 없다. 더 높은 곳에 배후가 있으니 밝혀내라. 왕권에 도전하는 자는 살아남을 수 없음을 보여주겠다!"

피와 살이 타는 순간이 계속되었다.

그날 밤. 궁의 지하 감옥에 한 남자가 변복을 하고 석품을 찾아왔다. 석품은 변복을 하고 그를 찾아온 남자의 오랜 심복이었다.

"어째서 일을 이 지경으로 만든단 말인가?"

"그러는 공께서는 어찌하여 경외에서 화랑들이 몰려오는 것도 막지 못하였소? 화랑들만 닥치지 않았다면 공주는 벌써 백정과 함께 황천에 가 있을 것이외다."

"공주가 대궁으로 가려고 할 때 피신을 시킨답시고 끌어내서 조용히 처리하려 했는데……"

남자가 중얼거렸다.

"나리, 나를 차라리 죽여주시오. 모진 고문을 어찌 견딘단 말이오. 나리 이름을 말해 버리면 어찌한단 말이오."

"신라를 떠나라. 비록 일을 그르쳤지만 절대로 외부에 알려져서는 안 될 것이네. 그게 자네나 내가 사는 길이야."

다음날 대전은 발칵 뒤집혔다. 역적이 탈옥을 하다니.

"어떻게 삼엄한 경비를 뚫고 탈옥할 수가 있단 말이냐. 누군가의 도움이 있지 않고서야 불가능한 일이다!"

역모는 칠숙과 석품이 함께 도모했는데 어찌하여 석품만 도주를 한 것인가. 공주는 이상한 낌새를 느꼈다.

역모의 배후는 하나가 아니란 말인가. 누구냐, 석품을 도주시켜 입을 막아야 했던 또 하나의 배후가!

석품의 도주는 오래 가지 못했다. 국경을 넘어 도망하기 전 식솔을 만나보고자 집에 들렀던 석품은 공주의 명으로 잠복하고 있던 군사들에게 잡히고 말았던 것이다.

제대로 입을 열지 않고 있는 칠숙과 달리 석품은 월성으로 끌려오자마자 모든 것을 미실에게 뒤집어 씌우기 위해 소리를 질렀다.

"미실궁주가 우리를 사주했소. 모든 것은 미실궁주와 비담이 시킨 일이오."

공주는 석품의 말을 듣고 기다렸다는 듯이 명을 내렸다.

"당장 미실궁으로 가서 미실궁주와 비담을 끌고 오라!"

"그리고 칠숙과 석품의 구족을 잡아들여 칠숙, 석품은 물론 그들 구족의 목을 베어라!"

구족이라 하면 부계 친족 4, 모계 친족(외가) 3, 처족 2촌까지를 모두 합한 것을 뜻했는데 신라에서 죄인의 구족까지 목을 베는 일은 처음이었다. 근간부터 뒤흔들린 왕실의 위엄을 바로 세우고 새로운 정권을 안정시키기 위해서는 필연적인 조치였다.

공주는 명을 내리고 용수전군을 편전으로 불러들였다. 공주의 곁에는 화랑들이 경호를 서 있었고 공주는 왕좌에 앉은 채 용수를 멀찍이 세워두고 하문했다.

"전군, 오늘밤 역도들의 목을 벨 것이오. 왕실의 권위에 도전하는 자는 신의 권위에 도전하는 것, 신들의 권위에 도전한 자에게는 죽음뿐임을 만천하가 알게 하여 왕실의 권위를 확고히 세울 것이오. 하늘의 뜻을 거스르고 대왕의 자리를 넘본 죄를 지었으니 그들 가족의 가족까지 목을 벰이 마땅하지 않겠소? 왕에게 칼을 겨누고도 어찌 살아남기를 바라겠소?"

"그, 그러하옵니.. 다."

"그러나 어찌 칠숙과 석품이 모든 죄를 짊어진단 말이오. 그들을 사주한 배후를 밝혀 죄를 물어야겠소."

"지…… 지당하신 마, 말씀이옵니다."

"전군은 그 배후가 누구라고 생각하오?"

"듣기로는 미실궁주와 비담전군임이 드러나 잡아들이라는 명을 내리신 것으로 알고 있습니다."

"미실궁주가 역모를 꾀했음이 분명하오. 그러나 또 하나의 배후가 있소. 미실궁주를 이용하려 했던 또 하나의 배후가……누구라고 생각하오?"

용수는 고개를 숙인 채 어깨를 떨었다.

용수전군은 천천히 고개를 들어 공주를 바라보았다. 공주는 역도들의 화살에 찔린 어깨의 상처가 깊어 아직도 창백한 혈색을 하고 있었다. 그러나 언제나처럼 총총한 눈빛만이 속을 다 꿰뚫을 듯 용수를 응시하고 있었다.

그는 문득 공주의 뽀얀 몸뚱이가 생각났다. 비록 적의를 숨기고 살아온 세월이지만 남자의 욕정으로 공주를 안고 뒹굴곤 했다. 그러나 엄연히 그녀는 공주로서 백정의 후계자였고 용수는 폐위된 전왕의 아들, 진골에 불과했다. 욕정에 욕정을 더하여 몸을 섞으며 열락에 들뜬다 해도 순간의 욕정이 지난 후에는 치욕으로 남을 뿐이었다. 인정할 수 없는 하늘을 가슴에 품음은 땅의 치욕이었다. 땅이 하늘을 되찾고 하늘은 땅에게 자리를 내주어야 마땅했다.

공주가 말을 이었다.

"하늘의 도가 제 스스로 있거늘, 그대는 역심을 품어 석품을 미실궁주에게 붙여 역모를 충동질하고 반란의 혼란을 틈타 왕과 나를 제거하고 반란을 일으킨 미실궁주를 죽인 후 스스로 왕위에 오르려 했소. 그 모든 것이 드러날까 봐 석품을 백제로 도주시키려고 했소. 왕권에 도전하고 적국과 내통한 죄가 크니, 어찌 손바닥으로 하늘을 가리겠소.."

"마마, 어찌 그…… 그런 말씀을 하시옵니까?"

"…… 전군! 모두 죽을 수도 있소. 전군의 아내이자 나의 언니인 천명공주와 아들 춘추, 전군의 동생인 용춘 모두 말이오."

"……."

미실의 역모가 만천하에 드러나 죄 값을 치르는 것과 동시에 덕만은 용수의 역모를 은밀히 처리하고자 했다.

밖에서는 칠숙과 석품 그리고 구족들이 끌려나오는 소리가 들렸다. 곧 목을 벨 것이다. 죽음의 공포에 떠는 통곡소리가 터져 나왔다. 그리고 칼 가는 소리가 울음소리에 섞여 간헐적으로 들려왔다.

"그대의 목숨으로 남은 가족들의 목숨을 대신하시오. ……자, 이제…… 검을 잡으시오."

용수는 어깨가 들썩일 정도로 분노와 그리고 공포에 떨었다. 도망갈 틈은 없었다. 역모의 죄를 드러내 놓고 묻는다면 칠숙, 석품의 친족들처럼 천명공주와 춘추, 용춘까지도 무사할 수 없었다. 그것이 국법이었다. 덕만은 언니인 천명과 조카인 춘추를 살리기 위해 용수의 죄를 조용히 처리하려는 것이었다.

용수는 금빛 단 위에 공주가 미리 준비 시켜 둔 검을 원수처럼 노려보다가 이윽고 손을 검으로 가져갔다. 힘줄이 굵게 선 손등이 떨렸다. 이대로 끝이란 말인가. 하늘은 어찌하여 왕실의 피는 주고도 왕위 계승권은 주지 않았단 말인가. 나도 신이 되어 신라를 호령하고 싶었다.

검을 힘주어 쥐고 한참 있던 용수는 검을 치켜들어 자신의 심장을 겨누다가 갑자기 공주를 향해 돌진했다. 공주와 용수 사이 겹겹이 쳐진 금발들이 용수가 지나칠 때마다 휘익 휘익 서로 부대끼는 소리를 내며 반짝였다.

공주는 눈을 똑바로 뜨고 달려오는 전군을 노려보았다. 손에 힘을 쥐고 금좌의 손잡이를 꼭 잡았다. 사랑과 배신의 슬픔은 분노가 되었다.

챙!

누군가의 검이 공주 바로 코앞까지 뛰어온 용수의 검을 제지하며 막아섰다. 정신 줄을 놓았던 용수는 헐떡이며 올려다보았다. 유신이었다. 유신의 여동생이 춘추에게 시집을 갔으니 유신에게 용수는 여동생의 시아버지였다. 그러나 대왕 앞에서 용수는 역모의 혼란을 틈타 왕과 공주를 죽이려 한 또 하나의 역적일 뿐이었다.

"유……신……공!"

"공주님이 내린 검을 받아들이십시오."

알고 있었다. 이미 세는 판가름이 났다. 공주가 천천히 일어서서 용수에게 말했다.

"그대와 내가 한 몸이 된 것처럼 그대의 마음도 왕실과 함께 하는 줄 알았다. 선친께서도 나도 그대를 믿고 모든 것을 맡기고 지위를 높여 주었건만, 이렇게 마지막까지 칼을 겨누다니!"

느릿느릿 공주의 말이 이어지는 동안 밖에서는 칼이 바람을 가르고 목이 떨어져 나가는 가운데 찢어지는 비명소리가 진저리를 치며 들렸다.

"으윽흑!"

용수는 울음을 터뜨리며 검을 꼭 쥐었다가 미친 듯이 자신의 가슴을 난자했다. 공주의 얼굴에 뜨끈뜨끈한 핏덩어리가 튀어 붙었다. 속눈썹이 파르르 떨렸다. 흘러내린 피로 혀끝이 짭짜름했다.

공주는 고통으로 신음하며 꿈틀대다 잦아드는 전군의 늙은 몸을
바라보며 입술을 꼭 깨물었다. 온몸에 경련이 이는 듯했다. 삶은
때로 죽음보다도 끔찍했다.

"놔라, 이놈들. 감히 어디에다가 손을 대느냐!"

늙은 미실이 병사들에게 호통을 치는 소리가 들렸다. 병사들이
미실을 끌고 들어와 덕만 앞에 꿇어앉혔는데 미실은 눈에 독기를
품고 덕만을 노려보았다. 미실은 바로 옆의 피범벅이 된 용수전군
의 시신을 보자 오히려 더욱 독을 내며 덕만을 쳐다보았다.

"비담은 어찌 되었느냐?"

덕만이 병사에게 물었다.

"비담전군은 이미 도주하여 찾지 못했습니다."

"혼자 힘으로 삼엄한 경비를 뚫고 왕경을 빠져나가지 못했을 것
이다. 군사를 풀어서 찾아라!"

"예!"

"소용없다. 비담은 이미 중국으로 가는 배에 올랐을 거야. 호호
호."

미실이 옆에서 중얼거렸다. 풍만하고 윤기 나던 여체는 온 데
간 데 없고 백발이 무성하고 주름으로 온 얼굴이 뒤덮인 노파가
앉아 있었다. 세월은 이리도 강한 것일까. 이미 나이가 여든을 넘
겼고 기력이 쇠하여 남은 날이 오래지 않아 보였다.

"비담을 찾지 마라! 내가 죽은 다음 비담 혼자서 무슨 왕실에 위
협이 되겠는가!"

미실은 알 수 없는 말을 중얼거리며 제 분을 스스로 이기지 못하여 경련을 일으켰다. 화랑들은 미실을 어떻게 처리할 것인지에 대해 덕만의 명을 기다리고 있었다.

"역모를 꾀했다 하나 살날이 얼마 남지 않은 노파의 목숨을 거두고서야 어찌 백성의 마음을 얻을 수 있겠는가! 다만 역모의 죄를 덮을 수 없으니 영흥사로 들어가 죽는 날까지 참회하도록 하라!"

미실은 영흥사로 유배되었고 설원랑만이 그녀를 따랐다. 그리고 병사들이 그녀의 처소를 지켰다. 그녀는 절에서 갇혀 지내며 한 달을 더 살았다. 미실의 마지막 말은 이러했다.

"비담은…… 왕의 혈통이 아니라…… 설원랑 그대의 아들이었다."

설원랑은 미실이 죽고 며칠 지나지 않아 병에 걸려 따라 죽었다.

또한 반란이 진압된 이후 아무도 용수전군을 보지 못했다. 용춘은 천명공주를 자신의 처로 삼고 춘추를 아들로 삼았다. 후대 사람들은 춘추의 생부가 용춘이라고 알기도 하고 용수라고 알기도 했으며 더 후세 사람들은 용춘의 또 다른 이름이 용수라며 형제를 동일인물이라고 여겼다. 이렇게 용수와 용춘이 형제였다는 사실조차 잊혀짐에 따라 용수는 영원히 역사 속에서 묻혀 버렸다.

❋ ❋ ❋

"상대등 수을부는 왕의 명대로 화백회의를 열어라!"

신라에서는 귀족들로 이뤄진 화백회의라 하여, 국가의 중대사에 대해서는 모여 의논하고 만장일치로 결정하는 제도가 있었다. 백정왕이 생시에 수을부로 하여금 화백을 열고 덕만을 후계자로 결정하고자 했던 것도 공식적인 절차를 밟기 위함이었다.

한때 백정의 명을 받들지 않아 풍질에까지 이르게 한 수을부였지만 반란을 진압하고 뒤에 화랑들을 대동한 공주의 명에는 토를 달 처지가 아니었다.

공주는 수을부를 불러놓고 가까이 앉힌 뒤 친히 금좌에서 내려와 코앞에까지 얼굴을 갖다대고 귓속말처럼 속삭였다.

"이번 칠숙, 석품을 처단하는 과정에서 그대가 역모를 도왔다는 말이 있던데……."

덕만이 말끝을 흐리자 수을부는 간담이 서늘하여 식은땀을 흘리며 공주의 다음 말만 기다렸다. 이미 용수도 미실도 사라졌음을 모르지 않았다.

"그런 말들이 있긴 하나, 난 그대의 충성스러움을 한 치도 의심하지 않고 있소."

"서, 성은이 망, 망극하옵니다."

"그러나 만약 그대가 정말 역모를 조금이라도 도왔다면……?"

공주는 내리깔고 있던 눈을 갑자기 치켜뜨고 수을부의 눈을 똑바로 쳐다보며 물었다.

"……그, 그럴 리가…… 있겠나이까. 천부당 만부당 한 말씀이옵니다."

"이번 화백회의야말로 그대 목숨을 보존할 수 있는 마지막 기회가 아니겠는가. 그대가 아직까지 살아 있음이 이때를 위한 것인지 어찌 알겠소?"

"마, 마땅히 하늘의 뜻대로 미천한 신이 소……소명을 다하겠나……이다!"

"아무렴, 그래야 하겠지. 나 역시 그대의 충심을 믿고 있으니, 이번에야말로 그대의 마음을 분명히 하여 그대와 그대 가문의 안녕을 보전하기 바라오."

"아, 알…… 겠나…… 이다."

수을부는 온몸이 땀에 절어 대전에서 튀어 나왔다. 모든 것을 공주가 알고 있음이 분명했다. 뻔히 알면서도 화백을 거치기 위해 상대등인 자기를 살려두고 있음이었다. 공주가 왕위를 잇는 것이 분명해진 지금 자칫 처신을 잘못했다가는 목숨을 부지할 길이 없었다. 칠숙과 석품 그리고 그들의 가족들이 대전 앞마당에 끌려와 댕강 댕강 목이 나가는 꼴을 본 것이 바로 엊그제 일이었다. 수을부는 후들거리는 다리를 꽉 잡고서 기다시피하며 서둘러 집으로 돌아왔다. 공주의 속삭이는 듯한 목소리가 귓가에서 계속 맴돌았다.

마침내 영험한 힘이 서려 있다고 알려진 남산에서 상대등의 주

재로 화백회의가 열렸다. 상대등이 회의를 주도하며 나서서 덕만
공주를 천거했다. 귀족들은 만장일치로 덕만공주를 새로운 대왕
으로 모실 것을 결의했다. 화랑과 낭도들이 남산을 주욱 둘러 방
호하였으니 그 위세가 산의 영험함과 함께 하늘 위에 머물렀다.

"상대등을 중심으로 한 신국의 귀족들이 화백회의를 열어 만장
일치로 덕만공주님을 백정대왕의 후계자로 공포한다."

"국인들은 만장일치로 덕만대왕을 세우기로 한다!"

"덕만대왕 만세, 만만세!"

귀족들의 함성에다가 산 길 따라 이어지는 화랑과 낭도들의 함
성이 보태졌다. 공허했던 겨울 산이 함성으로 뜨겁게 울렸다.

화백회의가 끝나자 비로소 덕만은 여러 달 숨겨오던 백정대왕
의 죽음을 공식적으로 알리고 장사를 지냈다. 반란을 진압한 이듬
해인 632년 정월이었다. 시호를 진평(眞平)이라 하고 한지(漢只)에
장사하였으며 당 태종이 조서(弔書)로 위로하고 비단 200필을 내
렸다.

백정대왕이 죽은 시기에 대해 당 기록에는 정관(貞觀) 6년(632
년)이라고도 하고 정관 5년(631년)이라고도 전하는데 이처럼 죽은
시기에 대한 기록이 일치하지 않는 것은 덕만이 백정왕의 죽음을
뒤늦게 알린 연유였다.

한 시대가 가고 새로운 시대가 밝아오고 있었다. 서라벌을 내려
다보고 있는 남산의 계곡에 오른 덕만은 옛것을 모두 벗었다. 한
오라기의 실도 남기지 않고 모든 것을 벗은 그녀는 남산을 관장하

는 여사제의 인도로 목욕재계로 몸을 깨끗이 하고 오로지 찬란한 새것으로 예복을 갖추었다. 순금으로 된 팔찌와 가락지와 귀고리, 금띠 그리고 사슴뿔 모양의 금관은 섬세한 마디마다 빛을 받아 반짝였다.

새 왕의 행렬은 산에서부터 월성까지 길 위에 깔린 금빛 비단을 타고 이어졌다. 금 비단은 산꼭대기에서 내려와 황룡사 옆의 남북으로 뻗은 주작대로를 지나 북천으로 이어졌다가 다시 돌아 월성으로 향했다. 여왕의 좌우에는 단장한 화랑들이 검을 들고 호위하며 긴 행렬을 이루었다.

오직 주어진 운명의 길을 거머쥐는 것, 그것이 그녀가 살아 있는 이유였다.

숭고한 치맛자락이 신국을 모두 덮고도 남음이 있도다
삼국이 생긴 이래 처음으로 여왕이 났으니 신 중의 신이라.
아름다운 대왕이여, 신국의 여신이여~

새 왕을 칭송하는 노래가 이어졌다. 새 왕의 등극을 기뻐하는 백성들이 나와 행렬 앞에서 끊임없이 절을 했다. 여왕의 아름다움은 백성들에게 숭배의 대상이었고 여왕의 잔잔한 미소 뒤에 금방이라도 터져 나올 듯 팽팽한 긴장감은 감미로운 공포였다.

덕만은 왕위에 오르자, 대신 을제로 하여금 국정을 총괄케 하였고 반란 진압의 공이 큰 염장에게 조세를 관장하는 조부를 맡기어 부귀영화의 길을 열어 주었다. 또한 반란으로 인해 흉흉해진 민심을 위로하고자 세금을 면제해 주고 죄수를 사면해 주는 한편 가난한 자를 위한 구휼정책을 폭넓게 펼쳤다.

(선덕여왕) 원년 2월에 대신 을제에게 국정을 총괄케 하였다…….

10월에 사람을 파견하여 나라 안의 환(鰥) 과(寡) 고(孤) 독(獨)으로 의지할 데 없는 자를 구제케 했다.

다음 해 정월에 왕이 친히 신궁에 제사지내고 죄수들을 사면해 주고 모든 주군의 일 년 동안의 조세를 면제하여 주었다.

〈삼국사기 (신라 본기 제5)〉

＊＊＊

"뭐라고 대왕께서 용춘 전군을 지아비로 삼는다고?"

천명공주는 화들짝 놀라 가슴이 벌렁거렸다. 월성에 내내 피비린내가 나더니 수많은 사람들이 목이 잘려 나갔고 남산에서 화백회의가 화랑들의 철통같은 호위 속에 순식간에 끝난 후 즉위한 대왕이었다. 명랑하고 솔직하던 어린 시절의 덕만은 이제 죽고 없었다. 삶과 죽음의 경계에서 피를 흘리며 왕통을 잇고 신국을 이끌어 가려는 야심만만한 왕이 있을 뿐이었다. 그 왕이 또다시 용춘을 부르고 있었다. 용수와 용춘, 두 남편을 번갈아가며 동생의 씨 내리로 바치고 이제는 또 살아남아 있는 용춘마저 동생의 남편으로 바쳐야 하다니. 천명은 가슴에 불이 이는 듯했으나 어쩔 수 없었다. 덕만의 말은 이제 바로 왕명이었다. 남편의 역심을 들킨 마당에 자칫 왕명에 순종치 않다가는 목숨을 부지할 수 없었다.

"숨긴 뜻을 알 수 없으니 불안하기 짝이 없구나."

왕이 즉위 한 후 용수전군이 반란 진압에 공이 크고 나라를 위해 죽었다 하며 천명과 춘추, 그리고 용춘전군을 불러 상을 내릴 때 모두들 가슴을 쓸어 내렸다. 세상 사람들은 몰랐지만 용수의 계획과 함께 했던 천명은 목숨을 살려 주는 것만으로도 기적 같은 일인데 상을 내리는 그 극도의 역설에 오히려 더한 공포를 느꼈다.

그리고 용춘이 형의 아내인 천명을 다시 거두어 처로 삼은 지 얼마 되지도 않았는데 갑자기 덕만대왕이 용춘 전군을 지아비로 삼겠다고 나선 것이다. 죽이지는 않아도 발목을 잡아 놓겠다는 것인지.

유신이 찾아와 불안해하는 춘추와 천명공주를 위로하고 안심시키려 말했다.

"천도(天道)가 제 스스로 있는 법이거늘 용수전군께서 잠시 천도를 벗어나 한 때의 일로 충효에 어긋남이 있었습니다. 그러나 대왕께서 천명공주와 춘추공을 생각하여 더 이상의 죄를 묻지 않겠다고 약조하심을 내가 직접 들었으니 마음을 놓으십시오."

"유신공께서 그것을 어찌 아십니까?"

"대왕께서 그리 말씀하시는 것을 들었습니다."

"……."

춘추는 눈을 내리깔았다. 아버지 용수의 죽음에 대해서도 그저 반란 중에 죽었다는 것밖에는 몰랐다.

덕만은 왕실의 권위를 세우고 백성의 마음을 자신에게 집중시키려고 하고 있었다. 그러나 용춘은 덕만대왕에게 이렇게 고했다.

"왕께서 즉위하기 전에도 사신으로 모셨으나 자식이 없었나이다. 이제 대왕이 되셨는데 혹여 또 자식이 없으면 그 죄를 다 감당치 못하겠나이다. 신의 마음을 헤아려 주시옵소서."

용춘은 고개를 조아리며 아뢰었으나 덕만은 아무 말도 하지 않은 채 씩 웃더니 이렇게 말했다.

"그대가 신라의 신하로서 충성된 마음을 가지고 있다면 오직 순종함으로써 그 마음을 증명하시오!"

용춘은 고개를 숙인 채 발칙한 눈빛을 숨기고 있었다. 대왕은 해맑은 웃음 뒤에 칼을 숨긴 사람처럼 협박을 하고 있다. 너의 마음을 증명하라, 두 번 다시 역심을 품지 못하도록 네 날개를 꺾어 놓으리라, 이렇게 말이다.

형인 용수는 반란 중에 죽었고 춘추는 아직 존재감이 크지 않았다. 화랑들의 비호를 받아 덕만이 왕위에 올랐으니 용춘은 사면이 막혀버린 셈이었다.

"왕이시여, 삼서의 제를 따르심이 마땅하실 듯하옵니다."

대신 을제가 말했다. '삼서의 제'란 대왕이 세 명의 남편을 맞이하는 것을 뜻했다. 용춘이 문득 고개를 들어 을제를 바라보았다. 숙흘종의 아들로서 아버지의 뜻에 따라 학문에만 정진하다가 뒤늦게 덕만의 강권으로 벼슬길에 오른, 덕만의 사람임은 모두가 아는 사실이었다.

"을제 대신의 말이 옳도다. 그대들은 어찌 생각하는가?"

"마땅하옵니다."

"마땅하옵니다."

젊은 신하들이 찬성하고 나섰으나 원로들은 반대하였다.

"우리 신국의 혼도가 중국과 달라 근친혼이 많고 자유스럽기는 하나, 대왕께서 세 남편을 들이면 혹여 고매한 신국 왕실의 모습을 흐리는 것이 될까 우려되옵니다."

덕만이 대신들을 둘러보며 말했다.

"역대 대왕들께서는 자손을 얻기 위해 색공지신의 계통을 따로 두어서 법흥대왕께서는 옥진궁주를 총애하셨고 진흥대왕께서는 미실궁주를 총애하였다. 궁주들은 대를 물려가며 색공지신의 계통을 이어나가며 높은 지위와 권세를 보장받았음은 그대들도 익히 아는 바다. 내가 여자의 몸으로 왕위에 올라 색공지신 대신 삼서를 두는 것이 무엇이 문제가 되겠는가? 왕을 모시는 이에게는 영광일 뿐이다. 신국에는 신국의 도가 있는 법, 더 이상 혼도를 핑계 삼아 논하지 말라."

덕만은 일언지하에 반대를 잘라 버렸다. 덕만은 흩어져 있는 정치세력을 혼인을 통해 통합하려고 했다. 여왕의 남편으로 주목된 이는 첫째가 용춘이었고, 둘째가 을제였다. 덕만왕은 세 번째 남편으로서 '국반'이라는 카드를 들고 나왔다.

국반은 돌아간 백정왕의 동생으로서 진안 갈문왕에 봉해졌으며 덕만에게는 작은아버지가 되었다. 백정왕 치세 때부터 국반은 세상에 나오기를 꺼려하여 월성 내에 거하는 성골의 신분이면서도 편전에 얼굴 한번 내미는 법이 없이 왕실의 그림자처럼 조용히 살아왔다. 그 역시 아들을 얻지 못해 정처에게서 난 '승만'이라는 딸이 하나 있었고 아들은 첩에게서 난 서자들뿐이었다.

오랜 세월 산속의 바람처럼 살아온 국반은 늘그막에 자신을 세상으로 끌어내려는 덕만대왕의 말에 당혹스러움을 감추지 못했다. 반란자들의 목을 베고 즉위하자마자 반란진압의 공이 있는 자들로 조정을 채운 대왕이 이번에는 혼인을 통해 자신의 세를 넓히고자 함을 국반 역시 모르지 않았다. 용춘과 을제는 물론 자신까지 끌어들이려는 대왕에게 국반은 문득 두려움마저 느껴졌다.

덕만은 목소리를 나긋나긋하게 하여 국반에게 말했다.

"태자를 얻기 위해서라도 삼서지제를 해야 한다고 군신들은 입을 모으지만…… 작은아버님……."

덕만은 국반을 굳이 작은아버지라고 부르며 다정한 표정을 지었다.

"아바마마 살아계실 때 저는 용수 용춘 전군을 사신으로 두었던 바도 있었으나 자식을 얻지 못하였나이다. 용수 용춘 전군은 모두

다른 궁주나 처에게서 많은 자손을 두었는데 말입니다. 하여, 이제 와서 제가 남편 셋을 거느린다고 자손이 생길 것이라고는 크게 기대하지 않습니다. 또한 저의 나이 이미 적지 않으니 생명이 들어서기가 어찌 쉽겠습니까.”

“…… 성골의 피를 받기 위해서가 아니라면 굳이 대왕께서는 어찌하여 저 같은 늙은이를 남편으로 삼고자 하시나이까.”

“작은아버지. 제가 끝까지 자손을 얻지 못한다면 월성 내에 누가 있습니까?”

덕만이 월성 내에 아무도 없다함은 성골이 아무도 없다는 뜻이었다.

덕만은 다시 물었다.

“제가 끝까지 자식을 얻지 못한다면 누가 보위를 잇겠습니까?”

누가 보위를 잇다니? 진정한 군주는 자신의 시대를 시작하는 순간 다음 시대를 이끌 후계자를 생각한다고 했던가. 국반은 감히 자신은 생각할 수도 없는 일을 대왕이 논하자 얼굴에 핏기가 가셨다. 국반은 놀란 가슴을 진정시키며 아무 말도 못한 채 조심스럽게 대왕의 안색을 살폈다.

실연의 아픔 때문에 울면서 궁에서 쫓겨나던 소녀 덕만의 모습이 아직도 눈에 선했다. 그러나 지금의 대왕은 사랑의 불꽃 따위는 모두 삼켜버리는 커다란 용광로 같았다.

“승만이 유일하게 남아 있는 성골입니다. 작은아버님.”

국반은 갑작스런 대왕의 말에 숨이 막힐 듯 놀라며 갑자기 앉은 채로 대왕에게 절을 하듯 엎드렸다.

"전······ 전하. 그, 그 말씀은······."

심장이 벌렁거렸다. 무슨 소리인가. 세상을 등지고 살아온 부녀인데 갑자기 무엇을 하라는 것인가. 왕이란 감히 목숨을 걸지 않으면 꿈꾸지 못하는 자리였다. 덕만 역시 피 값을 치르고서야 대왕의 자리에 올랐지 않은가. 또 한 번 피바람이 불 것이 분명했다.

국반은 엎드린 채 백발이 섞인 수염이 바닥에 닿을 만큼 대왕에게 연신 절을 할 뿐이었다. 거부할 수도 거부해서도 안 되는 거대한 용광로에 그저 몸을 맡길 수밖에 없었다.

결국 덕만은 용춘 전군과 을제 대신, 그리고 진안 갈문왕인 국반을 남편으로 맞이했다. 을제를 중심으로 신귀족 세력을 병합하였고 국반을 끌어들임으로써 혈통을 기반으로 한 지지기반을 더욱 확고히 했다. 또 용춘 전군을 끌어들임으로써 덕만의 즉위에 반감을 갖고 있는 기성 귀족세력들의 불만을 억누를 수 있었다.

그러나 을제로 하여금 국정을 총괄케 한 것과 달리 용춘 전군에게는 높은 벼슬을 주지 않았다. 이에 용춘은 더욱 남편의 자리에서 물러날 뜻을 굳건히 했다.

"용춘 전군은 오늘밤 목욕재계하고 나의 침전에 들라!"

용춘은 대왕의 명에 따라 몸을 깨끗이 하고 침전에 들었다. 덕만은 여느 때와 같이 옅은 화장을 하고 속이 비치는 옷을 입고 앉아 있었다. 사신으로 덕만을 모실 때부터 용춘은 그녀의 몸을 사랑했다. 덕만은 여느 신라 여자와 달리 키가 컸고 풍만하여서 점잖은 사내라도 달뜨게 하는 몸을 가지고 있었다.

용춘은 언제나처럼 말없이 왕에게 다가가 부드럽게 그녀의 몸을 만지기 시작했다. 대왕을 색으로 모시는 것이 오늘밤 그의 할 일이 아니었던가.

세상에서는 그녀를 지배할 수 없었지만 침전에서는 그녀를 지배할 수 있었다. 세상에서는 그녀가 왕이었지만 침전에서는 용춘 스스로 왕이 되어 그녀를 정복할 수 있었다. 울분이 느껴지자 용춘은 덕만의 몸을 부드럽게 어루만지던 손길을 멈추고 갑자기 낚아채듯 끌어안고서 거친 숨을 몰아댔다. 덕만을 정복해야만 천하를 얻을 수 있었다. 그런데 모든 것이 물거품이 되어 가는가. 용춘의 울분은 욕정과 뒤섞이어 덕만의 몸 위에서 마구 요동쳤다. 그렇게 한 차례 격정이 지나간 후 덕만이 말했다.

"자식이 없으니 물러나기를 청하였던가?"

"……."

"이제 물러나 살기를 허락할 것이니라."

용춘이 거친 호흡을 가다듬으며 덕만의 몸 위에서 내려왔다. 그는 덕만의 속내를 알 수 없었다. 이로써 왕은 나를 놓아주려는 것인가 아니면, 한 번 더 믿어보겠다는 것인가. 아니면 이제 나를 감시할 필요조차 없을 만큼 자신이 있다는 것인가.

"그대 형제들은 내 등에 칼을 들이댔으나 나는 그대들의 아들 춘추를 귀히 쓸 것이다."

덕만은 일어나 앉아 옷을 걸치며 이렇게 덧붙였다.

자결한 용수전군 외에 용춘도 역모에 관련되어 있음을 모르지 않는 왕이었다. 그러나 용춘을 죽이지 않고 살려 두었다. 오히려 남편으로 삼아 측근에 두고 감시하더니 이제 물러날 것을 허락하며 춘추를 쓰겠노라고 말하고 있는 것이다.

정적의 아들, 자신을 죽이려 했던 정적의 아들인 춘추를 쓰겠노라고…….

용춘은 알몸인 채로 벌떡 일어나 앉아 옷을 입고 돌아서는 왕의 등 뒤에 대고 절을 하며 고개를 숙인 채 눈을 꼭 감았다. 적이었지만 그 순간만큼은 우러나오는 존경심을 숨길 수 없었다.

선덕공주가 즉위하자 용춘공을 지아비로 삼았는데 공은 자식이 없다는 이유로 스스로 물러날 것을 청했다. 군신(群臣)들이 이에 삼서의 제(三壻之制)를 의논하여, 흠반공(欽飯公)과 을제공(乙祭公)을 다음으로 하도록 했다.

용춘공이 왕에 아첨할 생각이 없었기에 물러나려는 뜻이 더욱 굳어졌다.

선덕은 이에 …… 공에게 물러나 살기를 허락했다.

<화랑세기 (용춘공 조)>

다음날 덕만은 군신들을 모아놓고 명했다.

"용춘 전군이 물러나기를 청하니 그를 우산국의 관리로 파견할까 하오. 우산국은 울릉도와 독도를 아우르는 신라의 중요한 해상 영토이니 용춘 전군은 수고를 아끼지 말아 주기 바라오!"

우산국은 지금의 울릉도와 독도를 포함한 주변 도서 지역을 말했다. 신라 지증왕 때인 512년 우산국을 병합한 이래 우산국은 신라의 영토였고 신라는 우산국을 통해 풍부한 자원을 얻을 수 있었다. 그러나 멀리 떨어져 있었기에 그곳에 관리로 파견된다는 것은 중앙의 핵심 세력으로부터 멀어짐을 뜻했다. 덕만은 용춘을 멀리 보냄으로써 조정에 대한 영향력을 꺾으려 했다.

후두둑 후두둑!

갑자기 밖에서 우박 떨어지는 소리가 들렸다.

"아니 춘삼월에 무슨 우박이란 말인가?"

왕은 놀란 눈으로 밖을 내다보았다.

아침나절부터 하늘이 꾸물꾸물하고 한밤중처럼 어두워지더니 낮의 해가 숨어 버리고 우박이 떨어지기 시작했다. 우박이 몰아치자 월성 마당에는 사람들의 모습이 완전히 자취를 감추었다. 미처 숨지 못한 이들은 우박을 맞아 상처를 입기도 했다. 모두들 입을 모아 기이한 일이라고들 했다. 지난해에는 서라벌에 지진이 나기도 했었다. 백제 군사들이 툭하면 변방을 쑤셔대기 시작하는 무렵이라서 사람들은 더욱 불안한 마음이 들었다.

왕은 우박을 피해 모여 있는 신하들에게 유언을 하듯 이렇게 말했다.

"훗날 나는 병을 얻어 인평 14년 1월 15일에 죽을 것이니, 내가 죽거든 도리천에 묻어라."

밖에서는 우박이 떨어지는데 갑작스런 대왕의 말에 군신들은 깜짝 놀라 어안이 벙벙했다. 덕만은 즉위 후 3년째 되는 해부터 '인평'이란 독자적인 연호를 사용했으므로 왕이 죽는다고 말하는 인평 14년이란 647년을 의미했다.

"도리천이라 하면 불가에서 말하는 곳인데 신국의 어디를 말씀하시옵니까?"

도리천(忉利天)은 불가에서 말하는 상상 속의 공간이었다. 중생들이 생사 왕래하는 세 가지 세계(욕계, 색계, 무색계) 중 욕계에 딸린 여섯 하늘의 하나를 뜻했다. 여섯 하늘 중 가장 꼭대기에 있는 하늘을 도리천이라 했고 도리천 바로 아래에는 사천왕천(四天王天)이라는 하늘이 있다고 믿었다.

이처럼 도리천이 상상의 공간이었기 때문에 신국의 어디를 도리천이라 여기고 왕이 말을 하는 것인지 신하들은 도무지 알 수 없었다. 덕만이 말했다.

"낭산…… 낭산이니라."

낭산이 도리천이라니. 서라벌의 한쪽 귀퉁이 언덕처럼 나지막한 산이었다. 영험한 산으로 유명한 영취산도 있고 남산도 있건만

대왕은 굳이 산이라기보다는 언덕에 가까운 낭산을 말하니 신하
들은 더욱 의아스러웠다.

"나의 능에는 거추장스러운 치장도 장식도 하지 마라. 그저 백
년이고 천년이고 청청할 소나무를 심거라. 머잖아 고구려도 백제
도 우리 신국의 땅이 될 테니, 나의 기도가 고구려 백제까지 전해
지리라. 백년이 지나고 천년이 지나도록 이어져서, 먼 훗날 내 묘
를 찾아오는 사람은 소나무 바람 소리 속에 담긴 내 기도를 들을
것이니라."

어느새 우박이 그치고 다시 날이 밝아지고 있었다.

대왕은 아무 일도 없다는 듯이 다시 신하들과 정무를 논하기 시
작했다. 때마침 나라의 상대등 자리가 비어 있었기 때문에 왕은
신하들에게 누구를 상대등으로 세울 것인지에 대한 의견을 물었
다. 상대등은 귀족을 대표하는 최고 관직인 만큼 진골 귀족 중에
서 학식과 경륜이 높고 백성들의 신망을 받아 왕실의 위엄을 세울
수 있는 자로서 왕을 최측근에서 보필하는 왕의 오른팔이 되어야
했다.

덕만은 오래 전에 가슴에 묻어둔 한 사람, 젊어서는 김선종이라
불리다가 출가하여 지금은 '자장법사'라는 불리는 한 남자를 떠
올렸다.

❀ ❀ ❀

"무엇이? 내 말을 따르지 않겠다?"

언제부터인가 위급한 일이 있을수록 냉정하게 말하는 대왕이었다. 그런데 오늘은 평소와는 달리 얼굴이 벌겋게 달아올라 온몸으로 화를 드러내고 있었다.

신하들은 차마 왕의 눈과 마주치게 될까봐 두려워 고개를 숙인 채 뭐라 말을 못하고, 자장이 거하는 원녕사에 다녀온 신하가 아뢰었다.

"자장법사님의 말을 그대로 빌리자면."

"빌리자면……."

"나라에 법도가 있듯이 불가에도 불법이 있으니 한번 귀의한 자가 다시 어떻게 세상과 연을 맺겠나이까 하더이다."

"다시 연을 맺을 수 없다?"

"그, 그러하옵니다."

대왕이 말뜻을 이해하지 못하여 되묻는 것이 아님을 너무도 잘 아는 신하들은 몸 둘 바를 몰라 하며 대왕의 분노가 자신에게 떨어질까 불안해 했다. 대왕은 불거진 얼굴을 다시 추스르며 말했다.

"다시 가서 말하라. 대왕은 다시 연을 맺기를 간절히 소원하노라고."

"예? 예에 예에, 한달음에 다녀오겠나이다."

편전에서 나온 신하들 사이에 수군거림이 커져갔다. 수십 년 전 왕녀와 사랑을 나누다가 떠나버린 선종이 불가에 귀의하여 얻은 법명이 자장이며 불장난 같은 사랑 때문에 공주가 궁에서 쫓겨나 십여 년 동안 비구니로 살아야 했던 사연을 모르는 이가 없었다. 그런 덕만이 지금 다시 자장에게 연을 맺기를 소원한다며 손짓을 하고 있는 것이다.

❀ ❀ ❀

"지아비가 아니어도 좋으니 곁에만 있어주오."

자장의 귓가에는 아직도 그 옛날 풋풋한 처녀의 몸으로 안겼던 덕만의 목소리가 들렸다. 그러나 그에게는 그의 운명이 있고 그녀에게는 그녀의 운명이 있을 뿐, 각자가 자신의 운명을 완성하는 것이 하늘의 뜻이 아니던가. 가슴에 묻고 살아온 세월이 벌써 오래되었다. 다시 그녀를 본다면 꿈틀댈 그 무엇이 가슴 깊은 곳에 남아 있을지 두렵기만 했다.

왕이 보낸 사자가 다시 자장을 찾아왔다.

"자장법사는 나와서 왕명을 받으시오!"

사자는 대왕이 친필로 써준 서찰을 읽었다.

"불가에 불가의 법도가 있듯이 나라에도 나라의 법도가 있으니 신국 백성은 물론 신국의 미물 하나라도 대왕의 은혜를 입지 않은 것이 어디 있는가. 신국의 은덕으로 살아가는 백성으로서 대왕의 명을 따르지 않음은 큰 부덕이며, 또한 대왕에게 부덕을 끼치는 자가 어찌 불가의 도를 득할 수 있단 말인가. 그대로부터 신국 앞날의 번영을 도모할 지혜를 얻고자 함이니 명을 받고 세상으로 나와라. 나 덕만대왕은 자장과 다시 소중한 연을 맺기를 간절히 소원하노라.”

덕만은 너무나 솔직하게 자장에게 속내를 드러내고 있었다. ‘나는 당신을 필요로 한다. 이번에는 나를 외면하지 말아 주오.’ 그렇게 말이다.

덕만…….

자장은 이제는 대왕이 된 옛 여인의 이름을 읊조려 보았다. 한 번도 감히 소리 내어 불러 보지 못했다. 그녀는 성골이자 왕녀였고 자신은 변방의 진골이었기에 언제나 이렇게 혼잣말로만 불러 보는 이름이었다. 자장은 대왕의 사신을 향해 입을 열었다.

“저의 뜻은 변함이 없습니다.”

“법사님, 이번에도 거역하시면 화를 면치 못하실 줄 압니다.”

“대왕께 전하십시오. 한번 귀의한 자가 다시 어떻게 세상과 연을 맺겠나이까?”

사자는 긴 한숨을 내쉬며 말에 올라 급히 월성을 향해 출발했다.

❋ ❋ ❋

탁!

대왕은 금좌의 손잡이를 오른손바닥으로 치며 벌떡 일어섰다. 대왕과 법사, 과거에 사랑을 나누었던 한 여인과 한 남자의 팽팽한 신경전을 군신들은 긴장한 채 주시하고 있었다. 자장이 또다시 왕의 명을 거역함은 대왕의 권위에 정면으로 도전하여 덕만의 입지를 약하게 만드는 것이었다.

"교만하기 짝이 없구나! 가서 전하라. 나 덕만대왕은 자장에게 세상으로 나올 것을 명한다고. 이번에도 왕의 명을 거역한다면 목숨을 보존치 못할 것이다!"

법흥왕 때 이차돈이 순교한 이래 불교를 크게 숭상해 온 신라였기에 득도한 법사의 목을 치는 일은 상상조차 할 수 없었지만 덕만은 분노에 떨며 자장에게 목을 내놓으라고 하고 있었다. 그것은 협박이기보다는 절규였다.

"저는 차라리 하루 동안 계율을 지키다가 죽을지언정, 파계하여 백 년 동안 계율을 어기면서 살기를 원하지 않습니다."

대왕의 분노에도 아랑곳하지 않고 자장은 자신의 뜻을 굽히지 않고 왕의 사자에게 이렇게 고하고 말았다. 세 번째의 명에도 자장이 움직이지 않자 대왕의 분노는 극에 달했다.

"왕명을 어긴 자는 죄인일 뿐이다. 자장법사를 당장 잡아들여라!"

군사들은 밤새 말을 달려 자장을 포박하여 월성으로 잡아왔다.

"자장법사를 대령했나이다."

기다리고 있던 대왕은 금좌에 앉은 채 자장을 보았다. 멀찍이 무릎을 꿇은 채 앉은 자장의 눈꺼풀은 푹 꺼져 있고 입술은 말라 붙어 있었다. 포박한 밧줄 속에서 묶인 몸 또한 앙상해 보였다. 군신들의 눈은 조심스럽게 대왕의 안색을 살폈다.

"가까이 앉히라."

거리가 가까워지자 자장의 얼굴이 훤히 보였다.

'어찌하여 나를 살리었소. 공주면 다른 사람의 목숨을 마음대로 결정해도 된단 말이오…….'

덕만은 자장을 처음 만났을 때가 생각났다. 추운 겨울날 구지에서 건져 살려 내었더니 왜 살렸냐며 오히려 원망하던 청년이었다. 금방이라도 목을 벨 것처럼 분노하던 덕만은 막상 자장을 마주하자 만 가지 감회가 어리었다.

"그대의 목숨은 예나 지금이나 내 손에 있는 것 같구나."

자장은 천천히 고개를 들어 대왕을 바라보았다.

삼십 년도 넘게 흘렀다. 마주한 여인은 첫사랑에 눈을 떠 몸과 마음을 가누지 못하던 소녀가 아니라 생과 사를 오가며 길을 내고 있는 지극히 큰 자였다. 이제는 공주가 아니라 대왕이었다. 이제는 구지에 빠진 그를 살리려는 게 아니라 왕명을 받들지 않으면 죽이겠다고 말하고 있었다. 하지만 눈앞에 놓고도 가슴을 휘감는 이 그리움은 무엇인가. 자장은 목이 메었다. 삼십 년이 아니라 삼백 년이 흘렀다 해도 다르지 않았으리라.

왕이 말했다.

"그대는 세상으로 나와 신국을 위해 그대의 식견을 사용하라."

자장은 메이는 목을 숨기며 담담하게 대왕에게 답했다. 조금의 머뭇거림도 없는 사람처럼.

"신국의 생불이신 대왕께서 어찌하여 부처님의 진리를 따르려는 소승에게 파계를 하라 명하시나이까? 이미 출가한 사람에게 벼슬의 출사령을 내리심은 있을 수 없는 일이옵니다."

덕만은 속에서 불이 붙는 듯했다. 어찌하여 그대는 끝까지 나를 거부하는가. 울고 매달려도 떠나버린 옛날처럼, 화를 내도 설득을 해도 나무처럼 바위처럼 그렇게 자기 길만 가겠다고 고집하려는가.

"30년 동안 가시덤불 속에서 맨몸으로 피를 흘리며 고골관으로 도를 얻었다 하더니, 저 혼자만을 위한 수행이 부처의 뜻이란 말인가. 과연 누구를 위한 수행인가. 네 도의 경지보다는 백성 한 사람 한 사람의 목숨이 중요한 것이니라. 백성을 외면하고 얻는다면 너의 진리가 참으로 헛되고 헛되구나!"

대왕은 쏟아내듯 자장을 쏘아 붙였다.

"전하, 사사로이 분노하심은 대왕의 몫이 아닌 줄 아옵나이다."

그의 목소리는 굵고 낮고 조금의 떨림도 없다. 그의 목소리를 듣고 있노라면 깊은 물속이라도 들여다보는 듯했다. 그럴수록 덕만은 화가 치밀었다. 자장의 차분함이 그녀를 더욱 화나게 만들었다. 너의 마음을 가질 수 없다면 너의 목숨만이라도 가지리라.

"사사로운 분노라 했더냐. 왕에게 사사로운 것은 없나니! 네가 끝까지 왕을 능멸한다면 죄를 물으리라!"

"차라리 하루 동안 계율을 지키다가 죽을지언정 파계하여 백 년 동안 계율을 어기면서 살기를 원하지 않습니다!"

자장의 목소리가 커졌다. 그만큼 대왕의 분노도 커졌다.

"네가 기어이 또 나에게 등을 돌리려 하느냐? 나에게 오지 않겠다면 너의 목숨이라도 취할 것이니라!"

자장은 고개를 숙이며 싸늘하게 말했다.

"차라리 죽여주시옵소서."

부장군 유신이 문득 고개를 들어 분노로 이글거리는 덕만의 눈을 보았다. 그것은 분노라기보다는 진심을 거부당하고 원하는 마음을 얻지 못하는 커다란 슬픔이었다.

"전하 자장법사를 살려 주시옵소서."

"전하, 신국에서 가장 영험함이 크다고 칭송을 받는 법사이옵니다."

"민심을 생각하시옵소서."

군신들은 저마다 한마디씩 거들며 목소리를 모았다. 군신들의 만류하는 목소리가 자자한 가운데 유신은 묵묵히 다시 고개를 숙였다. 깊은 상처를 입은 덕만은 누구의 말도 들으려 하지 않았다.

❀ ❀ ❀

그날 밤 유신은 대왕을 알현했다. 유신이 알현을 청하자 대왕은 침전으로 유신을 오게 했다.

그의 눈에 덕만은 조금 해쓱한 모습이었다. 그는 한참 동안 말이 없다가 목소리를 낮춰서 물었다.

"정말 목을 치려고 하시나이까?"

"……."

"그는 대왕과 신국에게 필요한 인물이옵니다."

"……."

"그를 죽이고 견딜 수 있겠나이까?"

"……."

"차라리…… 그를 살려서 훗날에라도 대왕의 사람으로 쓰시옵소서."

"……."

덕만이 아무 말도 하지 않자 유신은 잠시 침묵하다가 나지막한 목소리로 천천히 물었다.

"아직도 그를 사랑하시나이까?"

"……!"

문득 유신은 고개를 들어 덕만의 눈을 바라보았다. 금방이라도 눈물을 떨어뜨릴 것 같이 슬픈 눈이었다.

용서하지 않으리라. 가슴을 아프게 한 만큼. 사랑이 깊었기에 미움도 깊고, 그런 만큼 분노도 컸다. 맘대로 사랑을 주었다가 맘대로 사랑을 거두어들이고 돌아앉아 자기만의 이상과 세계를 찾겠다고 떠나버린 선종을 죽을 때까지 미워하리라. 이토록 그를 필요로 하는 때에 또다시 나를 외면하다니, 그녀는 배신감에 몸부림쳤다. 아니 차라리 슬픔이었다. 가질 수 없다면, 그의 마음을 가질 수 없다면 그의 목숨만이라도 취하리라. 너무 사랑하여 차마 잡지도 못하던 그 옛날처럼 그렇게 놓아 주지는 않으리라.

"다 지난 일이옵니다. 스스로를 괴롭히지 마시옵소서, 전하."

유신의 마지막 한 마디에 결국 덕만은 눈물을 떨어뜨리며 그의 가슴에 얼굴을 파묻었다.

유신은 덕만에게 그를 아직도 사랑하는지 물었지만 실은 "나를 진심으로 사랑하느냐?"고 묻고 싶었다. 그러나 왕에게 감히 무엇을 물을 수 있으랴. 확인하는 것은 왕의 몫일 뿐 신하의 몫이 아니다. 신하는 오직 순종으로 따를 뿐이다.

사랑하라는 명령이든, 사랑하지 말라는 명령이든, 살아 있으라하든 죽으라고 하든, 존재하라고 하든 존재하지 말라고 하든, 그저 따를 뿐이다. 그것이 사랑이다.

천하를 호령할 것같이 매섭다가도 품에 안겨서는 버드나무 잎처럼 가녀리게 떨리는 그 뜻밖의 역설이 그를 더욱 중독시켰다.

"용수도 선종도, 믿었던 자들은 모두 나에게 등을 돌리는구나. 무엇이 진정한 사랑인지 누가 알겠는가. 다만, 시궁창에 뒹굴어도 핏물이 튀더라도 끝까지 등을 돌리지 않고 나의 운명과 동행해 줄

이를 염원할 뿐이니라."

왕의 어깨가 떨렸다. 덕만의 떨고 있는 어깨를 조용히 끌어안은 유신의 손에 힘이 들어갔다.

이대로 가리라. 절대로 놓지 않으리라. 내 손에 피를 묻히고 시궁창에 뒹굴어도 끝까지 그대의 운명과 함께 가리라. 그것이 나의 사랑이다.

때마침 재상 자리가 비었는데 문벌로 보아 (후임자로) 마땅하여 조정에서 여러 차례 불렀으나 (자장은) 나아가지 않았다. 왕이 곧 명했다.

"나오지 않으면 목을 베겠다."

자장이 이 말을 듣고 말했다.

"저는 차라리 하루 동안 계율을 지키다가 죽을지언정 파계하여 백 년 동안 계율을 어기면서 살기를 원하지 않습니다."

그러자 왕은 그의 출가를 허락했다.

〈삼국유사 권 제4 (의해 제5)〉

10. 핏빛 서라벌,
산산이 부서진 이름이여

"신라와 고구려, 백제 백성들의 통곡에 하늘도 우는구나. 춘추야 어찌 너의 슬픔이 만백성의 그것보다 크다 하겠느냐. 삼국을 통일 하는 제국만이 만백성의 피울음을 그치게 할 수 있나니, 고타소의 죽음을 헛되지 않게 하는 길은 오직 너와 내가 한 마음으로 삼국 을 통일하는 길밖에는 없다. 너는 눈물을 거두고 죽기를 각오하고 고구려로 가랏!"

❋ ❋ ❋

시퍼런 뱃길이었다. 그날따라 풍랑이 일어 출렁대는 파도가 허연 속살을 다 드러내며 길 떠나는 사내의 가슴을 후려쳤다. 살아도 산목숨이 아니었다. 수십 년 전 구지에 떨어졌을 때 그때 죽었어야 했는데 죽지 못했다. 그녀를 포기하고 돌아서던 그때 죽었어야 했는데 죽지 못했다. 분노로 이글거리던 왕의 칼이 번뜩일 때 그때 죽었어야 했는데 죽지 못했다.

"그대가 또 나를 살려주었구려. 평생의 빚을 졌소이다."

자장은 풍랑에 흔들리는 배 위에 있었다. 까마득하게 멀어진 신국의 해안선을 바라보는 남자의 눈시울이 뜨거워졌다. 서슬이 퍼렇게 화를 내면서 죽이겠다고 분노를 터뜨리던 모습이 마지막이었다. 이제 정말 죽었구나, 그대의 손에 죽는구나, 했을 때 감옥으로 왕명이 내려왔다.

"대왕을 우롱한 그대의 죄 심히 크나, 불도에 정진하려는 기상을 높이 사는 까닭에 그대에게 당나라로 유학길에 오를 것을 명하니, 제자들과 함께 당나라로 떠나라. 보다 큰 가르침을 얻어 신국의 명예를 높이고 때가 되면 돌아오라. 불국토를 염원하는 신국의 대왕으로서 그대가 크게 불법을 깨닫기를 소원하노라!"

미웠을 텐데, 내가 원망스러웠을 텐데, 결국 담아두고 참아 넣고 또다시 사랑으로 나를 놓아주는구나. 나의 꿈을 이루라고 나의 길을 완성하라고 큰 불법을 얻기를 소원해 주는구나.

덕만은 감옥으로 명을 전하고 두 번 다시 자장을 대면하지도 않은 채 그를 풀어 주고 자장 대신 이찬 수품을 상대등에 앉혔다.

원녕사로 살아 돌아온 자장은 당나라로 떠나기 위해 제자들과 준비를 하는 동안 황룡사로부터 왕의 안부를 간접적으로 전해 들었다. 상대등을 임명한 뒤 왕이 고승 백 명을 모아서 대규모 법회인 백고좌를 베풀어 주었는데 그러느라 황룡사에서는 왕의 최근 소식에 대해 상세히 알고 있었다.

"대왕께서 갑자기 이름 모를 병을 얻어 어의들이 백약을 다 써 보고 영험하다는 법사들을 불러 기도를 받았으나 효험이 없다고 합니다. 얼마 전 대왕께서 황룡사에서 백고좌를 베풀어 주셨을 때 친히 행차하셨는데 그때도 병환 중이었다 합니다."

아직 왕의 갈 길이 많이 남아 있음을 자장 역시 내다보고 있었다. 또한 최근에 왕이 얻은 이름 모를 병 또한 이러지도 저러지도 못한 채 그녀가 짊어지고 가야할 짐이라는 것 또한 알고 있었다.

그대가 궁에서 쫓겨나 살길이 막막했을 때도, 그대가 역도들로 인해 생사를 오갈 때도, 또 병마와 싸우며 왕으로서 살아가야 할 앞으로도, 함께 가지 못하여 미안하오. 시궁창을 뒹굴어도 손에 피를 묻혀도 끝까지 그대 곁을 지키는 사람이 되어 주지 못해서 미안하오. 언제나 엇갈리기만 하는 인연을 용서하오.

"왕이시여, 다시 뵈올 때까지 늘 곧고 강건하소서!"

남자는 불쑥 일어나 신국을 향해 절을 올렸다. 짭짤한 바닷바람이 남자의 볼을 때렸다. 볼을 타고 흐르던 짭짤한 눈물이 바람 속에 흩어졌다. 636년(인평 3년) 신라의 정신적 지주가 될 자장은 말 못할 사연을 가슴에 묻고 당나라 유학길에 오르고 있었다.

＊ ＊ ＊

642년(인평 9년). 신라는 고립무원의 위기에 처해 있었다. 백제의 무왕이 죽자 젊은 아들 의자가 왕위를 이어 즉위하자마자 신라의 영토를 적극적으로 탐하기 시작했다. 그는 직접 군사를 이끌고 침략해 와 40여 성을 함락시킴으로써 신라를 위기에 빠뜨렸다.

의자의 야심은 거기에서 그치지 않았다. 여세를 몰아 대야성을 넘보기 시작했다. 대야성을 함락시키면 압량주만 지나 바로 신라의 서라벌이니 백제는 서라벌 바로 부근까지 근접해 들어가는 셈이었다.

"신라의 숨통을 끊어 놓아라! 대야성만 함락하면 월성은 이제 우리 것이나 마찬가지이다!"

"와아 와아!"

백제의 군사들은 사기충천해 있었다. 대야성 싸움을 진두지휘한 장군은 바로 백제 장수 윤충. 그는 패기만만하여 젊은 군주인 의자왕의 오른팔 역할을 자처했다. 고구려를 끌어 들여 신라의 영토를 확보하는 것이 의자왕의 계획이었다면, 그런 의자왕의 오른팔이 되어 전장을 누비며 자신의 존재를 드러내는 것이 윤충의 야심이었다.

윤충이 1만 군사를 이끌고 침략하였다. 전쟁 중에 성안에 불이 붙어 화재로 혼란에 빠지자 성주 품석은 이미 세가 기운 것으로 알아 겁을 먹고 성문을 열어 항복하였다. 장수 '죽죽'이 끝까지 항전하였으나 이미 성문이 열려 백제군이 물밀듯이 쏟아져 들어오고 있었기에 역부족이었다. 신라의 군사들은 물론이고 성안에 숨어 있던 백성들까지도 쓰러져 갔다.

"품석을 잡아라!"

백제 장수 윤충의 명에 따라 신라 대야성의 성주인 품석과 그의 식솔들이 끌려 왔다. 품석의 아내는 고타소였다.

"품석의 아내 김고타소는 바로 신라 덕만왕의 오른팔인 김춘추의 딸입니다."

적과 내통한 신라 장수 검일이 윤충에게 고했다.

"김춘추? 당나라에 오간다는 신라 사신 말이냐? 오호라, 그러면 이 여자는 신라 왕족의 끄나풀이 되겠구나. 누이 동생 고모 이모 조카 안 가리고 결혼을 해대는 신라 왕실은 천하의 오랑캐가 아니냐? 이 여자에게 오랑캐에 걸 맞는 대우를 해주라. 하하하!"

윤충은 품석을 그 자리에서 베어 버리고 품석의 아내인 고타소는 장수들에게 주었다. 고타소는 김춘추와 그의 첫 번째 부인인 보라궁주 사이에서 났는데, 어려서부터 아버지를 닮아 키도 작고 어머니를 닮아 병약했다. 그런 허약하고 볼품 없는 고타소의 몸뚱이가 이 장수에서 저 장수로 또 저 장수에서 이 장수로 돌려졌다.

“오랑캐 족속의 여자구나. 하하하!”

“우리 백제 성왕을 배신한 너희 군주 진흥왕이나 원망해라!”

“아악!”

고타소는 여러 장수들에게 욕을 보인 뒤 머리가 두 동강으로 잘려서 죽었다. 고타소의 시신에는 온몸이 난자한 상처투성이였고 거친 장수들의 손에 갈기갈기 옷이 찢긴 데다가 목이 잘린 자리에서 퍼진 선혈의 흔적도 그대로 남아 있었다.

의자왕은 윤충 장군에게 후한 상을 내리고 고타소의 시신을 신라 서라벌로 보냈다. 대야성 도독의 아내이기 전에 신라 왕과 가까운 김춘추의 딸이라는 이유로 더욱 처참한 최후를 맞이한 고타소의 비명이 길을 따라 백제 땅에서 신라 땅으로 이어지며 허공 가득히 울려 퍼졌다.

아버지, 아버지! 내 원수를 갚아주세요…….

❀ ❀ ❀

“고타소야, 고타소야!”

춘추는 비명을 지르며 벌떡 일어나 앉았다. 아직 사위는 컴컴하기 짝이 없는 한밤중. 온몸이 땀에 젖은 채 거친 숨을 몰아쉬었다. 변방에 보내는 게 아니었는데, 품석과 함께 보내는 게 아니었는데.

춘추는 사위 품석에게 대야성을 맡기며 고타소를 함께 딸려 보낸 이후 하루도 마음 편할 날이 없었다. 더구나 얼마 전 백제군으로부터 40여 성을 빼앗긴 참사를 당한 신라 조정은 위기의식이 팽배해 있는 가운데 춘추는 변방에 있는 딸 걱정에 안절부절못했다.

아버지를 부르는 비명 소리가 아직도 귓가에 쟁쟁했다. 꿈속의 모습이 잘 기억은 나지 않았지만 시커먼 어둠 속에서 더 시커먼 물길로 떨어지는 것 같기도 했고 깊고 깊은 산중의 절벽 같기도 했다. 오래전 처였던 보라궁주가 아이를 낳다가 비명을 지르며 죽어간 그때 일이 생각났다. 마치 보라궁주의 비명 소리도 섞여 들린 듯했다.

고타소, 고타소…….

춘추의 등 뒤로 식은땀이 주루룩 흘러내렸다.

❀ ❀ ❀

대야성 패전 소식에 이어 당도한 궤짝을 앞에 두고 신라 조종은 발칵 뒤집혔다. 궤짝 겉에서부터 혈흔이 가득하여 열어보기도 전에 심상치 않음을 알 수 있었다.

"열어라!"

수군대는 군신들의 소리를 뒤로 하고 덕만이 말했다. 시종 여럿이 나서서 궤짝 문을 여는 순간 여기저기서 비명과도 같은 신음이 터져 나왔다.

"아니!"

"으!"

"이럴 수가……."

시신의 치뜬 눈은 죽어가던 순간의 고통과 원통함을 그대로 전하고 있었다. 머리와 잘려 따로 구겨 넣어진 몸뚱이의 옷은 갈기갈기 찢겨 있고 피투성이가 된 하체를 그대로 드러내고 있는 것이 아닌가.

덕만은 분노로 온몸을 부들부들 떨었다. 대야성 도독의 아내인 동시에, 김춘추의 딸이니 진골 신분이긴 했으나 전왕의 피를 이은 왕실의 여인이며 덕만의 친족이었다. 백제가 신라를 정면으로 우롱한 것이었다.

당나라를 사이에 두고 외교 전쟁을 벌이고 있는 백제는 당 황제 앞에서는 고개를 숙이고 있다가, 돌아서서는 신라의 변방을 침략해 오고 있었다. 근자 들어서는 신라와 당의 외교를 끊어 놓기 위해 그 통로가 되는 당항성을 호시탐탐 노리고 있었다. 대야성을 손에 넣은 그들은 곧 당항성을 침략해 올 것이 뻔했다. 고타소의 시신은 선전포고나 마찬가지였다.

"뚜껑을 덮어라."

을제 대신이 나서서 시종에게 명했다. 참혹한 광경을 더 이상 보이지 않게 하기 위함이었다.

"놔두어라."

덕만이 나지막한 소리로 제지했다. 그리고 물었다.

"춘추공은 어디 있는가? 춘추공에게 전갈을 보내 속히 입궐토록 하라."

"전하, 춘추공께서 이걸 본다면 상심을 어찌 감당하오리까. 입궐을 만류하심이 좋을 듯합니다."

"그러하옵니다. 사망 소식만으로도 상심이 클 줄 아옵니다."

잠시 침묵이 흐른 뒤 왕이 말했다.

"아니다. 누구보다 춘추공이 보아야 할 것이다. 죽은 것은 고타소만이 아니다. 목이 잘린 것은 고타소만이 아니라 신국 전체다. 우리 모두가 이 슬픔을 가슴에 새겨서 복수의 칼을 갈아야 할 것이다. 춘추공을 들라 하라."

헐레벌떡 춘추가 소식을 듣고 뛰어 들어왔다. 궤짝은 문이 열린 채 꼼짝도 하지 않고 춘추를 기다리고 있었다. 궤짝 속의 고타소도 아버지를 기다리고 있었다.

"춘추공, 백제 의자왕이 이 궤짝을 보내 왔다. 이번 싸움에서 목숨을 잃은 대야성 도독 품석의 아내이자 너의 딸인 김고타소의 시신이다. 직접 보겠는가? 보지 않겠다면 이것을 치우도록 하겠다."

춘추는 대왕을 올려다보며 대답도 하지 않은 채 궤짝 가까이 다가갔다. 시체가 썩기 시작하는지 냄새가 풍겨왔다. 다가선 춘추는 차마 들여다보지 못하고 부들부들 떨며 눈을 꼭 감고 서 있었다. 한참이 지난 후에야 이윽고 궤짝 안을 향해 고개를 기울이며 번쩍 눈을 치떴다. 고타소!

“ㅇㅇㅇ……”

　시신만 보아도 고타소의 최후가 어떠했는지 생생하게 느껴졌
다. 꿈속에서 들었던 비명소리가 아직도 얼얼했다. 춘추는 궤짝을
잡고 서서 숨이 막힐 듯 신음만 토해냈다. 덕만은 그런 춘추를 비
장한 표정으로 바라보았다. 춘추가 비명을 지르며 앞으로 털썩 쓰
러져 한참동안 통곡을 하기 시작했다.

　“이……이…… 천하의…… 의자, 이…… 노옴……!”

　가슴을 움켜쥔 채 분노를 삭이지 못하는 춘추를 바라보던 덕만
은 이윽고 금좌에서 내려와 춘추에게 다가가 그의 등에 손을 올렸
다.

　“춘추야, 춘추야. 실컷 울어라. 자식을 잃은 너의 슬픔이 백성을
잃은 나의 슬픔과 같구나. 자식을 지키지 못한 너의 회한이 백성
을 지키지 못한 나의 통한과 같구나.”

　모든 것을 내려놓은 듯 슬픔에 겨워하는 춘추와 대왕의 모습에
군신들도 목이 메여 차마 보지 못하고 고개를 숙였다. 춘추는 한
참 덕만의 품에서 울더니 일어나 휘청거리며 걸어 나갔다. 정신
나간 사람처럼 집으로 돌아온 춘추는 며칠이 지나도록 식음을 전
폐하고 멍하니 앉아 있었다. 그는 혼잣말처럼 중얼거렸다.

　“슬프도다, 슬프도다. 어미 사랑도 못 받고 자랐거늘.”

　눈물도 말라가고 슬픔과 고타소에 대한 애달픔은 모조리 분노
를 부채질했다.

　“신국의 대장부로 태어나 어찌 백제 따위를 멸하지 못하리! 의

자왕 이 노옴! 고타소의 원한을 내가 갚아주마. 내 간을 뜯어 먹고 서라도 의자 이놈을 죽이고 말리라.”

그렇게 며칠이 지나자 월성에서 전갈이 왔다. 왕이 춘추를 부르고 있었다. 춘추는 신들린 사람처럼 벌떡 일어났다. 그래, 내가 할 일이 있다. 고타소의 처참한 시체의 모습을 굳이 보게 한 대왕의 뜻은 바로 그것이리라. 춘추의 가슴은 복수심에 불타올랐다.

“그대가 해야 하는 일을 알겠는가?”

“목숨을 바쳐서라도 백제에 대한 원한을 갚고야 말겠습니다.”

“그렇다. 과거 고구려가 강성하여 남하해 올 때 신라와 백제는 나제동맹을 맺고 함께 고구려를 견제했다. 그러나 진흥왕 때 신라가 강성해지자 백제와 신라의 연합은 깨어졌고 고구려와 백제는 호시탐탐 우리 영토를 노리다가 지금은 그들 두 나라가 여제동맹으로 신라를 대적하려 하고 있다. 고구려와 백제의 연합을 막지 못하면 우리는 또 다른 세력을 끌어 들여야 할 것이다.”

“신이 고구려에 가서 군사를 청하여 백제에 대한 원수를 갚고 싶습니다. 저를 보내주십시오.”

대왕은 기다렸다는 듯이 춘추의 말을 듣자 이렇게 말했다.

“그렇다, 춘추야 어찌 너의 슬픔이 만백성의 그것과 다르다 하겠느냐. 계속되는 전쟁에 지친 신국 백성은 물론이고 고구려, 백제 백성들의 통곡에 하늘도 울고 있다. 삼국을 통일하여 전쟁을 그치게 해야만 백성들의 피눈물도 그칠 수 있나니, 고타소의 죽음을 헛되지 않게 하는 길은 오직 너와 내가 한 마음으로 백제를 아우르고 삼국을 통일하는 길밖에는 없다. 너는 눈물을 거두고 죽기를 각오하고 고구려로 가랏!"

❋ ❋ ❋

　고구려에는 영류왕을 시해하고 그의 동생을 계승시켜 보장왕으로 세운 뒤 실권을 휘두르는 연개소문이 있었다. 백제에 대한 복수심에 불타고 있는 춘추에게 덕만은 고구려와 백제의 연합을 막아보라고 주문했다.
　"고구려와 백제의 동맹이 견고해진다면 신라는 그야말로 고립무원의 위기에 처하게 되는 것이 아니냐. 온 백성이 고타소처럼 죽어갈 것이다. 고구려와 백제의 동맹을 막아야 한다."
　고구려의 보장왕은 대막리지 연개소문을 대동하고 신라 사신 춘추를 친견했다. 윤기 있는 수염을 기르고 떡 벌어진 어깨를 가진 다부진 체격의 연개소문이 보장왕의 곁에 딱 붙어서 춘추를 내려다보았다. 춘추는 호흡을 가다듬고 입을 떼었다.
　"지금 백제는 무도하여 큰 뱀처럼 잔악하고 돼지 같은 욕심으로 우리 강토를 침범하니 우리 왕이 대국의 구원병을 얻어 그 치욕을 씻고자 저를 보내셨나이다."
　춘추가 이렇게 말하자 연개소문은 춘추를 비웃기라도 하는 듯 이렇게 말했다.

"지금 너희 땅인 죽령은 본디 우리 고구려의 것이니, 만일 죽령 서부의 땅을 되돌려 준다면 원군을 보내 주겠다!"

이미 연개소문과 함께 백제와 동맹을 맺고 신라를 치려고 작정하고 있는 보장왕은 신라와는 화친을 할 생각이 없었다. 그렇기 때문에 죽령 이북의 땅을 달라는 억지 요구를 하는 것이었다.

그러나 보장왕이 죽령 이북의 땅을 요구했지만 안 될 말이었다. 덕만은 춘추를 보내면서 선대의 진흥왕이 정복한 죽령 이북의 땅을 돌려줄 수 없다는 입장을 분명히 했다.

"땅을 돌려줄 수는 없다. 다만 당나라와 대치하고 있는 고구려가 당나라의 침략을 받아 위험할 때 군사 지원을 해줄 수가 있다고 하라. 춘추야, 적국 고구려에 가서 군사를 요청하는 것은 위험한 일이다. 그러나 당당하라, 너는 나의 가장 귀한 신하이다. 혹여 네가 위험에 빠진다면 군대를 보내 전쟁을 치르고서라도 너를 구해 내리라."

춘추는 덕만의 말을 상기하며 보장왕과 연개소문에게 큰 소리로 아뢰었다.

"저는 저희 군주의 명으로 구원병을 빌러 왔건만 왕께서는 어찌하여 이웃 나라의 환란을 구원하여 서로 친선하려는 데에는 뜻이 없으시고 국토의 반환만 요구하십니까. 신은 죽을지언정 구원병을 요청하는 일 외에 다른 것은 알지 못합니다!"

"방자한 저 신라 사신을 별관에 가두어라!"

고구려 보장왕과 연개소문은 춘추에게 무리한 국토 요구를 하여 빌미를 잡아서 가둬버렸다. 그러자 춘추는 은밀히 사람을 매수하여 본국의 덕만대왕에게 이 사실을 알렸고 덕만은 바로 김유신을 상장군으로 임명하여 1만의 결사대를 거느리고 고구려를 향하게 했다. 상장군이라 하면 대장군 바로 아래 서열이라서 무관으로서는 최고에 버금가는 자리였다. 김유신 장군의 행군이 고구려 남경에 들어서자 보장왕은 춘추를 놓아주고 돌려보내 주었다.

❋ ❋ ❋

신라가 고구려에 원군을 요청했다가 거절당한 소식이 백제 의자왕에게도 전해졌다.

"고구려는 우리 백제와 동맹을 맺으려 하고 있는데 거기다 대고 군사를 요청하다니 지하에 계신 아버지 무왕께서 웃을 일이로구나. 우리가 시조로 모시는 동명묘(동명성왕 고주몽의 위패를 모신 사당)의 주인은 바로 고구려 시조대왕이고, 우리 부여씨도 본래 고씨에서 나왔으니, 고구려와 우리는 예로부터 그 뿌리가 같다. 그런 고구려가 동쪽 변방의 오랑캐인 신라와 동맹을 맺을 리가 없지 않은가. 하하하!"

과거 고구려가 강성하여 위협할 때 신라와 나제동맹을 맺었던 백제였지만 지금은 신라가 고구려와 백제에게 있어 공공의 적이었다. 공공의 적을 대적하기 위해 고구려와 백제는 손을 잡았다.

한 나라의 힘으로 되지 않으니 두 나라의 힘을 합한 것이다.

신라 진흥왕에게 배신당하고 영토를 빼앗긴 백제 성왕의 원한은 무왕을 거쳐 의자왕에게 대를 이어 내려오고 있었다. 또한 삼국 중 광개토대왕 이후 가장 넓은 영토를 자랑하던 고구려 역시 신라 진흥왕 이후 넓은 영토를 차지하게 된 신라에 대해 이를 갈고 있었다.

"이번에야말로 고구려와 손을 잡고 오랑캐 같은 신라를 쓰러뜨리고야 말리라."

아버지 무왕의 그늘을 벗어나 자신의 존재를 증명하고 싶은 의자왕은 더욱 분을 냈다. 귀족들에게 왕으로서의 존재를 하루라도 빨리 각인시키고 왕권을 강화해야 했다.

"당항성을 쳐라. 신라와 당나라의 통로를 막아버려야 한다. 신라가 당나라의 지원이라도 받는다면 우리의 대업을 이룰 수가 없다!"

의자왕은 대야성의 싸움이 끝난 지도 얼마 되지 않았건만 바로 군사를 모으기 시작했다. 고구려 역시 백제와 함께 신라의 당항성을 치기 위해 군사를 모으기 시작했다. 당항성만 막는다면 고구려, 백제에 둘러싸인 신라를 당과 완전히 차단시킨 채 독안에 든 쥐로 만들 수가 있었다.

"당항성을 쳐라!"

"당항성을 쳐라!"

고구려의 지원 약속으로 군사력을 보강한 백제 군사들의 사기는 하늘을 찌를 듯 올라갔고 의자왕은 협공을 통해 과거 신라에게 빼앗긴 한강 유역의 땅을 되찾는 대업이 이뤄지기를 기도하며 결전의 날만 기다렸다.

"신라 오랑캐의 땅을 우리 땅으로!"

"신라 오랑캐의 땅을 우리 땅으로!"

(신라 덕만)왕이 장차 백제를 쳐서 대야성의 싸움에 보복하려 하여 이찬 김춘추를 고구려에 보내어 군사를 청하였다. 대야성의 패전에서 도독 품석의 아내도 죽었는데 그는 김춘추의 딸이었다.

…… 고구려의 왕이 노하여 (춘추를) 가두었다. 춘추가 가만히 사람을 시켜 본국 왕에게 알리니 (덕만)왕이 …… 김유신을 명하여 결사대 1만 명을 거느리고 가게 하였다.

〈삼국사기 권 제5(신라본기 제5)〉

11. 여왕과 그의 남자들,
어둠을 뚫다

"당 황제의 발바닥이라도 핥으라. 내 백성을 살릴 수만 있다면 어떤 수모라도 달게 받으리. 기필코 그의 마음을 움직여 지원 병력을 받아 내야 한다. 이리 떼를 쫓아내기 위해서는 범을 끌어들일 것이다. 만약 범이 우리를 향해 발톱을 드러낸다면 다시 이리 떼의 힘을 끌어들여 한반도에서 범을 내쫓고 그 아가리에 썩은 고기 따위나 던져 주리라!"

❋ ❋ ❋

“전하, 원통하옵니다, 너무나 원통하옵니다!”

고구려에서 겨우 살아 돌아온 춘추는 울분을 터뜨렸다. 이제 무슨 수로 고타소의 원한을 갚을 것인가, 어떻게 백제를 쓰러뜨릴 것인가. 더구나 고구려와 백제가 동맹을 맺을 움직임을 보이니 더욱 앞이 막막하기만 했다.

그런 가운데 덕만이 차분한 목소리로 말했다.

“이리들이 무리를 지어 공격해 온다면 우리는 범을 끌어 들여야 한다.”

침통한 표정이던 춘추가 고개를 들고 덕만에게 물었다.

“무슨 말씀이옵니까?”

“당을 끌어 들여야 한다는 것이다.”

“당이라고요?”

“그렇다.”

“고구려, 백제와 신라는 해마다 당에 조공을 바치고 있는 제후국입니다. 그런 처지에 당이 신라만을 위해 군사를 내어 줄 리가 없지 않습니까?”

“중국은 수나라 때부터 고구려를 차지하려 했으나 요동에서 실패했다. 당 태종 이세민 역시 요동에 대한 야심이 어찌 없으리오. 그것을 이용하여 당을 끌어들일 것이니라. 이찬 김춘추, 바로 그대가 할 일이다!”

"……!"

"당 외교에 박차를 가할 것이다. 우선 이찬 김춘추에게 당 외교에 관한 전권을 주겠다. 또한 몇 해 전 당에 유학시켰던 진골 자제 중 당 황실과 맥이 닿는 자들 위주로 귀국을 시켜라. 그들에게 벼슬을 주어서 이찬 김춘추를 돕도록 하리라."

춘추가 진골 귀족 비담을 추천했다.

"오래 전 죽은 미실궁주의 아들 비담 말이냐?"

덕만이 물었다. 반란 때 중국으로 도망간 비담을 추격했으나 잡지 못했고 미실이 비담의 생부가 진평왕(백정왕)이 아니라 설원랑이었음을 밝힘에 따라 덕만 역시 비담을 더 이상 추격하지 않았다. 그러나 비담은 역모를 꾀한 미실궁주의 아들이라는 사실만으로 신라에 다시 돌아올 수는 없었다.

"바다 건너서 얻은 정보에 의하면 비담은 당 황실에 닿아 있고 처세가 뛰어나 폭넓은 인맥을 가지고 있어서 당 외교에 상당한 도움이 되리라 생각합니다."

왕의 핏줄이 아님이 밝혀진 이상 비담은 더 이상 위협적인 존재는 아니었다. 덕만은 국난을 극복해 나가는 데 힘을 얻고자 춘추의 추천을 받아들였다.

"비담을 신라 조정으로 불러 들여 이찬 벼슬을 내리고 그의 잃어버린 신분을 되찾게 하라."

이어 덕만은 김춘추를 구출해 온 김유신을 보며 말을 이었다.

"상장군 김유신을 압량주 군주로 임명하노라!"

신하들이 깜짝 놀라 여왕을 쳐다보았다.

대야성이 백제의 수중에 들어가 버린 상황에서 압량은 서라벌로 들어오는 관문과도 같았다. 그렇기 때문에 덕만은 대야성을 빼앗긴 지금 압량군을 '주'로 승격시켜 그곳을 지키는 중책을 김유신에게 맡긴 것이다. 그것은 왕경 수비의 전권을 김유신에게 맡긴 것이나 마찬가지였다. 김춘추를 구출하기 위해 1만 결사대를 보낼 때 상장군으로 임명하여 지위를 높인 지 얼마 되지도 않았는데 압량주 군주로 또 높이니, 원로 귀족들의 반발이 일었다. 그러나 덕만은 단호하게 유신을 뒷받침해 주었다.

"나라의 존망이 위태로운 때이다. 압량주마저 뚫린다면 무엇으로 서라벌을 지키리오? 상장군 김유신은 서라벌 수호에만 총력을 다하라. 이제부터야말로 그대가 세상의 중심에 서야 할 때이니라."

여왕의 김유신과 김춘추에 대한 총애는 어제 오늘의 일이 아니었다. 김유신 가문과 김춘추 가문의 결혼이 성립될 수 있었던 것도 여왕이 공주시절 문희와 춘추의 결혼을 허락한 덕분이었음을 신하들도 모르지 않았다.

왕경 수비의 전권을 김유신에게 넘기고 상장군으로 임명한 것은 가야 왕족의 후손으로서 소외되던 가야파에게 큰 힘이 되었다. 김춘추 역시 폐위된 전왕의 후손이자 정적의 아들이었지만 덕만은 크게 들어 높였다.

김유신과 김춘추의 뒤에는 덕만이 있었고, 덕만의 뒤에는 그들이 있었다. 덕만은 재주 있는 젊은 세력들을 전면에 세워 줌으로써 왕권을 강화하고 나라의 위기를 뚫고 나가고자 했다.

곧 폭풍이 몰아칠 것이었다. 폭풍을 뚫고 가시밭길을 끝까지 걸어간 후에라야 햇살이 비추는 옥토에 다다를 수 있음이었다. 갈 길이 급했다. 살아남는 길은 오직 신라가 먼저 적의 영토를 차지하는 것, 공존의 길은 없었다. 죽이든가 죽임을 당하든가! 살아남는 나라만이 천하를 얻을 뿐이었다.

❋ ❋ ❋

"덕만대왕의 서신을 법사께 전하고자 들렀습니다."

백제, 고구려, 신라 등 각국의 사신들이 당에 조공을 바치는 정월. 신라의 사신이라며 당에서 자장이 머무르는 절에 누군가 갑작스럽게 찾아와 덕만대왕의 서신을 전했다. 사신은 당 태종에게 덕만대왕의 표문(예전의 외교문서)을 올리고 본국으로 돌아가는 길이라고 했다. 서신을 전해 받은 자장은 자기를 찾아온 젊은 남자를 바라보았다. 작은 키에 왜소한 체격이었지만 동그랗고 똘망똘망한 눈을 하고 있었다. 덕만이 즉위 직후 당에 유학 보냈다가 신국으로 불러 총애하고 있다는 김춘추였다. 왕의 총애를 등에 업고 일어난 신흥 귀족 세력 중에서도 김유신과 함께 두드러진 인물이었다.

자장은 서신을 열어보려다가 물었다.

"덕만대왕께서는 안녕하신지요?"

춘추는 대왕의 안부 대신 이렇게 말했다.

"고구려가 강성했을 때 신라와 백제가 함께 동맹하였듯이 이제 고구려와 백제가 동맹을 맺고 신라를 노리고 있습니다. 대왕의 심려가 크십니다."

춘추는 서신만 전하고 귀국 길이 급하다면서 일어섰다. 자장은 홀로 남아 서신을 열어 보았다. 신국을 떠나 당에 온 지 어언 7년이었다.

때가 이르렀으니 돌아오라. 돌아와서 너의 불법을 신국과 신국 백성을 위해 써라. 남의 나라 땅이 아니라 바로 신국에서 너의 이상을 이룩하라. 신국 전체가 너의 불법에 무릎을 꿇고 경배하게 해주리라. 온 백성이 부처님에게 귀의하는 역사가 이뤄지도록 만들어 주리라. 신라로 돌아오라!

돌아오라, 돌아오라, 서신 속에서 대왕은 그렇게 말하면서 자장이 신국에서 이상을 실현해 갈 수 있도록 해주겠노라고 약속하고 있었다. 세월은 이미 저만치 흘렀고 젊은 혈기로 여인을 사랑하던 남자는 없었다. 순정으로 젊은 남자를 그리워하던 여인도 이젠 없었다. 오직 모든 것을 다 버리고 진리를 찾겠다는 불자와 목숨을 걸고 신국의 사직과 백성을 살리겠다는 여왕이 있을 뿐이었다.

그로부터 며칠 후 자장은 당 태종의 부름을 받고 궁으로 갔다.

"그대의 불도가 높아 우리 제국 안에서도 칭송의 소리가 높기에 나 또한 그대를 아끼는 마음이 크다오. 그런데 그대 나라 왕이 내게 표문으로 그대를 본국으로 돌려보내 달라고 요청하였소. 그대의 뜻은 어떠한가?"

자장은 태종에게 고개를 조아리고 잠시 숨을 죽였다. 춘추가 다녀간 이후 그는 밤마다 같은 꿈을 꾸고 있었다. 잠이 들어도 잠에서 깨어도 그의 마음은 번뇌로 가득 차 자신의 갈 길을 정하지 못하고 있었다. 당 태종 앞에 불려가 질문을 받는 순간도 마치 잠이 든 듯 꿈에서 본 광경이 떠올라 마음을 어지럽혔다.

꿈에서 그는 당의 오대산을 오르고 있었는데 갑자기 신령스런 문수보살이 나타나 물었다.

"그대는 어찌하여 자기 나라를 떠나 이곳까지 왔는가?"

"부처님의 진리에 이르는 길을 구하기 위해서입니다."

문수보살이 다시 물었다.

"그대 나라에는 어떤 어려움이 있는가?"

"우리나라는 북쪽으로는 말갈과 닿아 있고 남쪽으로는 왜와 이어져 있으며 고구려와 백제 두 나라가 번갈아 가며 국경을 침범하여 이웃의 침입이 잦으니, 이것이 백성의 고통입니다."

"그대 나라 대왕은 이미 불기(佛記)를 받은 몸으로 부처와 특별한 인연이 있으니, 동이족이나 중국의 종족과는 다른 신분이다. 대왕은 불도가 높으나 산천이 험준한 탓에 백성의 성품이 거칠고

사교(邪敎)를 믿어 때때로 천신이 재앙을 내리는 것이다. 그러니 빨리 왕에게로 돌아가라.”

“허면 고국으로 돌아가 무슨 일을 하면 이롭겠습니까?”

“본국으로 돌아가 황룡사라는 절에 9층탑을 세우면 이웃나라들이 항복하고 동방의 아홉 나라가 와서 조공을 바칠 것이며 백성들이 영원히 편안할 것이다. 탑을 세운 후 팔관회를 열고 죄인을 풀어 주면 밖의 적이 해를 끼치지 못할 것이다.”

문수보살은 말을 마치자 연기처럼 사라져버렸다. 자장의 귀에는 꿈속 문수보살의 목소리가 아직도 생생했다.

그가 말이 없자 당 태종이 다시 물었다.

“그대 생각은 어떠한가?”

자장이 천천히 마음을 가다듬으며 대답했다.

“소승이 불가와 인연을 맺게 된 것 또한 우리 대왕의 덕이었고, 대국 당에 들어와 더 높은 부처의 경지를 엿보게 된 것 또한 우리 대왕의 은혜였으니, 작금에 와서 신국이 주변국으로부터 위협을 받아 우리 대왕께서 소승을 필요로 하시는데 어찌 부름에 응하지 않을 수 있겠나이까. 지난 7년간 폐하의 돌봐주신 은혜 크오나 이제 본국으로 돌아가고자 하오니 허락하여 주시옵소서.”

당 태종은 수염을 만지작거리며 고개를 끄덕거렸다.

“그대 나라 왕이 그대를 당에 보내 줌이 이때를 위한 것인지 어찌 알겠는가? 본국으로 돌아갈 것을 허락하노라. 그대에게 비단 가사 한 벌과 귀한 비단 500단을 내리겠노라.”

태종은 자장에게 많은 선물을 하사했고 태종의 태자 역시 비단 200단과 그 밖의 많은 예물을 내려 주었다. 자장은 궁에서 물러나와 속히 돌아갈 준비를 서둘렀다.

'돌아가리라, 돌아가서 대왕에게 진 빚을 갚으리라. 그리고 나의 이상을 이룩하리라. 때가 도래하였다, 당에서 얻은 큰 가르침을 신국에 전파할 때가 되었도다!'

자장은 그를 따르는 제자들을 이끌고 신라로 돌아가는 배에 올랐다. 한때는 실의에 빠져 세상을 등지려 했던 자장, 삶을 발견하고도 변방에 머물러야 하는 가문 때문에 차라리 세상을 떠나 불가에 귀의하여 수도에 전념해온 자장이었다. 그러나 이제 자신의 이상과 야심을 펼쳐볼 기회를 맞이하고 있었다. 생명을 주었던 여인 덕만, 그녀가 이번에는 자신의 이상을 실현시켜 줄 기회를 던져 주고 있었다.

❋ ❋ ❋

왕의 배려에 따라 자장은 서라벌의 분황사에 머물렀다. 왕은 시중들 여인들과 귀한 물건들을 풍족히 내려 주었다. 자장법사가 귀국하여 분황사에 머문다는 소식이 전해지니 수많은 왕실 사람들과 귀족들이 분황사로 몰려들어 날마다 인파를 이루었다.

자장은 시일을 두지 않고 바로 월성으로 들어갔다. 대왕의 얼굴

에는 어느덧 세월의 흔적이 보였지만 마음을 파고드는 형형한 눈
빛만은 여전했다.

"잘 돌아와 주시었소."

반가움과 안도감이 가득한 목소리로 대왕은 자장을 반기었다.
대왕은 자장을 가까이 다가오게 한 후 나지막한 목소리로 말하기
시작했다. 서로의 몸과 마음을 살뜰히 아는 두 사람에게 군신으로
서의 형식적인 재회의 말은 필요하지 않았다. 다시 부른 이유도
다시 돌아와 준 이유도 너무나 잘 이해하고 있는 두 사람이었다.

"법사, 그대가 할 일이 무엇인지 알고 있으리라 믿소."

"신은 대왕의 마음을 십분 헤아리고자 하옵니다."

"고구려와 백제의 침략이 빈번하여 백성들의 마음이 불안과 우
려에 떨고 있소. 삼국의 혈투는 이제부터 본격적으로 시작되는 것
임을 법사도 잘 알 것이오. 위기는 곧 기회이니, 신라는 앞으로의
전쟁을 이기고 삼국을 아우르는 제국으로 성장할 것이오. 법사!
백성들의 마음이 떠나면 천운도 기우는 법. 앞으로 이어질 전쟁의
소용돌이를 잘 견뎌나갈 수 있도록, 법사가 백성들의 마음을 하나
로 모아 주시오!"

왕은 곧 신이었고 부처는 곧 왕이라. 불교의 숭상은 왕권을 강
화해 나가는 방법이었다.

"신라는 예부터 대왕을 살아있는 신으로 모셔왔습니다. 왕은 살
아있는 부처님이옵니다. 신라를 생불이 다스리는 불국토로 만들
겠나이다."

덕만은 고개를 끄덕였다.

"무엇을 원하시오? 무엇이든지 말해 보시오."

"제가 당에서 오기 전에 문수보살을 꿈에 뵈옵고 계시를 받았나이다. 서라벌 월성 남쪽에 있는 황룡사에 9층탑을 지으면 천하가 태평할 것이라 하였습니다. 또한 당에서 가져온 부처님의 진신 사리를 안치할 절을 크게 짓겠나이다. 수많은 백성들이 부처님의 진리를 깨닫는 역사가 이뤄질 것이며 왕의 은혜에 감사하는 마음을 가질 것이옵니다."

"그리 행하시오!"

덕만은 자장이 원하는 모든 것을 들어주기로 했다. 자장은 신라에서 불교를 크게 전파하고자 했고 덕만은 그런 자장의 위업을 통해 백성들을 안정시키고 국난을 극복해가는 힘을 얻고자 했다.

"전하, 오랜 전쟁으로 백성들의 생활이 곤궁해지는 이 때 탑을 짓고 절을 짓는 부역을 일으키면 오히려 백성들의 원성이 높아질까 하옵니다."

상대등 수품이 반대를 하고 나섰다.

"그럴수록 백성들의 마음을 한곳에 모으는 것이 중요하오."

덕만은 이렇게 수품의 말에 대꾸한 뒤 모든 군신들을 내려다보며 선포했다.

"당에서 온 자장법사를 대국통으로 삼고 승려의 모든 규범을 주관하게 하노라. 불교가 동방으로 들어온 지 비록 오래 되었으나, 불법을 유지하고 받드는 규범이 없으니 잘 만들어진 이치가 아니면 바로잡을 수가 없는 법. 자장법사는 도가 높은 부처님의 계율을 온 서라벌에 가득 채워 주시오!"

대왕이 불교를 적극 장려하자 나라 안에 열 집 가운데 여덟아홉 집은 불법을 받은 이가 나올 정도로 불교가 크게 일어났다. 또 덕만과 자장은 함께 통도사를 짓고 금강계단을 쌓아 승려가 되고자 하는 많은 사람들을 득도케 하였다.

이처럼 자장이 대국통의 지위를 얻어 온 나라에 불교를 크게 일으키며 왕실에 드나들자 그를 따르는 무리가 많아졌다. 백성들은 그를 통해 부처님의 영험함과 자비함에 감복하고 덕만대왕을 살아있는 생불로서 숭배하기 시작했다.

정관 17년 계묘년(643년)에 신라의 선덕왕이 (당에) 표문을 올려 자장을 돌려보내 주기를 요청하자, 당 태종은 조서로 허락하고…….

그가 돌아오자 온 나라가 기뻐하며 환영하고 …… 분황사에 머물게 하면서 극진히 대접했다……

자장이 이런 좋은 기회를 얻자 용기가 솟아나 (불교를) 널리 전파하고자 했다. …… 한 시대에 불법을 보호함이 이때에 성대해졌다.

〈삼국유사 권 제4 (의해 제5)〉

"풍랑이 이리 심해서 어찌 중국까지 간단 말이오?"

사람들은 술렁거렸다. 춘추 역시 불안한 마음에 산채만 한 파도를 망연자실 하여 바라볼 뿐이었다. 여름이 지나고 가을로 들어서는 9월, 해마다 이 맘 때면 큰 비바람으로 난리가 나곤 하는 것을 모르지 않았건만 위험을 무릅쓰고 나선 뱃길이었다.

"바다신이 노한 거야, 바다신의 화부터 풀어야 파도가 잠잘 거야……."

사람들의 웅성거림이 먼 나라에서 들려오는 환청인 양 아득했다.

"풍랑을 잠재우는 길은 하나뿐입니다. 나리, 어서 용단을 내리십시오."

뱃사람의 말을 듣고 춘추는 뒤를 돌아보았다. 뒤에 있는 여자들은 겁을 먹고 온몸을 쭈그리고 모여 있었다. 신국의 여인들 중에서 가장 아름다운 자로 뽑아왔으니 풍랑 속에서도 빛이 날 정도로 아름다웠다. 비록 신분이 낮은 여인들이었지만 그 아름다움으로 인해 선발되어 당 황제 앞으로 나아갈 때는 신라 왕족의 여인으로 화려하게 꾸며질 터였다.

"저 여인들은 당 황제에게 바치려고 준비한 선물이니, 여기 바다에 던진다면 무엇을 가지고 당 황제에게 나아간단 말이오."

춘추가 대답했다.

"그럼 무엇으로 고사를 지낸단 말입니까?"

뱃사람들은 겁에 질려 물었다.

온몸이 바닷물에 젖어 있었다. 입가에는 짠맛이 감돌았다. 동맹을 맺은 고구려와 백제는 신라에 대한 총공격을 준비하고 있었고, 춘추는 하루가 멀다 하고 거드름을 피우는 당 황제를 만나기 위해 대륙의 문턱이 닳도록 드나들고 있었다.

지난 정월 조회에 참석했을 때에도 고구려, 백제의 사신은 신라 사신인 김춘추를 따돌리며 여제 간 친목을 과시했었다. 다시 당으로 들어가는 춘추는 서라벌을 떠나오기 전 덕만대왕이 내린 지엄한 명을 되새기며 마음이 더욱 무거워졌다.

"무슨 감언이설로 속여서라도 지원 약속을 받아내야 한다. 당나라 사람들이 색을 좋아한다 하니 신국의 여인들 중 가장 아름다운 여인을 골라 특산물과 함께 당에 바쳐라. 우리 땅을 넘보는 이리 떼를 쫓아내기 위해서는 범을 끌어들여야 할 것이니라!"

춘추는 눈을 질끈 감았다. 아직도 밤마다 고타소의 처참한 모습을 보는 악몽에 시달리는 그였다. 차라리 세찬 파도가 덮치는 바다 위라는 현실이 고타소의 죽음을 보는 악몽보다 견딜 만했다.

"음식을 내오너라! 그것으로 고사를 지낼 것이다!"

말이 떨어지기가 무섭게 큰 파도가 덮쳐왔다. 여인들은 비명을 지르고 뱃사람들은 분주히 움직였다.

"어서 제물을 내와라!"

춘추는 똑바로 서 있기도 힘든 상황 속에서도 고함을 질러대며

난파 직전의 배 위에서 고사를 지냈다.

해신이여 우리를 무사히 당이 있는 대륙으로 보내주소서, 우리
가 바다 밑으로 가라앉아 버린다면 당 황제의 지원을 받아낼 수
없으니, 해신이여 나를 버리지 말아 주소서, 원통하게 죽은 내 딸
고타소의 넋을 불쌍히 여기소서!

* * *

이세민. 당 황제인 그는 형제를 죽이고 황위에 오른 야심찬 인
물이었다. 비록 나이 불혹을 넘기면서부터 눈에 띄게 몸이 쇠약해
지고 있었으나 젊은 시절 아버지를 부추겨 군웅을 평정하여 제국
을 통일한 위업을 달성한 강한 군주였다. 주변국에게 막강한 권력
을 행사하여 수많은 나라들이 앞다퉈 조공을 바치며 제후국이 되
었고 고구려, 백제, 신라 역시 당의 제후국으로서 해마다 조공을
바치고 있었다.

험한 풍랑 속에 죽을 고비를 넘기고 당도한 춘추는 당 황궁에 들
어와 이세민 앞에서 절을 하며 예를 갖췄다. 황제가 앉은 높은 황
좌는 까마득히 멀고도 높았다. 황제의 게슴츠레한 눈이 춘추의 눈
을 뚫을 듯이 쳐다보고 있었다. 춘추는 숨이 막힐 듯 등에서 땀이
흘렀지만 내심 마음을 단단히 먹고 숨을 고르고 나서 서라벌에서
부터 덕만과 논의한 대로 당 황제를 향한 바람을 읊기 시작했다.

"고구려와 백제가 우리나라를 침략하여 수십 성의 공격을 받기도 여러 번인데 근자에는 고구려와 백제가 군사를 연합하여 기어코 우리나라를 취하려 하고 있나이다. 특히 이번 9월에는 대대적으로 병사를 모아 당으로 들어오는 당항성을 취하는 것을 시작으로 여·제가 총공격을 해올 모양이니, 그렇게 되면 우리의 사직을 정녕 보전할 수 없을 것이어서, 저희는 대국에 귀의하여 대국의 군사 지원을 빌어 구원을 받으려 하는 것이옵니다."

구원을 청하는 춘추에게 이세민은 동문서답을 하듯 반문했다.

"나는 그대의 나라가 고구려, 백제의 침략을 받는 것을 실로 안타깝게 여기고 있다. 그래서 자주 사신을 보내 화친하도록 권고하였으나 고구려, 백제가 돌아서면 내 당부를 저버리고 다시 침략하곤 하니 기필코 그대 나라를 분할할 모양인 듯하구나. 그대 나라에서는 어떤 묘책을 가지고 이 화를 면하려 하느냐?"

춘추는 목구멍으로 침을 삼키며 구원을 청한다는 말만 되풀이할 뿐이었다.

"저희는 궁한 형편에 처하고 계책이 다하여 오직 위급함을 대국에게 알려서 보전하기를 바랄 뿐이옵니다."

황제는 수염을 만지작거리며 아무 대꾸도 하지 않은 채 춘추를 내려다보았다. 춘추의 입술이 바싹바싹 말라 타들어가고 촌각이 한 해처럼 길었다. 식은땀을 흘리고 있는데 이윽고 황제가 입을 열었다.

"내가 세 개의 방책을 내놓을 테니 그대 나라를 구하기 위해 가장 적합한 것이 무엇일지 생각해 보거라. 내가 변방의 군사를 조금 보내서 거란과 말갈을 거느리고 곧 요동으로 쳐들어간다면 고구려의 위협으로부터 그대 나라는 저절로 풀리게 되므로 일 년 동안은 위기를 늦출 수 있을 것이다. 그러나 내가 계속 요동에 우리 군사를 주둔해 주지 않으면 도리어 큰 화가 미칠 터이니 그대 나라에겐 조금 미안한 일이나 이것이 첫째 방책이다.”

“예, 예.”

“또 내가 그대에게 수천의 붉은 옷과 붉은 기를 주어 고구려, 백제 군사가 쳐들어 올 때 그것을 세워 벌여 놓으면 저들이 우리 당의 군사가 온 줄 알고 필연 달아날 테니 이것이 두 번째 방책이 된다.”

“예, 예. 그러하옵니다.”

춘추는 연신 고개를 조아리며 황제의 세 번째 방책을 기다렸다.

“백제는 자기네 해역이 험한 것만 믿고 병기구를 수리하지 않고 남녀가 섞여 연회만 계속 하니 내가 수십 백선에 갑졸을 싣고 조용히 다가가 급습해 주어서 그대 나라를 돕고 싶은 마음도 있지만……. ”

“예, 예.”

“사실 그대 나라가 하루도 편할 날이 없음은 왕이 여자이어서 주변의 업신여김을 받고 있기 때문이니 백제를 급습해 주기보다는, 내가 나의 친척 한 사람을 보내어 그대 나라의 왕으로 삼는다면 주변 나라가 함부로 쳐들어올 수 없지 않겠느냐. 물론 혼자서

갈 수는 없을 테니 군사를 보내어 보호케 하고 그대 나라가 안정되면 다시 정사를 인도해 주리라. 이것이 나의 세 번째 방책이다. 그대는 어느 것을 따르겠는가?”

작정하고 신라 사신을 희롱하는 당 황제 앞에서 춘추는 입술을 깨물었다. 그의 말에 흥분하여 자칫 잘못 입을 놀렸다가는 지원은커녕 더 큰 화를 부를 게 뻔했다. 치욕스러움에 몸이 떨렸다.

“예, 예.”

“어느 것을 따르겠냐고 묻지 않느냐? 아무 대답도 못하다니 그대는 내 앞에 나와 군사를 구걸할 인재가 못 되는구나. 신라 왕이 어찌 너 같은 위인을 감히 내게 보냈단 말인가?”

춘추의 등이 식은땀으로 다 젖어 들어갔다. 당 황제의 발바닥이라도 핥아야 하리라…… 덕만의 말을 곱씹었다.

“황제의 고책에 신이 어찌 토를 달고 무엇을 택하겠나이까. 그저 하늘이 내린 계책으로 저희 나라를 구원해 주기만을 간청할 따름이옵니다.”

“그래서?”

“감히 아뢰옵기는 고구려의 횡포가 날로 심하여 당 제국의 위엄을 따르지 않고 백제를 충동질하여 그가 삼국의 주인인 양 행세하려는 것이오니 어찌 이를 두고만 보오리까. 또한 고구려와 백제가 기어코 당항성을 취한다면 신라는 당으로 가는 길이 막혀 버리고 제후국으로서 당 황제에게 예를 다할 방도가 없게 되며 당으로서도 충성스러운 제후국인 신라를 잃게 될 것이옵니다. 대국을 섬기는 제후국으로서 제국의 위엄이 천하에 높이 드러나기를 소원하나이다."

이세민의 눈이 잠시 반짝였다. 고구려, 그것은 가슴에 묻어 둔 이루지 못한 야심의 한 끄트머리였다.

당 태종의 조롱을 온몸으로 받고 돌아온 춘추의 이야기는 신라 조정을 흥분시켰다. 춘추가 받은 모욕은 곧 덕만이 받은 모욕이었다. 그러나 덕만은 차갑게 웃을 뿐이었다. 그리고 춘추의 노고를 치하했다.

"잘 하고 돌아왔다. 당 황제에게는 충실한 제후국이 필요하고 우리에겐 힘 있는 범이 필요하다. 그는 분명 미끼를 물고 달려들 것이다. 내 백성을 살릴 수만 있다면 범의 조롱이라도 달게 받으리. 당 황제의 조롱이 모욕이 아니라 내 백성이 죽어가는 것이 내게 치욕이니라. 고구려, 백제의 이리 떼를 쫓아내기 위해서는 범을 끌어들여 범과 이리떼가 싸우게 만들 것이다. 만약 범이 우리를 향해 발톱을 드러낸다면 그때는 다시 이리떼를 끌어들여 범을 내쫓으리라. 범의 아가리에는 썩은 고기 따위나 던져 주리라!"

❋ ❋ ❋

온통 불길이었다. 이승인지 저승인지도 분간이 안 되고 오직 불길이 가득하여 아귀지옥인 것 같기도 했다.

"나와라, 모두 한 칼에 베어 주리라."

적장의 고함소리가 천둥번개처럼 천지에 가득한 가운데 모두가 피를 흘리고 쓰러졌다. 불길은 번져가고 붉은 피는 피대로 땅을 적시며 흥건했다. 가만히 보니 그곳은 백제의 사비성이었다. 이럴 수가!

"안 돼!"

아비지는 벌떡 일어났다. 백제가 멸망하는 꿈을 꾸다니. 그는 등골이 오싹해져서 일어났다. 밖으로 나와 보니 서라벌 황룡사의 하늘이었다.

지난 해 백제에 있을 때 일이 생각났다. 신라 황룡사에 있다는 한 스님이 그를 찾아 왔었다. 구경도 해보기 힘든 금은보화를 건네며 신라 황룡사에 탑을 지어달라고 했다. 평생 일해도 구할 수 없는 재물이었다. 더구나 탑만 완성되면 그 두 배를 준다고 했다. 백제 최고의 장인 아비지는 그렇게 서라벌로 건너왔었다. 그런데 탑 건축의 가장 중요한 기둥 세우는 일을 앞두고 이유도 없이 내내 심란하더니 이런 꿈까지 꾼 것이다.

'불길한 징조야. 내가 짓고 있는 탑이 백제에게는 재앙이 되는 게 틀림없어.'

"어찌하여 일을 쉬고 있는 것이오?"

며칠이 지나자 총감독을 맡고 있는 용춘 전군이 와서 물었다. 용춘은 왕의 명으로 우산국에서 울릉도와 독도 등의 섬을 관리하다가 다시 부름을 받고 돌아와 황룡사 9층탑의 대역사를 감독하고 있었다.

아비지는 감독의 눈을 똑바로 마주하지 않은 채 딴전을 피웠다.

"더 이상 못하겠습니다."

"뭐라고?"

구슬려도 채근해도 아비지는 입을 꾹 다문 채 방에 들어앉아서 탑 짓는 공사장에는 나와 보지도 않았다. 기둥을 세우고 공사에 박차를 가하여야 할 시점에 공사가 딱 멈춘 것이다. 다음날도 아비지는 나가지 않았다. 그렇게 방에만 틀어박혀 있는데 밖에서 그를 부르는 소리가 들렸다.

"아비지는 나와서 대왕께 예를 갖추라."

'뭐라고? 왕이라니. 공사장에 대왕이 왜 행차했단 말이냐?'

아비지는 자신의 귀를 의심하고 밖으로 뛰어나가 보니 신라의 여왕이 서 있었다. 여인을 왕으로 섬긴다는 말은 들었지만 직접 마주하기는 처음이었다. 여왕은 아라비아 상인들만큼이나 키가 커 보이는 데다가 나이를 가늠할 수 없을 정도로 고운 얼굴과 깊은 눈을 하고 있었다. 아비지는 왕 앞에서 몸 둘 바를 몰라 하며 절을 했다.

"나를 따라 오시오."

대왕은 그렇게 말하고 아비지를 탑 터 쪽으로 이끌었다. 그리고 아직 기둥도 올라가지 않은 탑 터를 손가락 끝으로 가리키며 말했다.

"아느냐? 신라에서 황룡사는 예로부터 영험한 절이라 불린다.

원래 이 자리엔 왕궁을 지으려다가 터에 용이 나타난 것을 보고 궁이 아니라 절을 짓고 '황룡사' 라 이름 지었다. 또한 불교의 나라 인도에서 떠나보낸 배가 수백 년을 떠돌다 신라 해안에 당도하였는데 그 배에는 황철과 황금이 실려 있었고 불상을 만들어 달라는 편지가 있었다. 우리 신라는 그 인연으로 황룡사에 장륙크기(5미터 정도)의 불상을 만들었다. 이제 이 영험한 곳에 탑을 세우려 하니 세워질 탑은 신라 백성들의 희망이다. 대국인 당에도 없고 삼국 어디에도 없는 가장 높은 탑, 천하 가운데 가장 높은 탑, 세세토록 영원한 불멸의 탑을 짓는 것이다. 서라벌 어디에서도 하늘 높이 솟은 이 탑이 보일 것이니 신라 백성은 어느 곳에서 무엇을 하다가도 탑을 바라보고 부처님을 생각하며 발원을 할 것이며, 이 탑을 지은 위대한 장인의 손을 기억할 것이다. 백제를 염려하느냐? 신라니 백제니 하기 이전에 부처님의 일을 하는 것이다. 아비지, 그대의 손으로 이뤄 주시오!"

대왕은 아비지를 뒤돌아보며 손을 잡았다. 일국의 대왕이었다. 그러나 아비지에게 극진한 예우를 갖춰 위업을 이뤄달라고 부탁하고 있었다. 아비지는 흔들리는 마음으로 덕만을 바라보았다. 문화를 숭상한다는 백제에서조차 장인에게 이런 예우를 갖춰준 바가 없었다.

말로만 듣던 여왕을 마주하니 아비지의 눈에 비친 여왕의 모습은 세상 사람이 아니라 마치 부처님이라도 살아 나온 듯 신비로웠다. 아비지는 흔들리는 마음을 감추지 못했다. 덕만은 아비지의 눈을 마주 보며 그의 손을 꼭 잡았다.

"하오나…… 신은 백제 사람으로서……."

아비지는 덕만의 시선을 피해 고개를 숙이며 말을 꺼냈다. 그러나 이미 흔들린 마음이기에 입 밖으로 말이 잘 나오지 않았다. 아비지가 말을 머뭇거리는데 갑자기 사위가 어두워지더니 바람이 불기 시작했다. 먹구름이 몰려오고 급기야 비가 쏟아지고 천둥 번개까지 쳤다.

"안으로 들어가시지요."

시종들이 왕에게 권했다.

"괜찮다."

덕만은 하늘을 올려다보며 다시 아비지에게 말을 이었다.

"상상해보라. 그대가 만든 탑이 세세토록 남아서 후손들에게 칭송받는 모습을. 대국 당나라도 만들지 못하는 9층탑을 그대 손으로 세우는 것을. 부처님의 자비가 온 세상에 가득할 것이다."

비바람과 천둥번개가 더욱 거세졌다. 온 세상이 천둥소리에 흔들리고 비바람에 젖어들어 갔다. 덕만 역시 비에 흠뻑 젖었다. 아비지는 이윽고 허리를 굽히고 왕에게 절을 했다.

"신 아비지, 이 모든 것을 하늘의 뜻으로 알고 위업을 달성하는데 소명을 다하겠나이다. 흐흐흑."

대왕은 아비지의 등을 두드려 준 후 돌아서 용춘전군에게 말했다.

"오늘 당장 기둥을 올리기 시작하시오!"

"예!"

용춘전군이 대왕에게 고개를 숙였다. 뒤에 서 있던 아비지와 200여 명의 탑 짓는 일을 돕는 공장들도 그 자리에 엎드려 절을 했다. 자장법사가 황룡사를 나서는 대왕을 모셨다. 왕의 행차가 황룡사를 나와 주작대로를 빠져나가자 거세던 빗발은 감쪽같이 개어 버렸다.

선덕왕은 보물과 비단을 가지고 백제로 가서 공장을 청하게 했다. 아비지라는 공장이 명을 받고 와서…… 처음 탑의 기둥을 세우던 날 아비지는 백제가 망하는 꿈을 꾸었다.
그래서 마음속으로 의심이 되어 손을 떼려 했다.
그러자 갑자기 대지가 진동하고 사방이 캄캄해지더니 한 노승과 장사가 금전문에서 나와 그 기둥을 세우고 모두 사라졌다.
공장은 뉘우치고 탑을 완성했다.

〈삼국유사 권 제3 탑상 제4〉

❋ ❋ ❋

신라는 우리 당나라를 섬기고 조공을 거르지 않으니
고구려와 백제는 더불어 각기 전쟁을 그치는 것이 마땅할 것이다. 만일 또다시 신라를 친다면 명년에는 (우리 당이) 군사를 일으켜 그대 나라를 칠 것이오.

신라의 끈질긴 외교전에 마음이 움직인 당 이세민은 고구려와 백제의 두 나라에 이 같은 친서를 동시에 전달했다.

"이건 또 무슨 소린가?"

644년 정월. 당 이세민의 친서를 전해 받은 백제 의자왕은 당혹스러웠다. 각국의 사신들이 당의 조회에 참석하고 조공을 바치며 당 황제에게 인사를 아뢰고 돌아온 직후였다.

"신라를 치면 고구려와 백제를 당이 치겠다니. 언제 신라와 당이 이만큼 가까워졌단 말이냐."

당 이세민의 친서를 무시할 수 없는 의자왕은 사죄의 뜻을 전하는 글을 친히 적어서 당 사신에게 전했다.

반면 고구려는 반대의 길을 갔다. 같은 내용의 친서를 받았지만 왕권을 대신 행사하고 있는 연개소문은 당 사신에게 불편한 심경을 그대로 드러냈다.

"신라가 빼앗아간 우리 땅 500리를 돌려주지 않으면 싸움은 절대로 그칠 수 없소이다."

"이미 지나간 일을 거론해 무엇하랴. 고구려 요동의 성들도 본래 중국의 군현이었지만 우리는 오히려 말하지 않거늘 고구려는 어찌 신라로부터 옛 땅을 꼭 찾으려하는 것인가."

"으흠!"

연개소문은 불편한 심기를 그대로 드러내며 당의 사신 '상리현장'을 홀대하여 돌려보냈다. 상리현장은 돌아가 이 일을 당 황제에게 상세히 아뢰었다. 고구려, 백제로 하여금 신라에 대한 침략을 중단시켜서 제국의 위엄을 드러내고자 했던 황제 이세민은 고구려 연개소문으로부터 무시를 당하자 크게 화를 냈다. 고구려가 제국의 위엄을 무시하고 삼국의 주인 행세를 한다는 신라 사신 김춘추의 말이 정말 맞구나 싶었다.

"연개소문이 자기네 임금을 죽이고 그 대신들과 인민들을 잔학하게 해칠 뿐만 아니라 지금 또 나의 명까지 어기니 정벌에 나서지 않을 수 없다! 군사를 모아라. 요동 정벌에 나설 것이다!"

신라가 던진 미끼를 물게 된 이세민은 충신들의 반대를 무릅쓰고 고구려 정벌을 선포했다. 전쟁에 물이 올랐던 백제는 갑자기 뒷걸음질을 쳤다. 설불리 나섰다가 고구려처럼 당의 표적이 될지 모를 일이었다. 수 양제의 요동 침략을 막아내고 한동안 평화를 누리던 요동 지역에 전운이 감돌자 고구려 역시 남쪽의 영토에는 신경을 쓸 여유가 없어졌다.

당 황제가 미끼를 문 고기처럼 요동정벌을 결정하고 대대적인 징병에 나서자 쾌재를 부른 것은 신라였다.

"상장군 김유신을 대장군에 임명하노라. 백제와 고구려가 주춤하니 신라에 때가 이르렀도다. 대장군 김유신은 이때를 놓치지 말고 나아가 백제의 7성을 빼앗아라."

드디어 신라의 덕만대왕이 백제 침략의 명을 내렸다. 여왕은 김유신을 무관 최고의 자리인 대장군의 자리에 앉히고 길을 열어 주었다.

고구려, 백제의 빈번한 침략을 근근이 막아내면서 김유신을 압량주로 보내 군사를 기르고 병기를 정비해 오다가 때를 만난 것이다. 신라의 대 반격이었다.

유신은 병부의 군사 5천과 압량주에서 그동안 직접 훈련시킨 향군을 모아 서쪽으로 향했다. 동화성, 가소성, 성열성, 거시성, 남내성, 속함성, 가혜성 등 7성은 백제의 전략적 요충지로서 얼마 전에 신라가 백제에게 빼앗긴 대야성 부근에 위치하고 있었다. 특히 가혜성은 대야성 입구까지 흐르는 큰 물길이 있는 곳이어서 가혜성을 얻는다면 대야성을 되찾을 수 있는 길을 여는 것이나 마찬가지였다.

"각 장수는 거시성, 남내성, 속함성을 함락시킨 후 가혜성으로 집결하라!"

유신은 소성들을 장수들에게 각기 맡기고 자신은 직접 동화성으로 바로 진격하였다. 거시성, 남내성, 속함성은 모두 큰 모성(母城)의 자성(子城)들로서 갑작스런 신라의 습격을 받자 바로 봉화를 올려 모성인 동화성과 성열성에 원군을 요청했다. 동화성과 성열성 성주가 자성에 원군을 보내자 성의 군사들이 빈 틈을 타 김유신의 군대가 두 패로 나뉘어 동화성과 성열성을 휩쓸었다. 그리고 그 여세를 몰아 거시성까지 공취한 후 가혜성으로 집결했다. 모성이 순식간에 함락되자 전의를 상실한 자성들 역시 쉽게 함락되어 가혜성 부근에 집결한 신라군은 총공격을 펼쳐 가혜성까지 손에 넣었다.

"조금만 더 내려가면 백제에게 빼앗긴 거타주 6성과 대야성이 있습니다, 대장군!"

장수들은 좀 더 진격하자고 흥분을 감추지 못했지만 유신은 그렇지 않았다.

"한꺼번에 7성을 빼앗긴 백제는 곧 다시 다른 변방을 침략해 올 것이 분명하다. 대야성이 눈에 아른거리지만 여기서 돌아가서 전열을 다시 정비해야 한다. 서라벌로 돌아간다!"

비록 부상병이 많고 사상자 수도 많았지만 승리의 기쁨에 유신의 군대는 힘찬 행보로 서라벌을 향했다.

❋ ❋ ❋

"멈추시오. 대왕의 전갈입니다."

서라벌로 막 들어서려는 즈음이었다. 월성의 관리들이 말을 타고 달려 나왔다. 그들은 유신 앞에 당도하자 말에서 내려 왕의 전갈을 전했다.

"덕만대왕께서 김유신장군에게 전하는 말씀입니다. 적이 이번에 매리포성을 침범해 와 대장군을 상주 장군으로 임명하니, 곧 길을 돌려 출정하라는 명령입니다."

"흠……."

역시 예상대로 여러 성을 잃은 백제가 일대 반격을 해오고 있었다. 매리포성(지금의 경남 거창)은 가혜성에서 얼마 떨어지지 않은 곳에 있는 성이었다. 병사들이 그 전갈을 듣고 웅성거리기 시작했다. 그러나 유신은 마치 짐작이라도 하고 있었던 것처럼 고개를 끄덕일 뿐이었다.

"대왕께서는 어떠하신가?"

"대왕께서는……."

관리는 잠시 말을 끊었다가 다시 이었다.

"대왕께서는 사람이 아닌 듯 밤이나 낮이나 깨어 계시고 장군께서 변방을 막는 동안 수시로 군신들을 모아 나랏일을 논의하시곤 합니다. 어제도 이찬 김춘추께서 대왕의 명으로 당에 들어가셨습니다. 누구도 대왕의 핏발 선 눈앞에서 감히 피로하고 힘겹다 말하지 못하고 있습니다. 더구나…… 어젯밤에는 대왕께서 각혈을 하셨습니다."

"뭐? 각혈이라고?"

유신은 눈썹을 치뜨며 놀란 눈으로 관리를 쳐다보더니 이내 침통한 표정이 되었다.

"대왕을 뵙고 출정하겠다."

"아니되옵니다. 바로 출정하라는 어명이셨습니다."

유신은 잠시 침묵하다가 고함을 치듯 말했다.

"가서 전하시오. 대장군 김유신이 백제로부터 7성을 빼앗았으며 이제 매리포성으로 달려가 침범한 적을 죽이고 성을 되찾아 오겠노라고!"

　시커멓게 그을리고 피곤과 상처투성이의 몸이었다. 대장군뿐만
아니라 모든 장수와 병사들도 마찬가지였다. 그러나 유신은 아랑
곳하지 않고 부상이 심한 사람은 돌려보내고 나머지 병사들은 전
열을 재정비하며 출발했다. 행군하다가 쉴 때마다 군사들에게 병
기를 손질하도록 시켰다. 7성을 빼앗기고 독이 잔뜩 오른 백제를
막아내려면 더욱 분을 내야만 했다.

　7성을 치러 출정할 때만 해도 가을이었지만 지금은 해가 바뀐
정초의 눈길을 행군했다. 일곱 성을 돌며 전쟁을 치르는 동안 해
가 바뀌고 계절도 흘러가 가을이 가고 겨울이 왔다가 추위마저 한
풀 꺾인 정월이었다. 비바람인지 눈보라인지 모를 정도로 질척대
는 진눈깨비가 서라벌 허공을 휘돌며 진저리를 쳤다.

❋ ❋ ❋

　"백제군을 막아라. 원군이 곧 도착할 것이다!"

　매리포성의 성주는 화랑 출신으로서 벼슬길에 올랐다가 덕만대
왕의 총애로 매리포성을 맡아 내려온 사람이었다. 그러나 독이 오
른 백제의 1만 대군을 성의 향군만으로 막아내는 것은 거의 불가
능했다. 성문이 뚫리자 백제군이 물밀듯이 파고 들어와 성을 점령
해 버렸다.

유신의 군대가 당도했을 때 이미 성은 적의 수중에 들어가 백제 군의 깃발이 휘날리고 있었다. 성 주변에는 시체들이 널브러져 있고 땅은 핏물로 흥건했다.

"적은 1만 군사라 하옵니다. 이미 교전하여 성을 차지하였으니 공연히 사상을 내지 않고 돌아가심이 좋지 않겠습니까?"

"성을 차지했다고는 하다 격전을 치르느라 적도 많이 지쳐 있을 것이다. 여기서 돌아가면 어찌 대왕을 뵐 수 있으리. 사다리를 대고 성벽에 올라 빼앗긴 성을 다시 찾을 것이다!"

"대장군, 매리포성은 특히 성벽이 높은 곳입니다. 다 오르지도 못하고 전멸당할 것입니다."

"하늘이 신라의 편에 설 것이다. 성벽을 올라라. 물러서는 자는 내가 용서치 않으리라. 성벽을 올라라!"

성벽 여기저기에 신라의 사다리가 세워졌다. 성 위에서 백제의 궁수들이 빗발치듯 화살을 쏟아냈다. 사다리를 대고 성벽을 오르는 신라 군사들은 온몸에 고슴도치처럼 화살을 맞으면서도 한 보 한 보 계속해서 올라갔다. 위에서 버티지 못한 군사가 떨어지면 아래서 한 명이 더 올라섰다. 위에서 두 명이 떨어지면 아래에서 두 명이 더 올라섰다. 바로 앞의 사람이 매달린 채 죽으면 다음 사람은 그 시체를 넘어 올라갔다. 사다리는 내동댕이쳐졌다가 수없이 다시 세워졌다. 그럴수록 화살은 더 빗발치고 뜨거운 물까지 쏟아졌다. 비명이 여기저기서 울려 퍼졌다.

그러나 신라군의 기세에 눌린 백제군이 먼저 지쳐갔다. 성 위에서 내려다보던 백제 장군 윤충이 부하에게 물었다.

"신라군을 지휘하는 저 자가 누구냐?"

"대장군 김유신이라 합니다."

"그렇다면 바로 얼마 전 백제 7성을 섬멸한 장군 아니냐. 백제 7성과 격전하고 돌아갔다가 바로 출정했단 말이냐?"

"그렇습니다."

드디어 한 명의 신라 군사가 성 위에 첫 발을 들여놓는 데 성공했다.

"뚫렸다. 넘어가라, 올라서라!"

"매리포성을 내놓아라. 매리포는 신라 땅이다!"

"매리포는 우리 대왕의 땅이다!"

하나의 틈이 뚫리자 신라군은 사기가 더 살아나 격렬한 기세로 올라섰다. 신라군이 점점 성 안으로 밀고 들어가고 곧이어 성문도 열렸다. 밖에서 엄호하던 신라 군대는 열린 문으로 들어가 백제군을 치기 시작했다.

"베어라. 한 놈도 남기지 말고 베어라!"

여기저기서 많은 목숨이 허공중의 나뭇잎처럼 칼에 베이며 떨어졌다. 백제군의 사기가 완전히 떨어지고 밀리기 시작하자 유신은 백제군을 성 뒤로 몰아갔다.

"성 뒤쪽으로 몰아라!"

신라군의 기세에 밀린 백제군은 퇴각하기 시작했다. 윤충은 김유신 군대를 피해 성 뒤쪽으로 도피했는데 그곳에는 유신이 미리

잠복시킨 병사들이 대기하고 있었다.

"퇴로가 막혔습니다, 장군!"

윤충의 부하가 말했다.

"패배한 장수는 살아 돌아가도 불명예가 있을 뿐이다. 끝까지 싸워라!"

뒤를 돌아보니 어느새 성 앞을 지키고 있던 김유신과 그의 군사들이 다가오고 있었다. 윤충은 흰 말에 올라탄 거구의 김유신을 직접 보자 긴장하지 않을 수 없었다.

"백제 장군 윤충이다. 덤벼라! 한 칼에 베어 주겠다."

윤충이라는 말에 김유신의 눈에 불꽃이 일었다.

"네가 우리 춘추공의 딸 고타소를 죽인 백제 장군이란 말이냐?"

"그렇다. 품석을 한 칼에 베고 그의 처 고타소를 장수들에게 조리돌림을 하고 죽였느니라."

"신라 장군 김유신의 칼을 받아라!"

김유신은 갑자기 윤충을 향해 말을 달렸다. 산천을 다 뒤흔들 것 같은 고함소리에 윤충과 그의 장수들은 순간적으로 뒤로 물러서며 김유신의 칼을 가까스로 피했다. 윤충의 장수들이 윤충을 엄호하며 함께 김유신의 칼을 막았던 덕분이었다. 김유신의 칼을 막은 장수들은 유신의 무서운 완력에 여러 보 밀렸다가 혼비백산하여 도망가기 시작했다. 쥐고 있던 칼도 놓쳐버린 윤충은 뒤도 돌아보지 못하고 말을 달렸다. 유신은 성안의 전쟁이 아직 끝나지 않았기에 더 이상 쫓지 않았다.

"언젠가 고타소의 원수를 갚아 주리라!"

잠시 후 성에서 신라군들의 승전의 기쁨에 찬 함성이 들려왔다

"와아, 와아!"

"백제 놈들을 물리쳤다!"

유신은 말 위에서 성을 돌아보았다. 백제 깃발이 내려가고 다시 신라의 깃발이 올라가고 있었다.

'대왕이여 당신이 사랑하는 신라의 깃발이오. 피 묻은 깃발이오.'

유신도 감격에 겨워 자신의 검을 쳐들고 소리를 질렀다.

"신라 만세!"

울분과 충정에 찬 사내의 목소리는 땅을 흔들고 하늘을 흔들었다. 검에도 정령이 깃드는지, 사내의 뜨거운 검도 불꽃을 튀었다.

'목숨 따위가 무엇이랴, 고통쯤이 또 무엇이랴. 시커먼 시궁창에 뒹굴어도 시뻘건 피에 흥건히 젖어도 끝까지 함께 가리라. 그대가 사랑하는 신라의 깃발이 온 세상에 휘날리게 할 것이오!'

❀ ❀ ❀

두 해에 걸쳐 이 전쟁터에서 저 전쟁터로 옮기며 전승을 거두고 있는 유신이 매리포성 전투에서 승리를 거두고 월성으로 돌아왔다.

"대장군 김유신 매리포에서 적 2,000명을 베고 돌아왔습니다!"

때는 춘삼월. 지난 정월 매리포성으로 출정하여 전승을 거두고 돌아온 지금 서라벌은 온통 봄꽃들이 만발해 있는데 오직 대왕의 혈색만 창백하기 이를 데 없었다. 그러나 대왕은 만면에 미소를 띠며 유신을 맞이했다.

"그대가 진정 신국의 영웅이다."

그때였다. 밖에서 신하가 뛰어 들어오며 외쳤다.

"급보입니다. 백제가 또다시 변방에 침략했다고 하옵니다."

급보가 들렸음에도 대왕의 눈은 전혀 흔들림도 없이 유신을 응시하고 있을 뿐이다. 그리고 잠시 후 유신을 향해 입을 열었다.

"나라의 존망이 달려 있으니 어찌 수고로움을 아끼겠는가? 대장군 김유신은 이 길로 즉시 적이 침략한 변방을 향해 출발하라!"

군신들이 일제히 고개를 들고 대왕을 쳐다보았다. 김춘추가 나섰다.

"전하, 대장군은 지난해부터 지금까지 한 번도 집에 들어가지 못하였는데 이번만큼은 다른 장군을 보내시옵소서."

여왕은 잔잔하게 미소 지으며 말을 이었다.

"모든 일에 때가 있나니. 시대는 영웅을 기다리고 있다. 대장군은 이때를 위하여 오랜 세월을 훈련하였으니 그 마음이 어찌 육신의 피곤함에 잦아들겠는가. 대장군뿐만 아니라 모두가 목숨을 걸어야 하는 때이니라."

그때였다. 김유신이 벌떡 일어서며 말했다.

"대장군 김유신, 왕의 명에 따라 지금 출발하겠습니다!"

그리고 발걸음을 떼려다가 여왕을 바라보았다.

세월은 강산을 뒤바꾸며 여러 번 지나갔다. 서로의 가슴 속에도 여러 번의 회오리가 지나갔다. 뜨거운 격정으로 함께 한 수많은 밤들도 이제 지나가고 없었다.

그러나 여전히 신국을 이끌어 나가겠다는 여왕과 마지막까지 함께 피를 흘리겠다는 맹세는 살아서 그의 가슴을 가득 채우고 있었다. 영웅을 꿈꾸는 사내와 그를 영웅으로 만들어 주는 여왕이 있었고, 영웅을 필요로 하는 격동의 시대가 그들 앞에 놓여 있었다. 두 사람의 강한 집념은 육신의 병과 전쟁의 공포를 모두 이기고 그들의 길을 완성해 가고 있을 뿐이었다.

유신은 월성을 나와 군사들을 이끌고 다시 길을 나섰다. 지친 병사들은 매리포성에서의 승리의 기쁨도 잠시, 집에 들러 식솔들도 보지 못한 채 다시 전장으로 간다고 하니 실망감을 감추지 못하고 마지못해 장군을 따랐다.

개선한 군대가 다시 전장을 향하자 행렬 양쪽으로 백성들이 인산인해를 이루며 나와 손을 흔들었다. 길게 이어진 군대의 행진은 곧 김유신의 집 재매종택 앞을 지나게 되었다.

"아버지!"

"나리, 나리."

"아버지."

김유신의 식솔들이 쏟아져 나와 백성들 속에 뒤섞였다. 수많은 함성 속에서 유신은 자신을 부르는 식솔들의 음성만은 똑똑히 구별해서 들을 수 있었다. 이때 수하의 장수가 유신에게 말했다.

"대장군 종택입니다. 잠시 들러 보십시오."

그러나 유신은 뒤돌아보지 않았다.

"촌각이 급하다. 어서 서둘러라!"

그렇게 행렬은 재매종택을 뒤로 하고 멀어져 갔다. 멀어질수록 식솔들은 목이 터져라 유신을 불러댔다.

한 번만이라도 보고 가소서. 건강한지 무사한지 두 눈 똑바로 보여주고 가소서!

앞만 보고 50보쯤을 걸어가던 유신이 문득 말을 멈춰 섰다. 그리고 바로 앞 허공을 응시하더니 장수에게 명했다.

"재매종택에 가서 우물물 한 사발을 떠 오너라."

"예, 대장군!"

명을 받은 장수는 급히 말에서 내려 유신의 집으로 뛰어가 우물물 한 사발을 떠서 대장군에게 바쳤다. 유신의 눈앞에 투명한 물빛이 어른거렸다. 그는 솟아오르는 느꺼움을 억지로 참아 삼키며 사발을 들어 한숨에 다 들이켰다. 그의 양 입술 끝자락으로 물이 흘렀다. 이윽고 물을 다 들이켠 유신은 투구 그늘 속에 일렁이는 눈빛을 감추며 장수에게 다시 사발을 건넸다.

"우리 집 물맛이 아직도 예전 그대로인 것을 보니 별일 없는 모양이구나! 이제 됐다. 가자!"

사발을 받아든 장수의 눈시울도 붉어졌다. 이 모습을 바라보던 병사들도 마찬가지였다.

"대장군께서도 식솔을 돌아보지 않건만, 어찌 우리가 식솔을 두고 떠남을 한스러워 할 수 있으랴."

유신이 병사들을 향해 외쳤다.

"신국의 운명이 우리 손에 달렸다. 어찌 사사로운 아픔을 크게 여기랴. 왕과 우리가 한마음으로 앞으로 갈 뿐이다!"

"가자, 백제 놈들을 쓰러뜨리자!"

"와아 와아!"

병사들은 함성을 질렀다. 결의에 찬 병사들의 함성이 서라벌 하늘에 퍼져 나갔다. 행진이 속도를 내기 시작했다.

선덕왕 13년(644) 9월에 왕이 김유신으로 대장군을 삼아 군사를 거느리고 백제를 치게 하니 크게 이겨 7개의 성을 빼앗았다.

선덕왕 14년(645) 유신이 백제를(7개 성) 치고 돌아와 아직 왕을 뵙지 못한 때에 백제의 대군이 또 변경을 침범하니 왕이 그에게 명하여 막게 하였다. 그는 집에 들르지 못하고 곧 가서 이를 쳐 깨뜨려 적 2,000명의 목을 베었다.

(3월에 돌아와 왕에게 보고하고) 아직 집에 돌아오지 못할 즈음에 또 백제가 침범한다는 급보가 있었다. ……유신이 또 집에 들르지 못하고 밤낮으로 군사를 훈련시켜 서쪽으로 떠날 때 행렬이 (자기의) 집 문 앞을 지나게 되었다. 집안의 남녀들이 바

라보고 눈물을 흘렸으나 그는 돌아다보지도 않고 갔다.

〈삼국사기 권 제5(신라본기 제5)〉

❋ ❋ ❋

지난 2년 동안 장막에 가려 제대로 보이지 않았던 탑의 모습이 만천하에 드러나는 날. 왕경 사람 모두가 기쁨에 들떠서 황룡사 주변에 모여들었다.

동서로 900척(약 270미터)에 달하고, 남북으로 363척(110미터)에 달하여 끝에서 끝을 볼 수 없을 정도로 넓은 황룡사였다. 그러나 새로이 세워진 탑은 끝이 보이지 않을 정도로 넓은 황룡사 담벼락 너머, 저 멀리 서라벌 끝에서도 훤히 보일 만큼 높았다. 서라벌 어디에서도 황룡사가 보이지 않는 멀리에서도 황룡사 하늘에 치솟아 있는 탑만은 보였다.

드디어 황룡사에 대왕이 당도하였다.

"장막을 거둬라!"

대왕의 명이 떨어지자 아비지의 안내에 따라 수백 명의 공장들이 한꺼번에 줄을 당겼다. 장막이 흘러내리자 탑의 모습이 확 드러났다.

"아아!"

"오오!"

여기저기서 탄성이 터져 나왔다. 탑 앞에서 아비지는 감격에 겨워 눈물을 흘리며 엎드렸다. 대왕의 눈도 하늘을 찌를 듯 솟아오른 탑을 올려다보며 뜨겁게 글썽였다. 대국통 자장법사도 벅찬 감동으로 염주를 쥔 손에 힘을 주었다.

서라벌 월성 동쪽, 수십 년 전 궁궐을 지으려고 땅을 파보니 황룡이 나와 궁이 아니라 절을 지었고 인도에서 건너온 황철과 황금으로 지은 장륙부처가 버티고 있는 신성한 절 황룡사였다. 그 황룡사에 나라를 지키는 황룡이 다시 살아 돌아온 듯 탑은 그렇게 하늘로 치솟고 있었다.

대국통 자장법사가 앞에 나와서 선포했다.

"철반 이상의 높이는 42자, 그 이하는 183자로 총 225자(약 70미터)의 장엄한 탑이로다. 당에서 가져온 부처님의 진신사리 100알을 탑 속에 봉인하였고 각 층마다 적을 섬멸하는 호국의 정신을 담았으니, 1층은 일본, 2층은 중화, 3층은 오월, 4층은 탁라, 5층은 응유, 6층은 말갈, 7층은 거란, 8층은 여적, 9층은 예맥을 억누르도다."

나라의 평안을 비는 인왕백고좌회(仁王百高座會)가 열렸다. 대국통 자장법사가 《인왕반야경》을 설법하였고 100명의 고승이 따르며 100개의 불상과 100개의 보살상을 모셔 놓고, 100개의 등불을 밝히고 100가지 향을 태우며 100가지 색깔의 꽃을 뿌렸다. 왕경의 귀족들이 모두 나와 함께 절을 하며 참여하고 사방의 백성들도 모여들며 탑을 우러러보며 절하였다.

"자비로우신 부처님이여, 신국을 보호하소서. 백제와 고구려를 넘어 천하를 평정케 하소서. 태평한 시대를 얻어 온 백성이 부처님의 은덕 안에 편안히 살게 하소서!"

대왕은 이렇게 탑을 바라보며 외친 뒤 탑을 돌며 기도하기 시작했다. 신하들과 고승들도 왕의 모습을 보고 숙연해져서 왕의 행보를 따랐다. 줄은 끝없이 이어졌다. 탑은 하늘을 찌르고 신국을 지키려는 마음은 하나로 모아져서 탑을 돌았다. 서라벌은 그렇게 하나가 되고 백성들의 염원은 기도가 되었다.

신국이어라, 신국이어라, 신들이 다스리고
살아있는 생불(生佛)이 왕인 신국이어라,
구적이 침략해도 천년왕국의 역사를 막을 자 없으니
탑이여 보호하소서, 신국을 보호하소서.
귀신이 받치는 힘으로 온 서라벌을 떠받드니
휘황찬란한 금벽색이 기왓장을 움직이네.
올라가 굽어보니 어찌 구한(九韓)만 복종하랴
천하가 두루 태평해짐을 비로소 깨닫겠네.

12. 님은 먼 곳에

"선덕대왕의 덕이 해와 달과 함께 밝고 삼국의 업이 그에게 힘입어 크게 이루어지도다. 그대 달빛이 영원히 신국 위에 밝고 삼국의 땅 전체에 비추리라. 여왕이여, 이제 고이 잠들라. 그대 곁의 달무리도 영원히 그대 곁에 머무르리니, 그대의 꿈이 나의 꿈이 되고 신국의 꿈이 되어 삼국통일의 업을 이루었도다."

❋ ❋ ❋

"그대들은 월성으로 진격하다가 왕 친위대에 밀려 명활성으로 물러서는 형국을 취하십시오. 나는 월성에서 반란군을 진압하는 듯 시늉을 하다가 그대들이 명활성에 진을 치면 왕군이 명활성에 집중하는 틈을 타 그때 움직이기 시작하여 월성을 점령하겠습니다. 월성과 명활성을 모두 차지하게 되면 일은 완전히 성사된 것입니다."

647년(인평 14년) 정월. 서라벌 상대등 비담의 집에서는 목소리를 잔뜩 낮춘 남자들의 대화가 오갔다. 이찬 비담은 덕만대왕에게 충성하고 당 외교에 공이 큰 이유로 2년 전에 상대등의 자리에 올랐다.

남자와 계략을 세우고 나서 비담은 고개를 끄덕이며 비장한 각오를 새로이 했다. 남자는 비담의 집을 나와 월성으로 향했다. 발톱을 숨겨왔던 비담이 드디어 본색을 드러내기 시작하고 왕이 되고 싶은 남자는 천하를 얻기 위해 비담을 끌어들인 것이다.

왕의 환후가 깊어짐에 따라 남자가 월성을 찾는 일이 잦아졌다. 겉으로는 자주 뵙고 문후를 여쭈기 위함이었지만 실은 왕의 상태를 수시로 확인하기 위함이었다. 왕의 병이 깊어갈수록 거사 일은 앞당겨지고, 왕의 병이 깊어갈수록 거사는 천운을 타게 될 것이었다.

남자가 왕의 침전에 들자 시종들이 절하며 대왕께 그의 방문을 아뢰었다. 남자는 고개를 숙여 절하며 왕에게 다가가 왕이 내미는 손을 두 손으로 마주 잡았다. 덕만대왕이 환하게 웃는 얼굴로 남자의 손을 마주 잡았다.

아직 남아있는 겨울의 찬바람 소리가 창밖에서 휘휘 거렸다.

❋ ❋ ❋

"왕을 처단하고 새 왕을 옹립하라!"

"왕을 처단하고 새 왕을 옹립하라!"

정월의 어느날 월성을 뒤흔드는 함성 소리가 울려 퍼졌다. 상대등 비담이 반란을 일으킨 것이다. 상대등 비담은 여왕이 정치를 못하기에 외세의 침략이 많아 새 왕을 옹립해야 한다고 귀족들을 선동하고 나섰다. 몇 해 전 당 황제 이세민이 신라 사신 김춘추에게 신라 여왕을 희롱하는 말을 건넨 일을 새삼스럽게 꺼내 빌미로 삼았다.

그러나 비담의 표적은 다른 데 있었다. 바로 승만공주였다. 지난 해 덕만대왕은 병이 깊어감에 따라 덕만대왕의 남편이자 진평(백정)왕의 동생인 국반 갈문왕의 딸 승만공주를 후계자로 정했다. 마지막 남은 성골로서 왕위계승 서열 첫 번째인 승만이었지만 이에 불만을 품은 진골귀족이 왕권에 대항하여 모이기 시작했다. 왕권과 신권의 대립이었고 신권의 꼭대기에는 왕위를 노리는 야심가가 있었고 그에 붙어 권세를 얻으려는 비담이 있었다.

진골 귀족 반 이상이 참여한 반란군은 곧 월성을 삼킬 기세로 달려들었지만 월성 관군의 반격이 만만치 않아 시일이 지체되었다. 그 사이 대장군 김유신이 군대를 끌고 월성으로 달려왔다. 김유신의 진압군에 밀려 반란군은 명활성으로 후퇴하기 시작했다. 이후 월성에 진을 친 김유신과 명활성에 진을 친 반란군과의 접전이 여러 날 계속되었다.

반란이 일어난 지 열흘째 되던 날 한밤중에도 접전이 계속되고 있었는데 커다란 별이 월성으로 떨어졌다.

"내가 들으니 별이 떨어진 곳에는 반드시 피를 흘리는 일이 있다고 한다. 이것은 여왕의 군대가 패전할 조짐이 틀림 없다!"

비담이 선동하니 반란군이 저마다 발로 땅을 구르며 환호하고 사기가 하늘을 찌를 듯 팔을 흔들어 댔다.

천지를 뒤흔드는 요란한 반란군의 함성을 들으며 덕만은 유신을 불러 오라고 명했다. 관군을 지휘하던 유신은 전갈을 받고 황급히 왕의 침소를 향했다. 그때 춘추가 다가와 유신의 팔목을 잡아끌었다.

"무슨 일이신지요? 지금은 한시가 급할 때입니다."

"긴히 저와 말씀을 나누고 가십시오."

춘추는 유신을 집무실로 데리고 들어가 소리를 한껏 낮추어 말했다.

"유신공, 상대등 비담은 대왕이 정치를 잘못 한다 하여 난을 일으켰습니다. 비담과 우리 귀족들은 승만공주가 왕위를 계승하는 것을 기필코 막을 작정입니다.”

유신은 춘추를 똑바로 쳐다보았다. 춘추 역시 무언가를 말하고자 하는 눈으로 유신을 마주보았다.

“이미 세는 기울었습니다. 별이 월성으로 떨어졌다고 하여 반란군의 기세가 한껏 올랐습니다.”

“…….”

유신은 춘추의 눈을 노려보았다.

춘추가 다시 말을 이었다.

“우리가 승만공주를 왕으로 모실 수 있겠습니까? 강한 군주가 필요한 시대입니다. 학문에만 정진하며 나이 든 승만공주가 시대를 이끌 수 있겠습니까?”

“……!”

유신은 떨리는 음성으로 춘추에게 되물었다.

“그렇다면 비담은 누구를 왕에 옹립하고자 하는 것입니까? 비담 스스로 왕이 되겠다는 말입니까? 배후가 누굽니까?”

춘추는 즉시 대답하지 않았다. 유신의 부리부리한 눈이 더욱 매섭게 번뜩였다. 춘추가 다시 말을 이어 나갔다.

“도와주시오. 유신공. 그대만 돕는다면 신국의 새로운 역사를 만들 수 있습니다.”

이번에는 유신이 대답하지 않았다.

“덕만대왕께서 병환 중에 있습니다.”

"새로운 시대를 생각해야 하지 않겠습니까?"

"덕만대왕께서 새로운 시대를 위해 승만공주를 후계자로 지목하셨습니다. 승만공주를 보필함이 우리의 사명입니다."

"승만공주께서 이 어려운 난세를 어찌 감당하겠습니까?"

"그렇기에 춘추공과 내가 있는 겁니다. 춘추공께서 당 외교를 감당하시고 내가 국방을 막아낼 것입니다. 이미 덕만대왕께서 삼국통일의 물꼬는 터놓았습니다. 우린 당을 끌어들여서 백제와 고구려와의 전쟁에서 승세를 잡기 시작했습니다. 더군다나 백제 의자왕은 날이 갈수록 향락에만 빠져들어서 곧 자멸할 조짐이 보이고, 고구려는 당의 요동침략으로 크게 쇠약해졌습니다. 어느 때보다도 신국의 왕권이 안정되고 안팎으로 결집이 필요합니다."

춘추는 속이 타는 표정으로 유신의 손을 잡았다.

"유신공, 그러니까 나를 도와주시오. 그대는 나의 처남이며 우리 아버지의 사신이었습니다."

"그러기 이전에 덕만대왕의 신하입니다!"

유신의 언성이 높아졌다.

"아버지가 어떻게 돌아가셨는지 유신공은 잘 알지 않습니까?"

춘추는 오래 전에 덕만대왕의 즉위 즈음에 자결한 용수전군의 이야기를 끄집어냈다.

"용수전군은 역모를 꾀했기에 죄 값을 치른 것이고 덕만대왕께서는 그럼에도 불구하고 천명공주와 용춘 전군, 춘추공에게 죄를 묻지 않았습니다!"

"우리의 반란은 신국을 위한 길입니다!"

춘추는 다급하게 다가서며 유신에게 말했다.

"춘추공만을 위한 길일 뿐입니다."

유신은 더 이상 말을 나누지 않겠다는 듯 단호한 표정으로 일어섰다.

"유신공!"

춘추는 유신의 팔목을 잡았다. 춘추는 도저히 유신의 반응을 이해하지 못하는 표정이었다. 오래도록 결속을 공고히 해온 두 사람과 두 사람의 집안이었다. 혼인으로 맺어지고 정치적 입장으로도 연결되어 서로가 서로를 키워왔음이었다.

비록 덕만대왕에게 충성하고 있는 김유신이지만 춘추가 손을 내밀면 유신도 움직여 주리라 믿었다. 유신을 움직일 수 있다면 군대 전체를 움직일 수 있었으므로 반란의 성공은 물론 반란 이후 정국을 안정시킬 수가 있었다. 그런데 춘추의 간청에도 유신이 할 수 없다고 하다니!

"유신공은 반드시 내 편에 서 줄 것으로 알았습니다. 이제껏 한 배를 타고 오지 않았습니까? 이제 유신공만 군대를 내 편으로 세워주면 명활성의 군대와 월성의 군대가 합하여 새로운 시대를 열 수 있습니다!"

야심은 대를 이어 전해지고 있었던가. 폐위된 왕의 피를 받아 진골로 강등되었음에도 불구하고 왕의 자리를 꿈꾸던 용수, 용춘 그리고 오랜 세월이 흘러 춘추에 이르기까지.

"놓으십시오. 춘추공, 후일 내가 춘추공을 위해 몸과 마음을 바칠 때가 있을 것입니다. 그러나 지금은 아닙니다. 역모를 도울 수는 없습니다!"

유신은 춘추의 손을 뿌리치며 왕의 침전으로 향했다. 천 갈래 만 갈래로 어수선하게 갈라지고 휘몰아치는 마음이었다.

❀ ❀ ❀

이미 병이 깊은 왕의 곁에는 어의들이 포진해 있고 자장법사가 떠나지 않고 경을 읊고 있었다.

"김유신 대장군께서 오시었습니다."

시종이 아뢰자 자장법사의 경 읽는 소리가 멈추었다. 잠시 후 문이 열리고 왕을 보살피던 어의들과 시종들 그리고 자장법사가 나왔다.

자장은 문을 나와 유신 앞을 지나가려다 말고 멈춰 섰다. 그리고 고개를 들어 거구의 김유신을 올려다보았다. 여러 해 동안 월성을 드나들면서도 한 번도 친밀한 인사를 나눠본 적이 없는 두 사람이었다. 유신은 촉촉히 젖어 있는 자장의 눈을 보았다. 자장은 격정에 휩싸여 있는 유신의 눈을 보았다. 서로 다른 인연으로 서로 다른 방법으로 한 사람을 사랑한 두 사람이었다.

이윽고 자장이 나지막한 목소리로 유신에게 전했다.

“대왕께서는 …… 시간이 얼마 남지 않은 듯합니다.”

“……!”

유신은 울컥 치솟는 슬픔을 간신히 참으며 안으로 들어갔다. 덕만은 해쓱한 눈을 들어 유신을 바라보았다.

“별이 월성으로 떨어져서 반란군들이 더욱 격해지고 있소. 별이 떨어진 곳에는 반드시 피를 흘림이 있다 하여 저들이 더욱 날뛰니…….”

“세상일의 길흉이 어찌 별의 움직임에 달려 있겠나이까. 오직 사람이 수고하고 하늘이 지켜주기에 따름입니다. 요사스러움이 어찌 덕을 이기겠나이까. 대왕께서는 근심하지 마소서.”

“그들의 사기를 꺾을 방도를 찾아야 하오. 내 생각해 보니 허수아비에 불을 붙여 연에 매달아 띄운다면 반란군이 진을 치고 있는 명활성에서는 월성의 하늘로 별이 올라가는 것처럼 보일 것이오. 그리하면 반란군의 사기도 꺾일 것이오!”

“알겠습니다!”

덕만은 잔잔히 웃으며 힘없이 마른 손으로 유신의 손을 잡았다.

“오늘이 무슨 날이오?”

“정월 보름입니다.”

그날은 정월 보름이었다. 밖에는 반란군과 관군이 대치한 지 열흘째 되는 날. 하늘에서는 별이 월성 너머로 떨어졌고, 별이 떨어진 것처럼 월성 어디선가 누군가의 생명이 다할지도 모를 날이었다.

"그대의 수고에 힘입은 바가 큰 세월이었소. 유신, 만약 내가 다시 태어난다면……."

덕만은 말하다 말고 갑자기 몸을 뒤척이더니 기침을 하기 시작하며 피를 토했다. 유신은 황급히 덕만을 부축하며 소리쳤다.

"어의를 불러 주시오. 어의를!"

밖에서 급한 발걸음이 들리더니 곧 어의가 뛰어 들어오고 자장법사가 따라 들어왔다. 멀리서 반란군의 함성이 들려왔다. 월성 바로 가까이에 있었다.

"대장군, 어서 가시오. 반란군을 진압하고, 승만공주를 잘 부탁하오!"

덕만이 유신의 손을 꼭 잡았다. 유신은 온몸에 경련이 일었으나 참고 말했다.

"대장군 김유신, 명을 받들어 속히 반란군을 진압하고 오겠나이다."

부디 반란군을 진압하고 돌아올 때까지 나를 기다려 주소서. 만약 다시 태어난다면, 다시 태어난다면…… 그 다음 말을 끝까지 듣지도 못했는데, 좀 더 내게 시간을 주소서!

유신이 돌아서 나오는데 자장법사가 급히 왕의 곁으로 가 경을 읊기 시작했다. 유신은 덕만과 자장의 모습을 돌아보며 황급히 왕의 침소를 나왔다.

❋ ❋ ❋

왕의 위급함을 전해 듣고 춘추가 침전으로 뛰어갔다. 왕의 곁에
는 승만공주와 을제 대신이 있었고 그 뒤로 왕실의 여러 사람들이
줄지어 서 있었다. 춘추가 들어오자 왕은 다른 사람들을 물리고
춘추를 가까이 다가앉게 했다. 그리고 춘추의 귀에 대고 속삭이듯
말했다.

"춘추야, 네가 어린 시절 이렇게 이름을 부르던 것이 생각나는
구나. 나의 사랑하는 조카 춘추. 보이느냐. 머잖아 서라벌에는 초
가집은 한 채도 남김없이 사라지고 기와집들이 연이어 들어설 것
이다. 서방 세계의 상인들이 온갖 진귀한 물건들을 가지고 신라
항구를 드나들고, 절들은 별처럼 무수하고 탑들은 기러기가 줄지
어 나는 듯 끝이 없고 남산에는 불상과 불탑이 가득하여 더욱 영
험한 산이 될 것이다. 천하에 이처럼 화려하고 부유한 도시는 다
시 없으리니, 신국의 영화로움이 천 년을 헤아릴 것이다. 보이지
않느냐?"

덕만은 숨이 가빠 오는 듯 잠시 말을 끊었다.

춘추는 아무 말도 하지 않은 채 그저 덕만의 말을 듣고 있을 뿐
이었다.

"춘추야, 네 자손들의 왕국이다. 하나로 넓어진 땅에서 우뚝 선
천년왕국은 춘추 너의 자손들의 것이야!"

춘추는 동공을 크게 뜨고 왕을 쳐다보았다.

"그러나 지금은 아니다. 아직은 너의 시대가 아니야. 모든 일에 때가 있으니, 나가야 할 때가 있는 것처럼 물러서야 할 때가 있고, 또 기다려야 할 때가 있는 법이다. 오늘 밤을 넘기기 전 나는 죽는다. 그러나 내가 죽더라도 반란군은 진압되고 승만이 왕위에 오를 것이다. 춘추야 너의 시대는 더 기다려야 한다. 그러니 네 손에 역모의 피를 묻히지 마라. 아아."

덕만의 목소리는 점점 잦아들고 신음소리조차 들리지 않을 듯 꺼져갔다. 대왕은 온몸을 부르르 떨었다. 춘추는 입술을 깨물며 어의도 부르지 않은 채 죽어가는 덕만을 지켜보았다. 경련이 점차 잦아들고 숨이 끊어진 듯 멈칫하는 순간, 밖에서 함성이 들려 왔다.

"와아, 와아, 별이 하늘로 올라간다. 별이 하늘로 올라간다!"

유신이 불을 붙인 허수아비를 매단 연이 하늘로 올라가고 있었다. 하늘로 올라가는 별이 명활성 반란군 진지에서도 보이리라. 별이 하늘로 올라갔으니 이번엔 왕군의 사기가 하늘을 찌를 듯 올라가고 반란군의 사기가 꺾일 것이다. 승세는 김유신이 잡았다.

"별이 올라갔으니 승리는 우리의 것이다!"

"반란군을 섬멸하자!"

덕만대왕의 혼이 별이 되어 올라갔을까. 정월의 대보름달이 어둡던 밤하늘에 가득 차올랐다.

춘추는 왕실에서 전해져 내려오는 그 옛날 마야왕후가 덕만대왕을 잉태할 무렵의 태몽을 생각했다. 별이 가슴에 들어와 가시밭길을 한참 걷더니 별이 하늘로 올라가자 광활한 옥토가 펼쳐졌다는 꿈 이야기. 이제 덕만대왕이라는 별이 다시 하늘로 올라갔으니 신라의 가시밭길은 끝이 보이기 시작하는가. 덕만대왕의 혼이 하늘로 올라갔으니 머잖아 광활한 옥토를 신라가 얻을 수 있을까. 성군은 가고 남은 자들을 통해 신국은 뻗어나가리라.

밖에서는 왕군이 반란군을 섬멸하는 함성이 들려왔다. 춘추는 울분에 휩싸이며 주먹을 쥔 불상처럼 굳어져 서 있었다.

유신은 도망하는 반란군을 추격하여 섬멸시키고 비담과 주동자들의 구족의 목을 베었다. 춘추의 역심은 또다시 세상 사람들에게 가려졌다.

덕만대왕이 반란 중에 숨지니 예전 대왕이 자신의 죽을 날로 예언한 바로 그날이라 신하들은 그 영험함에 다시 놀라며 유언대로 낭산에 장사지냈다. 그리고 덕만대왕에게 선덕(善德)이라는 시호를 지어 올렸다. 그 후 덕만대왕이 정한 대로 국반의 딸인 승만공주가 왕위에 올라 7년을 치세하다가 죽자 신하들이 진덕(眞德)이란 시호를 바쳤다.

진덕여왕이 죽자 대장군 김유신 등이 그제야 김춘추를 왕으로 옹립하니 이가 태종 무열왕이다. 태종 무열왕은 김유신의 힘으로 왕이 되었는데도 최고 관직 상대등 벼슬을 김유신이 아니라 이찬 김강에게 주었다가, 몇 년 후 김강이 죽은 다음에야 김유신을 상대등에 앉혔다. 신국 모두가 김춘추 왕 옹립의 공이 김유신에게 있음을 알고 있건만 태종 무열왕이 김유신을 바로 상대등으로 삼지 않은 것은 후세 사람들도 의아스럽게 여기는 바이다. 그것은 유신이 선덕여왕에 충성하다가 그녀의 유언대로 진덕여왕을 모시고 나서야 김춘추를 뒤늦게 왕으로 옹립해 준 것과 무관하지 않으리라.

태종 무열왕이 7년을 치세하다 죽은 후 김춘추와 김유신의 누이 문희 사이에 태어난 문민이 왕위에 오르니 이가 문무왕이다. 문무왕 대에 이르러 비로소 삼국이 통일되니, 진평, 선덕, 진덕, 무열, 문무왕까지 다섯 왕을 충심으로 모신 김유신 장군 또한 소명을 모두 이룬 바가 되었다.

(선덕)왕이 병도 없을 때인데 모든 신하들에게 말했다.
"내가 어느 해 어느 달 어느 날이 되면 죽을 것이니
나를 도리천(忉利天) 가운데 장사지내라."
신하들은 그곳이 어디인지 몰라 물었다.
"어디입니까?"
왕이 말했다.
"낭산(狼山)의 남쪽이다."
과연 그날에 이르러 왕이 죽었다. 신하들은 왕을 낭산 남쪽에 장사지냈다. 그 후 10여 년이 지난 뒤 문무대왕이 왕의 무덤(도리천) 아래에 사천왕사를 지었다.
불경에 말했다. "사천왕천 위에 도리천이 있다."
이에 대왕이 신령스럽고 성스러웠음을 알게 되었다.

〈삼국유사 권 제1 (기이 제1)〉

❋ ❋ ❋

낭산에 오른다. 산 중턱에서부터 불어오는 바람결에 소나무 울음소리가 섞이고 풀 향이 묻어 있다. 바람결에 백발의 수염도 함께 날린다. 선덕의 무덤은 소나무 숲에 둘러싸여 있으니 죽어서도 신라를 지키는 기도를 하고 싶다던 유언대로 그렇게 바람소리와 소나무 녹음에 섞이어 세월을 지키고 있었다.

그대가 떠나고도 세월은 모질게 흘렀다. 소정방이 이끈 당나라 군과 연합하여 백제를 멸망시키고, 고구려 정벌에 나서 여러 번 실패 끝에 마침내 성공하였으며, 야욕을 드러낸 당나라 군사를 축출하는 데 힘써 삼국통일을 목전에 두고 있었다. 삼국 간에 전쟁을 그쳐 백성들의 태평성대를 염원하던 그대의 꿈은 이렇게 유전되어 오고 있다.

유신은 무덤의 잡초를 뽑으며 한참을 그 앞에서 서럽게 기도하고 내려와 열흘을 앓다가 향년 79세의 나이로 돌아가니 673년 7월 1일, 삼국통일을 3년 앞둔 해였다.

그가 돌아간 후 675년 당이 50만 대군을 내어 신라를 침범하려 하자 문무왕(태종 무열왕인 김춘추의 아들)이 명랑법사에게 당을 막을 비법을 물으니 법사가 말했다.

"낭산 남쪽에 '사천왕사'라는 이름으로 절을 세우고 도량을 열면 당의 침략을 능히 막을 수 있습니다."

이미 당 군이 가까이 왔기에 왕은 우선 명랑법사가 이끄는 대로 곱게 물들인 비단으로 임시로 절을 만들고 초목으로 신상(神像)을 세운 후 고승들로 하여금 비법을 쓰게 하자 풍랑이 일고 당나라 배가 교전도 하기 전에 물에 가라앉았다고 삼국유사에는 전해진다.

676년 드디어 당나라 세력을 몰아내고 삼국을 통일한 후 문무왕이 낭산 남쪽에 임시로 절을 세웠던 자리에 제대로 절을 다시 짓고 '사천왕사' 라 이름 짓고 보니, 바로 선덕대왕의 묘 바로 아래였다. 도리천 밑에 사천왕천이 있게 된 것이라.

"아아, 내가 선대 여왕의 신령스러움을 새삼 깨닫는다. 도리천에서 나라를 지켜 주겠다는 유언으로 당을 축출하게 되었구나."

사천왕사가 지어질 것을 수십 년 전에 내다보고 자신을 도리천에 묻어 달라고 한 선덕대왕의 신령스러움을 문무왕과 신하들이 비로소 깨달아 죽은 여왕의 넋을 기렸다.

선덕대왕의 덕이 일월과 함께 밝고 삼국의 업이 그에 힘입어 크게 이루어지도다.

여왕이여, 이제 고이 잠들라. 그대 달빛이 영원히 신국 위에 밝고 삼국의 땅 전체에 비추리라. 그대의 달무리도 영원히 그대 곁에 머무르리라. 그대의 꿈이 나의 꿈이 되고 신국 모두의 꿈이 되어 마침내 삼국통일의 업을 이루었도다!

-끝-

등장인물

덕만(선덕여왕)

신라 27대 왕으로 우리나라 최초의 여왕이다. 진평(백정)왕의 둘째 공주로 태어났으나 총명하고 대범하여 칠숙의 반란을 진압하고 왕위에 올랐다.

김유신

삼국통일의 영웅. 18세에 화랑의 우두머리인 풍월주가 되었으며 연상의 여인인 덕만을 흠모하여 끝까지 충성을 바친다.

자장법사(김선종)

진골이라는 신분의 장벽으로 덕만과의 사랑을 이루지 못하고 출가하여 큰 깨달음을 얻고 신라의 정신적 지주가 된다.

미실

진흥, 진지, 진평 등 여러 대에 걸쳐 왕을 모신 색공지신(色供之臣)으로, 풍만함은 물론 음사에 능하여 당대의 팜므 파탈이었다. 설원랑과 내통하여 낳은 '비담'을 백정왕의 아들이라 속여 왕위를 노리다가 덕만에 의해 제거된다.

설원랑

미실의 심복이자 애인으로 미실과 함께 반란을 도모하고 덕만을 죽이려 했으나 실패한 후 덕만의 명에 따라 미실과 함께 절에 갇혀 있다가 최후를 맞는다.

비담

미실의 아들. 백정왕의 아들이라 혈통을 속인 미실과 함께 왕위를 노리다가 실패하고 중국으로 달아났다가 왕의 핏줄이 아님이 드러나 목숨을 부지한다.

마야왕후

덕만의 어머니이자 백정왕의 왕후. 음모에 의해 암살당한다.

백정(진평왕)

덕만의 아버지이자 신라 26대 왕으로 태후들과 미실의 권세에 눌려 독자적으로 정치를 펼치지 못하였다. 칠숙의 반란 와중에 암살된다.

사도태상태후

정복군주 진흥왕의 왕후이자 백정(진평)왕의 할머니. 미실과 함께 진지왕을 폐위시키고 자신의 손자인 백정을 왕위에 올렸을 만큼 권력을 휘두르는 왕실의 실세였다.

김용수

폐위된 진지왕의 남겨진 첫째 아들. 아버지가 폐위되어 죽은 것에 대한 원한과 왕위에 대한 야욕으로 백정왕을 암살하고 덕만을 제거하려 했으나 실패하고 덕만의 명에 따라 자결한다.

김용춘

폐위된 진지왕의 남겨진 두 번째 아들. 형의 역심을 은밀히 도왔으나 형이 죽은 후 힘을 잃게 된다.

김춘추

김용수의 아들이자 폐위된 왕의 후손으로 진골의 신분임에도 불구하고 역심을 품는다. 덕만왕으로부터 당 외교의 전권을 부여받아 충성하는 척하면서 뒤로는 비담을 꼬드겨 반란을 도모하였으나 실패한다.

낭지법사

영취산의 전설적인 도사. 덕만의 운명을 점친 바 있고, 덕만이 쫓겨나자 그녀에게 제왕의 학문과 무술을 익히게 하여 군주의 길을 가도록 이끌었다.